EU VOU, TU VAIS, ELE VAI

JENNY ERPENBECK

Eu vou, tu vais, ele vai

Romance

Tradução do alemão
Sergio Tellaroli

Copyright © 2015 by Editora Albrecht Knaus, uma divisão do Grupo Editorial Random House GmbH, Munique, Alemanha
Todos os direitos reservados.

Esta tradução foi publicada com o apoio financeiro do Goethe-Institut.

Grafia atualizada segundo o Acordo Ortográfico da Língua Portuguesa de 1990, que entrou em vigor no Brasil em 2009.

Título original
Gehen, ging, gegangen

Capa
Estúdio Daó

Preparação
Márcia Copola

Revisão
Luís Eduardo Gonçalves
Márcia Moura

Dados Internacionais de Catalogação na Publicação (CIP)
(Câmara Brasileira do Livro, SP, Brasil)

Erpenbeck, Jenny
    Eu vou, tu vais, ele vai : Romance / Jenny Erpenbeck ; tradução Sergio Tellaroli. — 1ª ed. — São Paulo : Companhia das Letras, 2024.

    Título original: Gehen, ging, gegangen.
    ISBN 978-85-359-3672-8

    1. Romance alemão I. Título.

24-188702   CDD-833

Índice para catálogo sistemático:
1. Romances : Literatura alemã   833

Cibele Maria Dias – Bibliotecária – CRB-8/9427

Todos os direitos desta edição reservados à
EDITORA SCHWARCZ S.A.
Rua Bandeira Paulista, 702, cj. 32
04532-002 — São Paulo — SP
Telefone: (11) 3707-3500
www.companhiadasletras.com.br
www.blogdacompanhia.com.br
facebook.com/companhiadasletras
instagram.com/companhiadasletras
twitter.com/cialetras

Para Wolfgang
Para Franz
Para meus amigos

Deus criou o volume; o Diabo, as superfícies.

Wolfgang Pauli

Ainda que ele me incomode muito, preciso superar uma grande inibição para conseguir matar um inseto. Não sei se é pena. Não, não creio que seja. Talvez, simplesmente um acostumar-se a contextos. E uma tentativa de inserção nos contextos existentes, aquiescência.

Heiner Müller

In the end, we will remember not the words of our enemies, but the silence of our friends.

Martin Luther King

1.

Talvez ele ainda tenha muitos anos pela frente, talvez apenas dois ou três. De todo modo, o fato é que, de agora em diante, Richard não precisa mais se levantar pontualmente para comparecer ao instituto. Agora, ele simplesmente dispõe de tempo. Tempo para viajar, como se diz. Tempo para ler. Proust. Dostoiévski. Tempo para ouvir música. Não sabe quanto vai demorar para se acostumar ao fato de agora ter tempo. Seja como for, sua cabeça segue trabalhando como sempre. O que fazer com ela agora? O que fazer com os pensamentos que sua cabeça segue pensando sem cessar? Sucesso, obteve. E agora? Aquilo que chamam de sucesso. Seus livros foram publicados, foi convidado para conferências, suas aulas contaram com boa frequência até o fim, os estudantes leram seus livros, grifaram passagens e as decoraram para as provas. Onde estão eles agora? Vários são professores assistentes em universidades, dois ou três viraram inclusive catedráticos nesse meio-tempo. De outros, faz tempo que não ouve falar. Um deles mantém contato amigável, uns poucos dão notícia de tempos em tempos.

É isso.

De sua escrivaninha, ele vê o lago.

Richard faz um café.

Com a xícara na mão, vai até o jardim para ver se as toupeiras ergueram novos montinhos.

O lago estende-se ali, tranquilo, como sempre ao longo do verão.

Richard espera, mas não sabe o quê. O tempo agora é outro tipo de tempo, bem diferente. De uma hora para outra. Pensa. Depois, pensa que, naturalmente, não tem como parar de pensar. O pensamento é ele próprio e é, ao mesmo tempo, a máquina à qual está sujeito. Mesmo quando está absolutamente sozinho com sua cabeça, ele naturalmente não tem como parar de pensar. Ainda que, na verdade, nem as galinhas se importem com isso, pensa ele.

Por um breve momento, imagina uma galinha folheando com o bico seu tratado sobre *O conceito do mundo na obra de Lucrécio*.

E volta para dentro de casa.

Põe-se a pensar se está quente demais para aquele paletó. Aliás, precisa vestir paletó quando circula sozinho por sua casa?

Anos atrás, quando ficou sabendo por acaso que sua amada o traía, nada o ajudou a superar a decepção a não ser transformar essa decepção em trabalho. Durante meses, o comportamento dela foi objeto de suas investigações. Escreveu quase cem páginas examinando tudo que conduzira àquela traição e também a maneira como a jovem mulher a pusera em prática. No tocante ao relacionamento, seu trabalho não conduziu a nenhum resultado específico, uma vez que a amada o deixou em definitivo pouco tempo depois. Mas, ainda assim, Richard tinha, por intermédio dele, superado os primeiros meses posteriores à descoberta, meses durante os quais se sentira verdadeiramente miserável. O melhor remédio contra o amor, Ovídio já o sabia, é o trabalho.

Agora, porém, não o atormenta o tempo preenchido por um amor inútil, e sim o tempo em si. Quer que ele passe, mas também que não passe. Por um breve momento, tem a visão de uma colorida galinha furiosa dilacerando com o bico e com as garras um livro intitulado *Ensaio sobre a espera*.

Talvez um casaco de malha seja de fato mais apropriado a sua situação do que um paletó. Mais confortável, de todo modo. E a barba, na verdade não precisaria mais fazê-la toda manhã, uma vez que já não passa o dia todo entre outras pessoas. Que cresça o que quer crescer. Simplesmente não mais se opor, ou isso já é o começo da morte? O começo da morte crescendo? Não, não pode ser, ele pensa.

O homem que jaz lá embaixo, no fundo do lago, ainda não o encontraram. Não foi suicídio, afogou-se ao nadar. Desde aquele dia de junho o lago segue tranquilo. Tranquilo dia após dia. Tranquilo em junho. Tranquilo em julho. E agora, já quase outono, segue ainda tranquilo. Bote nenhum circula por ele, não há crianças gritando, ninguém pescando. Se, nesse verão, algum banhista mergulhar de cabeça do embarcadouro, há de ser um forasteiro que nada sabe daquela infelicidade. Depois, quando estiver se secando, talvez um morador local que esteja passeando o cachorro o aborde, ou algum ciclista desça brevemente da bicicleta para perguntar: Então o senhor não sabe? Richard jamais contou a nenhum desavisado sobre aquele infortúnio. Por que o faria? Por que estragar o dia de alguém que só quer passar um belo dia ali? Ao longo de sua cerca, os excursionistas passeiam e, alegres como chegaram, tomam o caminho de volta para casa, mais tarde.

Ele, contudo, sentado à sua escrivaninha, é obrigado a ver o lago.

No dia em que tudo aconteceu, Richard estava na cidade. No instituto, embora fosse um domingo. Ainda tinha a chave mestra, que agora já devolveu. Foi num daqueles fins de semana em que ele procurava ir esvaziando aos poucos sua sala. As gavetas, os armários. Por volta das 13h45. Naquele exato momento, apanhava livros da estante, do chão, do sofá, da poltrona, da mesinha e os acomodava em caixas de papelão. Vinte, vinte e cinco livros em cada caixa e, por cima deles, as coisas mais leves: manuscritos, cartas, clipes, pastas, velhos recortes de jornais. Lápis, esferográficas, borrachas, o pesa-cartas. Dois botes teriam estado nas proximidades, mas nenhum dos remadores acreditara que uma tragédia acontecia naquele instante. Tinham visto o homem acenar, mas acharam que era brincadeira. Haviam até mesmo remado para longe, ele ouvira dizer. Quem ia nos botes, ninguém sabe. Diz-se que eram jovens rapazes. Fortes, inclusive; teriam podido ajudar. Mas quem eram, ninguém sabe. Ou talvez tenham tido medo, afinal, de que o homem os arrastasse consigo lá para baixo, quem é que sabe?

A secretária se ofereceu para ajudar Richard a empacotar suas coisas. Muito obrigado, mas... De certo modo, parecia-lhe que todos — inclusive, ou talvez em especial, os que gostavam dele — estavam muito interessados em afastá-lo o mais rapidamente possível de seu campo de visão. Por isso ele preferia empacotar tudo sozinho, aos sábados e domingos, quando reinava no instituto um silêncio total. Notou que precisava de muito tempo para tirar das estantes e gavetas tudo aquilo que, em parte invisível fazia anos, se juntara ali e, então, decidir o que deveria ir para o saco azul ou para uma das caixas de papelão que ele pretendia levar para casa. Involuntariamente, começava então a folhear um ou outro manuscrito e punha-se a, de pé no meio da sala, lê-lo por quinze minutos ou meia hora. O trabalho de um aluno sobre o "Canto XI da *Odisseia*", ou o trabalho de uma aluna, por quem certa vez se apaixonara um pouco, sobre as "Camadas de significado nas *Metamorfoses* de Ovídio".

Num dia do começo de agosto tinha havido um coquetel e discursos diversos por ocasião de sua aposentadoria; a secretária, vários colegas e até ele próprio tinham ficado com lágrimas nos olhos, mas ninguém chegara a chorar de fato, nem mesmo ele. Afinal, todo mundo, em algum momento, ficava velho. Em algum momento, tornava-se velho. Em anos anteriores, muitas vezes tinha sido ele a fazer discursos de despedida, com frequência tinha sido ele a discutir com a secretária a quantidade de canapés, se serviriam vinho, champanhe, suco de laranja ou água. Agora, outra pessoa tinha cuidado daquilo. Tudo funcionaria mesmo sem ele. O que também era mérito seu. Nos últimos meses, precisara ouvir diversas vezes como era digno seu sucessor, como tinha sido feliz a escolha, da qual ele ainda participara; também ele, quando surgia o assunto, louvava o jovem, como se a alegre expectativa ainda lhe dissesse respeito, pronunciava sem titubear o nome que logo estaria, em lugar do seu próprio, no papel timbrado do instituto; a partir do outono, o sucessor assumiria suas aulas e se ateria ao planejamento das aulas que, pouco antes de sua saída, ele, agora *professor emérito*, esboçara para o período posterior, que se arranjaria sem ele.

Quem parte tem de organizar ele próprio sua partida, essa é a praxe, mas só agora ele percebe que nunca antes havia compreendido o que isso significa de fato. E que tampouco agora compreende. É incapaz também de compreender que, para os outros, despedir-se dele é parte do cotidiano e que somente para ele representa efetivamente um fim. Quando, nos últimos meses, alguém lhe dizia como era triste, como era uma pena, como era inconcebível sua partida iminente, ele sentira dificuldade para demonstrar a esperada comoção, porque o lamento daquele que se mostrava abalado significava apenas que já havia aceitado fazia muito tempo como inevitável aquele fato triste, inconcebível, de que ele estava de partida — que coisa terrível!

Dos pratos frios servidos no instituto por ocasião de sua despedida sobraram, além da salsa, apenas alguns canapés com salmão, provavelmente porque, com aquele calor, alguns desconfiaram do peixe. O lago que agora brilha na sua frente, parece-lhe, sempre soube mais do que ele, cujo ofício, afinal, é pensar. Ou era? Para o lago, dá no mesmo se dentro dele se decompõe um peixe ou um ser humano.

No dia seguinte, começavam as férias de verão do instituto; um iria viajar para um lugar, outro para outro, só ele não tinha planejado viagem alguma, porque, para ele, a evisceração de sua sala de trabalho, que tanto crescera com os anos, entrava agora em sua fase derradeira.

Duas semanas mais tarde, as tábuas da estante erguiam-se junto da parede amarradas com um cordão, as caixas de papelão empilhavam-se atrás da porta e as duas ou três peças de mobília que ele mandaria levar para casa formavam um montinho algo volumoso no centro da sala. Encostada nele, uma vassoura com as cerdas achatadas; uma tesoura jazia no parapeito da janela ao lado de um envelope de carta empoeirado, quatro sacos e meio de lixo, grandes, amontoavam-se num canto, havia um rolo de fita adesiva no chão, e, nas paredes, uns poucos pregos dos quais não pendia quadro algum. Por último, ele devolveu a chave do instituto.

Agora, precisaria encontrar lugares adequados para os móveis em sua casa, abrir as caixas de papelão e incorporar seu conteúdo à vida doméstica. *Osso a osso, sangue a sangue, membro a membro, como se fossem colados.* Sim, sim, as fórmulas mágicas de Merseburg. Também isso, o que chamam de erudição, tudo que ele sabe e aprendeu, é a partir de agora sua propriedade privada. Desde ontem, está tudo no porão, à espera. Mas que aspecto tem um dia propício para dar início ao desempacotamento? De todo modo, não o de hoje. Amanhã, talvez? Ou depois. Um dia qualquer em que ele não tenha mais nada para fazer. A questão é se vale a pena desempacotar tudo. Se ainda vale a pena. Se ele tivesse filhos, ou ao menos sobrinhos e sobrinhas... Sendo as coisas como são, tudo que sua mulher antes chamava de sua *tralha* só está ali para seu próprio prazer. E quando ele, um dia, deixar de existir, para o de ninguém mais. Claro, algum sebo vai provavelmente levar os livros, e um ou outro deles — uma primeira edição ou um exemplar autografado — talvez torne a encontrar um amante. Alguém como ele, que, ainda em vida, possa acumular semelhante *tralha*. E assim por diante. Mas e todo o resto? Todas as coisas que, à sua volta, constituem um sistema e só fazem sentido enquanto ele caminha entre elas, as maneja, lembra-se disso ou daquilo — tudo isso vai se dispersar e se perder quando ele não estiver mais aqui. Richard poderia uma hora escrever sobre aquilo, sobre a força da gravidade que liga as coisas inanimadas aos seres vivos e forma com eles um mundo. Ele é um sol? Precisa tomar cuidado para não enlouquecer, se agora vai ficar sozinho o dia todo, sem falar com ninguém.

Ainda assim.

Depois de sua morte, o armário rústico com o friso faltante por certo não vai mais conviver sob o mesmo teto com a xícara em que, toda tarde, ele faz seu café turco; a poltrona na qual vê televisão será, toda noite, reposicionada por mãos diferentes daquelas que abrem as gavetas de sua escrivaninha; o telefone já não terá o mesmo dono que a faca afiada com a qual ele corta cebola, tampouco o aparelho de barbear. Vão jogar fora muita coisa que ele preza, que ainda funciona muito bem ou que simplesmente lhe agrada. Um vínculo invisível unirá a lixeira onde irá parar seu velho despertador, por exemplo, à casa daquele que pode se dar ao luxo de comprar louça de porcelana Cebolinha: o fato de que despertador e louça um dia lhe pertenceram. Só que, estando ele morto, naturalmente ninguém vai saber da existência desse vínculo. Ou será um vínculo desse tipo algo objetivo, por assim dizer, para todo o sempre? E, sendo esse o caso, em que unidade de medida ele se deixaria mensurar? Se é de fato o sentido conferido por ele às coisas — da escova de dentes ao crucifixo gótico pendurado na parede — que transforma sua casa num universo, coloca-se de pronto outra questão fundamental: o sentido tem massa?

Richard precisa realmente tomar cuidado para não enlouquecer. Talvez ele se sinta melhor quando por fim encontrarem o morto. Diz-se que o infeliz estava usando óculos de mergulho. Isso talvez seja risível, mas, dos que têm conhecimento do fato,

Richard não viu ninguém rir nesse verão. Há pouco tempo, na festa local — que, não obstante, aconteceu, ainda que sem dança —, ele ouviu o presidente do clube de pesca repetir diversas vezes: Estava usando óculos de mergulho! Óculos de mergulho! Como se precisamente esse detalhe fosse o mais difícil de suportar na morte do nadador, e de fato todos os outros homens ali de pé, segurando suas respectivas canecas de cerveja, nada disseram por um bom tempo: apenas assentiram silentes com a cabeça, olhando para a espuma no interior da caneca.

Também ele vai fazer até o fim aquilo que lhe dá prazer. Mergulhar na cova de cabeça erguida. Refletir. Ler. E se um dia a cabeça já não funcionar, aí não haverá cabeça capaz de dizer o que está errado. Pode levar um tempo até que o corpo emerja à superfície, disseram. Já lá se vão quase três meses. Pode ser também que nunca mais apareça, disseram. Que tenha se enroscado nas algas ou afundado para sempre no lodo, uma camada que, no fundo do lago, tem supostamente um metro de espessura. É um lago fundo, dezoito metros de profundidade. Em cima, é adorável, mas trata-se na verdade de um abismo. Desde o ocorrido, todos os moradores, ele inclusive, contemplam os juncos com alguma hesitação, hesitam ao contemplar a superfície reluzente do lago em dias sem vento. De sua escrivaninha, Richard pode olhar para ele. Continua bonito, como em todos os verões, mas não é só disso que se trata nesse verão. Enquanto não o encontrarem e removerem dali, o lago pertence àquele morto. Por quase todo o verão, e logo vai chegar o outono, o lago pertence a um morto.

2.

Numa quinta-feira do fim de agosto, dez homens se reúnem diante do prédio vermelho da prefeitura municipal de Berlim. Decidiram, diz-se, não comer mais nada. Três dias mais tarde, decidem também não beber mais nada. A cor de sua pele é preta. Falam inglês, francês, italiano. E outras línguas mais, que aqui ninguém entende. O que querem? Trabalho é o que querem. E viver de seu trabalho. Querem ficar na Alemanha. Quem são vocês?, perguntam a polícia e funcionários da administração berlinense para ali convocados. Não vamos dizer, os homens respondem. Mas precisam dizer, insistem os outros, senão não temos como saber se estão dentro da lei e se podem ficar e trabalhar aqui. Não vamos dizer quem somos, repetem os homens. Se estivessem em nosso lugar, vocês acolheriam alguém que não conhecem?, perguntam os outros. Os homens ficam em silêncio. Precisamos verificar se vocês estão de fato em situação de necessidade, dizem os outros. Os homens ficam em silêncio. Pode ser que vocês sejam criminosos, dizem os outros, nós precisamos verificar isso. Os homens ficam em silêncio. Ou que sejam meros parasitas. Os homens ficam em silêncio. Também nós não temos o bastante, dizem os outros. Existem regras aqui, eles dizem, e vocês precisam se adequar a elas, se querem ficar. E, por fim, dizem: vocês não podem nos chantagear. Mas os homens de pele preta não dizem quem são. Não comem, não bebem e não dizem quem são. Simplesmente ficam ali. O silêncio dos homens que preferem morrer a dizer quem são e a espera dos outros pelas respostas a todas as perguntas se unem num grande silêncio no meio da Alexanderplatz em Berlim. Esse silêncio nada tem a ver com o barulho sempre grande do tráfego e das escavações para a construção da nova estação de metrô.

Por que, então, ao passar à tarde pelos brancos e pretos de pé ou sentados ali, Richard não ouve esse silêncio?

Está pensando em Rzeszów.

Um amigo arqueólogo contou-lhe sobre os achados decorrentes das escavações na Alexanderplatz e o convidou a visitá-las. Tempo, ele tem, afinal, e, de todo modo, não pode ir nadar no lago por causa do homem. O amigo lhe contou que espaçosos porões circundavam no passado o prédio vermelho da prefeitura. Recintos subterrâneos nos quais, na Idade Média, funcionava um mercado. Enquanto as pessoas esperavam uma audiência, o horário de um compromisso ou alguma informação, elas faziam compras, em princípio nada muito diferente do que acontece hoje. Peixe, queijo, vinho, tudo quanto se conserva melhor no frio era comercializado naquelas catacumbas.

Como em Rzeszów.

Quando estudante nos anos 1960, Richard, entre duas aulas, às vezes sentava na beirada da Fonte de Netuno com um livro no colo, as calças arregaçadas, os pés na água. Já naquela época as tais cavernas estavam ali embaixo, separadas de seus pés somente por dois ou três metros, mas sem que ele soubesse disso.

Alguns anos atrás, quando sua mulher ainda era viva, os dois foram certa vez, de férias, visitar a cidadezinha polonesa de Rzeszów, por baixo da qual corriam muitos túneis na Idade Média. Como uma segunda cidade, oculta ao olhar fugidio, esse labirinto crescera por baixo da terra, espelhando as construções visíveis na superfície. Pelo próprio porão, cada casa dava acesso a esse mercado público iluminado apenas por tochas. Quando, em cima, havia guerra, os habitantes da cidadezinha escondiam-se lá embaixo. Mais tarde, em pleno fascismo, eram os judeus a fazê-lo. Somente os nazistas tiveram a ideia de encher de fumaça seus corredores.

Rzeszów.

Mas os recintos soterrados em torno da prefeitura municipal permaneceram ocultos até mesmo aos nazistas, que, nos últimos dias da Guerra Mundial, inundaram apenas os túneis do metrô de Berlim. Provavelmente, para afogar seu próprio povo, que ali se refugiava dos bombardeios dos Aliados. *Melhor comer demais do que deixar para trás.*

Será que algum dos homens já sucumbiu?, uma moça pergunta com um microfone na mão; atrás dela, um gigante segura uma câmera apoiada no ombro. Não, responde um dos policiais. Estão recebendo alimentação artificial? Por enquanto, ainda não, diz o policial, como a senhora pode ver. Alguém já foi levado para o hospital? Um, ontem, creio, diz outro uniformizado, mas isso foi antes do meu turno. O senhor saberia me dizer para qual? Não, isso não podemos dizer. Mas aí não consigo fazer a matéria. Bom, disse o primeiro, quanto a isso infelizmente não podemos fazer nada. O senhor compreende, disse a moça, se não acontece nada de especial, não tenho como tirar daí matéria nenhuma. Sim, sim, eu entendo. Aí, ninguém vai querer minha reportagem. O outro: Talvez hoje aconteça alguma coisa, lá pelo começo da noite, talvez. A moça: Eu só tenho uma hora, no máximo. A edição. Tem um prazo. Eu compreendo, diz o uniformizado com um sorrisinho.

Mesmo duas horas mais tarde, no caminho de volta até o prédio da estação ferroviária, Richard não olha para o edifício da prefeitura, e sim para as fontes à esquerda; vê os tanques de água escalonados que sobem rumo à base da torre de televisão. Construídas na época do socialismo, jorrando água todo verão, eram um desafio para as crianças felizes que se equilibravam nas divisórias de pedra, circundadas pelos pais sorridentes e orgulhosos, crianças e pais olhando de tempos em tempos para o globo prateado lá em cima, deliciando-se com a vertigem. Ela vai cair! Vai cair em cima de nós! Trezentos e sessenta e cinco metros até a ponta lá no alto, os dias de um ano inteiro medidos em metros, diz o pai. Não, não vai cair, só parece que vai, a mãe diz às crianças encharcadas. O pai conta a elas, mas só se quiserem, a história do trabalhador que, dizem, caiu quando da construção da ponta lá em cima, mas como a torre é muito alta, a queda do trabalhador durou tanto tempo que os moradores das casas na vizinhança conseguiram juntar colchões com rapidez enquanto ele caía, toda uma pilha de colchões enquanto ele caía, caía e caía, de modo que a pilha estava pronta quando, depois da longa queda, o trabalhador chegou lá embaixo, aterrissando macio sobre ela — como no conto de fadas da princesa e da ervilha! — e levantando-se a seguir, ileso. As crianças ficam felizes com o milagre do trabalhador salvo, mas agora querem voltar a brincar. Nas fontes junto da Alexanderplatz, em Berlim, a humanidade parecia, verão após verão, tão saudável e satisfeita como, de modo geral, só se prometia para o futuro, para uma época longínqua e inteiramente feliz chamada *comunismo*, que em algum momento seria alcançada por todos, depois de um progresso escalonado até alturas vibrantes, quase inacreditáveis, em duzentos ou, o mais tardar, trezentos anos.

Contrariando a expectativa, porém, o Estado do povo, que encomendara as fontes, perdeu-se de súbito após quarenta anos e, com ele, o futuro correspondente; somente nos tanques escalonados a água seguiu e segue jorrando até hoje, verão após verão, rumo a alturas vibrantes, quase inacreditáveis, e crianças audazes e felizes continuam se equilibrando para admiração de seus pais sorridentes e orgulhosos. O que relata na verdade uma tal imagem, cuja história se perdeu? O que propagandeiam hoje as pessoas felizes? O tempo parou? Resta ainda algo a desejar?

Aos homens que preferem morrer a dizer quem são vieram juntar-se simpatizantes. Uma moça senta-se no chão de pernas cruzadas ao lado de um dos de pele preta, conversa baixinho com ele, volta e meia assente e, enquanto isso, enrola um cigarro. Um rapaz discute com os policiais, eles nem moram aqui, está dizendo, ao que o policial responde que isso nem seria permitido; pois então, replica o rapaz. Os homens pretos estão deitados ou acocorados no chão, vários estenderam um saco de dormir, outros, uma coberta, e outros ainda, nada. Armaram uma mesa de camping como apoio para um cartaz. O cartaz, encostado à mesa, é um grande pedaço de papelão pintado de branco no qual se lê em letras pretas: *We become visible*. Logo abaixo, em letras menores, alguém acrescentou a tradução com hidrográfica verde: *Nos tornamos visíveis*. Talvez o rapaz ou a moça. De Richard, que passa por ali nesse momento, os homens de pele preta só veriam as costas, caso olhassem para ele: ereto, um senhor caminha para a estação, veste um paletó apesar do calor, desaparece agora entre as demais pessoas, algumas das quais têm pressa e sabem muito bem aonde querem ir, ao passo que outras tão somente passeiam com o mapa da cidade nas mãos, querem visitar a *Alex*, a Alexanderplatz, o centro da porção de Berlim que por tanto tempo se chamou *zona russa*, o *setor leste*, como tantos ainda dizem de brincadeira. Como pano de fundo do torvelinho, mas um andar acima, os homens silentes, se erguessem os olhos, veriam também as janelas de um *Fitnesscentrum* localizado bem junto da base da torre de televisão, debaixo de uma marquise que se estende numa dobra ousada. Por trás das janelas, as pessoas sobre bicicletas e aquelas que correm pareceriam, rumando e correndo hora após hora para as janelas gigantescas, desejosas de, o mais rapidamente possível, ou juntar-se a eles na prefeitura, aos de pele preta, ou juntar-se à polícia, e de se declarar solidárias a uns ou a outros e até mesmo, havendo necessidade, de arrebentar as janelas e voar ou vencer num salto o derradeiro obstáculo em seu caminho. Mas claro está que bicicletas e esteiras são fixas, e as pessoas ali, praticando seu esporte, se movem sem sair do lugar, não avançam. É possível que estejam vendo tudo que se passa na praça, mas certamente estão distantes demais para, por exemplo, ler o que está escrito no cartaz.

3.

Para o jantar, Richard faz sanduíches de queijo e presunto e uma salada. No supermercado, que, nos tempos da RDA, era chamado de centro de compras, *Kaufhalle*, o queijo hoje estava em promoção, porque seu prazo de validade logo vai vencer. Richard não precisa economizar, sua aposentadoria é suficiente, mas por que pagar mais do que o necessário? Para a salada, corta cebola, cortou cebolas a vida inteira, mas, há pouco tempo, leu num livro de receitas como segurar a cebola corretamente, se não queremos que ela escorregue quando a estamos picando. Para tudo há uma forma ideal de proceder, tanto para as coisas profanas da vida como para o trabalho e para a arte. A rigor, pensa, é provável que não façamos outra coisa a vida toda a não ser tentar atingir essa forma. E, uma vez tendo-a alcançado aqui e ali, somos varridos da face da Terra. Seja como for, ele já superou há algum tempo aquele ponto em que, com seus êxitos, desejava provar alguma coisa aos outros; afinal, os outros já não estão aqui. Sua mulher não vai mais ver. E sua amante teria se interessado pouquíssimo pela arte de picar uma cebola. Só ele próprio pode agora se alegrar quando é bem-sucedido ou compreende alguma coisa. Ele se alegra. E sua alegria já não persegue propósito algum. Essa é a vantagem de viver sozinho: toda vaidade se revela um peso morto. E a segunda vantagem: não se tem mais ninguém para perturbar a ordem. Para a salada, torram-se uns pedacinhos de pão velho; uma vez retirado o saquinho de chá do bule, enrola-se nele a cordinha e torna-se a espremê-lo bem; no inverno, é preciso dobrar para baixo as rosas de caule longo e cobri-las de terra, e assim por diante. A alegria pelo que está no lugar certo, pelo que não se perde, por aquilo que é manuseado de forma correta em vez de desperdiçado; a alegria pelo que é bem-sucedido sem impedir outros sucessos — essa é na verdade, do modo como ele a vê, a alegria por uma ordem que não foi estabelecida por ele mas que Richard precisa apenas encontrar, que está fora dele e, por isso mesmo, o une a tudo que cresce, voa ou desliza, que o afasta, é certo, de muitas pessoas, mas isso lhe é indiferente.

No passado, quando a amante começou a rir dele e, depois, a se irritar com frequência cada vez maior com suas admoestações, ainda assim ele não pôde parar de insistir em suas interferências aqui e ali, que lhe pareciam absolutamente corretas. Com sua mulher, ele quase sempre estava de acordo, pelo menos nessas coisas. No fim da guerra, ela própria, menina alemã, tinha sido alvejada na perna por um avião alemão em voo rasante, e isso enquanto corria dos tanques russos. Se o irmão não a tivesse puxado da rua, ela decerto não teria sobrevivido. Tudo quanto não se abarca com os olhos é mortal, sua mulher aprendera já aos três anos de idade. Também ele, ainda um bebê quando sua família se mudou da Silésia para a Alemanha, quase foi separado da mãe no tumulto da partida, o que só não aconteceu porque um soldado russo, na plataforma superlotada, ainda conseguiu estendê-lo à mãe, já no compartimento do trem, por cima das cabeças de tantos outros que partiam. A mãe lhe contara essa história tantas vezes que ele quase a considerava parte de suas lembranças. Ela chamava isso de as *perturbações da guerra*. Seu pai provavelmente também fora causador dessas perturbações como soldado no front, tanto na Noruega como na Rússia. Quantas crianças não terá ele próprio, ainda quase uma criança, separado dos pais? Ou estendido à respectiva família no último minuto? Retornado da guerra, somente depois de dois anos reencontrou a própria família, que se mudara para Berlim, e pôde ver o filho pela primeira vez na vida. Os anúncios radiofônicos da Cruz Vermelha em busca de desaparecidos seguiram sendo transmitidos por muitos anos, mas o pai já estava havia tempos sentado no sofá ao lado da mãe, diante de uma torta de amêndoas e de uma xícara de café de verdade, e o bebê quase perdido em meio às perturbações da guerra já frequentava a escola fazia um bom tempo. Perguntar ao pai sobre a guerra, o menino nunca pôde. Deixe disso, dizia a mãe, balançando a cabeça, descartando o assunto com um gesto, deixe seu pai em paz. O pai ficava simplesmente em silêncio. O que teria sido do bebê caso o trem tivesse partido dois minutos mais cedo? O que teria sido da moça, a futura esposa de Richard, se o irmão não a tivesse puxado do meio da rua? Seja como for, certo é que entre um órfão e uma morta não teria havido casamento algum. Não estrague meus círculos, teria dito Arquimedes ao soldado romano que, depois, o matou com uma espada enquanto, com o dedo, ele desenhava figuras geométricas na areia. A ausência de perturbações não é uma obviedade, nisso Richard e sua mulher sempre concordaram. Provavelmente, era por isso que ela entendia muito melhor do que a jovem amante por que ele sempre buscava o que era efetivamente correto, em todas as situações com as quais deparava. Beber, sua mulher bebia. Mas essa era outra história.

* * *

Ele senta-se à mesa e liga a televisão; o telejornal traz as notícias da cidade e da região: um roubo a banco, a greve dos aeroportuários, a gasolina vai ficar mais cara de novo, dez homens haviam se reunido na Alexanderplatz — refugiados, ao que tudo indicava — e começado uma greve de fome, um deles não resistira e tinha sido levado para um hospital. Na Alexanderplatz? Pode-se ver um homem numa maca sendo empurrada para dentro de uma ambulância. Lá, onde Richard havia estado hoje? Uma jovem jornalista fala no microfone; ao fundo, veem-se algumas figuras acocoradas ou deitadas e uma mesa de camping com um cartaz de papelão: *We become visible.* Em verde e com letra menor: *Nos tornamos visíveis.* Por que então ele não tinha visto a manifestação? O primeiro pedaço de pão, ele o recheara com uma fatia de queijo; agora vinha o segundo, com presunto. Por vezes, Richard sente vergonha de fazer sua refeição noturna enquanto, na tela da tevê, vê pessoas mortas a tiros, corpos de vítimas de um terremoto, quedas de aviões, aqui um sapato de alguém que praticou um atentado suicida, ali os corpos embrulhados em plástico de vítimas de alguma epidemia dispostos lado a lado, numa vala comum. Hoje também sente vergonha, mas segue comendo, como sempre. Quando criança, aprendeu o que é a miséria. Mas nem por isso precisa, também ele, morrer de fome apenas porque, hoje em dia, um desesperado faz greve de fome. É o que diz a si próprio. Isso tampouco ajudaria aquele que está fazendo a greve e que, se estivesse tão bem quanto ele, também se sentaria para fazer sua refeição noturna. Em plena velhice, Richard ainda se ocupa de sacudir a herança protestante da mãe, o estado fundamental do remorso. Mas, dos campos de concentração, nem ela sabia. Supostamente. Antes de Lutero, o que havia afinal naquele lugar da alma onde a consciência pesada se instalou? Desde a afixação das teses, é provável que um certo entorpecimento faça as vezes de legítima defesa. Com o garfo, Richard enfia na boca toda a tigela de salada e diz a si mesmo, enquanto mastiga, que, mesmo intelectualmente, não seria honesto se, um dia, ele de fato parasse de comer em solidariedade com esse ou aquele pobre ou desesperado deste mundo. Ainda assim, não escaparia da jaula do livre-arbítrio. Cativo do luxo de poder escolher, seu jejum não seria menos caprichoso do que a gula. Acha saborosas as cebolas em sua salada. Cebolas frescas. E os homens seguiam se negando a dizer seus nomes, acaba de informar a jovem repórter. Ela parece preocupada com os grevistas, sua preocupação é convincente. Seria hoje esse tom de preocupação matéria de exame nos cursos de jornalismo? E a imagem do homem na maca era mesmo da Alexanderplatz? *Summa* chamavam-se na Idade Média as obras universais de referência, livros nos quais o mapa de Madri se parecia exatamente com o de Nurembergue ou Paris — revelava apenas que aquilo que levava um ou outro nome era uma cidade. Hoje, talvez não fosse muito diferente. Aquela figura sendo transportada numa maca, ele já não a vira em inúmeras reportagens de televisão feitas nos mais diferentes recantos do mundo por ocasião das mais diversas catástrofes? Que importância tinha se aquelas imagens, que passavam em décimos de segundo, compartilhavam ou não local e tempo com o horror que a notícia suscitava? Uma imagem podia servir como prova? E deveria? Que história fundamentava as imagens aleatórias de hoje em dia? Ou já não se tratava de um relato? Somente hoje, conclui agora o locutor, seis banhistas haviam se afogado acidentalmente nos lagos ao redor de Berlim, um *recorde trágico*, acrescenta, encerrando o noticiário e anunciando a seguir o boletim meteorológico. Seis pessoas como o homem que jaz, ainda e sempre, no fundo do lago. *We become visible.* Por que Richard não viu os homens na Alexanderplatz?

4.

No meio da noite, ele se levanta para urinar e, depois, não consegue voltar a dormir, como às vezes andava acontecendo nos últimos meses. Deitado no escuro, fica vendo seus pensamentos extraviando-se. Pensa no homem bem lá no fundo do lago, onde até no verão a água é gelada. Pensa em sua sala no instituto, vazia. Na jovem com o microfone. Antes, quando ainda conseguia dormir, as noites pareciam uma pausa. Mas agora não mais, fazia tempo. Tudo segue adiante sem cessar, mesmo no escuro.

No dia seguinte, vai cortar a grama e, depois, no almoço, come uma sopa de ervilhas em lata; lava, então, a lata e faz um café. Toma um comprimido para dor de cabeça. *Cor de dabeça*. Com a amante, ele antes fazia essas piadas, misturando as palavras. Ou pronunciava em voz alta os erros de digitação. *Velho* virava *vehlo*, *breve*, *bevre*, e assim por diante. Por que não tinha visto os homens? *We become visible*. Que nada.

Richard retira da estante a tradução em prosa da *Odisseia* e lê seu capítulo preferido, o XI.

Mais tarde, vai de carro ao armazém agrícola e leva a lâmina do cortador de grama para afiar.

No fim do dia, come sanduíches com salada. Telefona, então, para seu amigo Peter, o arqueólogo, que lhe conta que, à beira da escavação, uma estátua moderna surgiu de repente dentro da caçamba de uma escavadeira. Da exposição Arte Degenerada dos nazistas, diz ainda. Imagine você. Talvez, no meio do bombardeio, um escritório da Câmara de Cultura do Reich tenha desmoronado, e o armário com os venenos, por assim dizer, foi parar na Idade Média. Richard comenta que aquilo é mesmo inacreditável, e o amigo, que a Terra está cheia de milagres. Richard pensa, mas não diz, que ela é antes como um lixão, as diferentes épocas mergulham na escuridão umas sobre as outras, a boca cheia de terra; uma se acasala com a outra, mas são estéreis, e o progresso consiste sempre e apenas no fato de que aqueles que circulam pela superfície não têm nem ideia disso tudo.

No dia seguinte, chove e, por isso, Richard fica em casa e finalmente arruma a pilha de jornais velhos.

Faz também algumas transferências pelo telefone e, depois, uma lista de compras para mais tarde.

1 quilo de cebolas
2 saladas
½ pão branco
½ pão preto
Manteiga
Queijo, salsicha?
3 latas de sopa (ervilhas ou lentilhas)
Macarrão
Tomates

Parafusos de 16 mm
Verniz marítimo
2 ganchos

Depois do almoço, deita-se por vinte minutos. A coberta é de pelo de camelo legítimo, presente de Natal que sua mulher lhe deu anos atrás.

Para começar a esvaziar as caixas de papelão no porão, prefere esperar um dia mais claro.

A aluna cujo manuscrito sobre as "Camadas de significado nas *Metamorfoses* de Ovídio" ele guardou por vezes cochilava em suas aulas, escondendo o rosto com as mãos. Mas, apesar disso, tinha escrito um trabalho correto.

À tarde, chuvisca apenas, ele entra no carro e segue para o supermercado, que, antes, chamava-se *centro de compras*; amanhã é domingo, ele não pode se esquecer de nada e ruma, então, para o armazém agrícola, a fim de comprar o restante das coisas. O armazém cheira a esterco, serragem e tinta, mas tem também iscas para pescar, óculos de mergulho e ovos frescos, vindos diretamente da aldeia.

Óculos de mergulho.

À noitinha, no noticiário da cidade e região, um breve comunicado: os refugiados em greve de fome da Alexanderplatz haviam sido removidos hoje. A greve tinha terminado.

Pena, ele pensa. Tinha gostado da ideia de alguém se tornar visível sem dizer publicamente quem era. Para escapar da caverna do ciclope, Ulisses havia dito ser Ninguém. Quem furou seu olho?, lá de fora, os outros gigantes perguntaram ao ciclope cego. Ninguém, o ciclope gritou. Quem está batendo em você? Ninguém! Ulisses, o Ninguém cujo nome falso que anula a si mesmo o gigante grita, agarra-se ao ventre de uma ovelha e, assim, escapa sem ser descoberto da caverna do monstro devorador de homens.

O cartaz com a inscrição We *become visible* estava agora provavelmente num cesto de lixo ou, caso fosse grande demais para o cesto, estendido no chão, encharcado da água da chuva.

5.

Nas duas semanas seguintes, Richard troca a porta de seu barracão por uma nova, manda consertar a chaminé da lareira, transplanta as peônias, passa verniz nos remos, cuida da correspondência negligenciada ao longo do verão, vai uma vez à fisioterapia e três vezes ao cinema. Como sempre, lê o jornal durante o café da manhã. De manhã, bebe chá, Earl Grey, com leite e açúcar, come um pãozinho com mel e outro com queijo, por vezes com uma fatia de pepino; ovo, só aos domingos. Agora, tem paz todo dia, como antes só acontecia aos domingos. Mas só aos domingos quer um ovo. Como é seu costume. O que é novo é que pode levar o tempo que quiser bebendo seu chá, e muitas notícias que antes lia apenas de passagem ele agora lê a fundo. Gostaria de saber para onde haviam sido levados os dez homens da Alexanderplatz, mas não encontra nada a esse respeito. Lê que, diante da ilha italiana de Lampedusa, sessenta e quatro dos trezentos e vinte e nove refugiados a bordo de um barco morrem afogados, entre eles pessoas vindas de Gana, Serra Leoa e Níger. Lê que um homem de Burkina Faso, escondido no trem de pouso de um avião, despencou em pleno voo de uma altura de três mil metros em algum ponto da Nigéria; lê sobre uma escola em Kreuzberg ocupada há meses por negros africanos; lê sobre a Oranienplatz, na qual, ao que parece, os refugiados vivem em barracas há um ano. Mas onde fica Burkina Faso? Até mesmo o vice-presidente norte-americano falou recentemente da África como um *país*, mas, dizia o mesmo artigo sobre essa gafe, são cinquenta e quatro os países africanos. Cinquenta e quatro? Disso Richard também não sabia. Qual a capital de Gana? E de Serra Leoa? Ou do Níger? De seus alunos do começo do primeiro ano, vários eram incapazes de recitar em grego até mesmo os quatro primeiros versos da *Odisseia*. Isso seria inconcebível em seu tempo de estudante. Richard se levanta para apanhar o atlas. A capital de Gana é Acra, a capital de Serra Leoa é Freetown, a capital do Níger é Niamei. Alguma vez ele soube o nome dessas cidades? Burkina Faso fica a oeste do Níger. E o Níger? Pelo Departamento de Germanística na universidade, somente algumas salas adiante no corredor, circulavam com frequência estudantes de Moçambique e de Angola nos anos 1970; estudavam engenharia mecânica ou agronomia, mas tinham aulas de alemão com os colegas. A colaboração com os Estados africanos outrora aliados terminou com o fim do socialismo. Tinha sido por causa desses estudantes que ele comprara o livro *Negerliteratur*? Richard já não se lembra, mas, de todo modo, sabe exatamente onde está o livro na estante. Os livros esperam, é o que ele sempre diz quando lhe perguntam se ele já leu todos os que tem. A capital de Moçambique é Maputo, e a de Angola, Luanda. Richard fecha o atlas e vai até o cômodo contíguo, até a divisão na estante onde está *Negerliteratur*. Hoje, ninguém mais diria *Neger*, mas naquela época imprimia-se a palavra até na capa de um livro. O que significa na verdade *naquela época*? Em sua infância no pós-guerra, a mãe sempre precisava ler para ele algum trecho de *O balão de ar de Hatschi Bratschi*, livro que ela encontrara numa mala em meio aos escombros de Berlim.

Depressa, a água está quente,
Mamãe canibal diz urgente.
Agarrem-no rapidinho,
Diz o canibal menininho.

Nas ilustrações, o menino canibal lhe agradava bastante: os ossinhos da última refeição espetados nos cabelos. Sua mãe provavelmente havia doado o livro em algum momento e, mais tarde, quando, já adulto, Richard foi procurá-lo nas livrarias, descobriu que ele ainda existia, mas agora apenas numa nova edição, politicamente correta, com uma África sem canibais, e que só se conseguia a edição original, quando muito, a um preço absurdo. Também nesse caso a proibição nada mais conseguira além de transformar o proibido em algo muito cobiçado. Os efeitos não são diretos, e sim indiretos, ele pensa, como tem pensado com bastante frequência nos últimos anos em diversas oportunidades. Mas o livro *Negerliteratur* está em sua estante, onde sempre esteve à sua espera. E, sim, é de 1951. Ele o folheia e lê algumas linhas. *A Terra é redonda e toda cercada de pântanos*, lê. *Mais adiante, fica o país dos espíritos da selva. Debaixo da terra, somente mais terra. O que vem a seguir, não se sabe.*

6.

Já está escurecendo quando Richard por fim encontra a escola no bairro berlinense de Kreuzberg. Iluminação externa, o antigo pátio não possui, de forma que ele mal pode distinguir do ar noturno as figuras pretas que vêm em sua direção. A escada fede. As paredes revestem-se da tinta colorida dos grafites. No primeiro andar, ele olha por uma porta aberta diretamente para o interior de um banheiro masculino e entra para ver que aspecto tem um banheiro masculino ali: dos quatro compartimentos, três estão lacrados com fita vermelha e branca. Do outro lado, tudo vazio, ali ficavam talvez os chuveiros. Os canos foram retirados, sobraram apenas os azulejos. O fedor é terrível. Ele sai. Não tem ninguém ali agora, nenhum preto, nenhum branco. Na parede, apenas um pedaço de papel escrito à mão: *auditório*, diz, com uma seta apontando para cima. E, vindas lá de cima, ele agora ouve vozes. Talvez já estejam todos na assembleia. Richard se atrasou um pouco, perdeu-se no caminho do trem até a escola, porque ainda não conhece bem o lado oeste de Berlim. No jornal, havia lido: *O governo de Berlim convida moradores e*

*refugiados para discutir a situação no auditório da escola ocupa-
da em Kreuzberg.* E o que ele está fazendo ali, se não é morador
ncm refugiado? A queda do Muro deu-lhe a liberdade de ir a lugares dos quais tem medo?

O auditório está lotado, pessoas de pé, sentadas no chão,
em cadeiras, nas mesas. Os colchões dos refugiados foram empurrados para as laterais do salão, duas ou três barracas estão
montadas bem no meio, presas com firmeza ao assoalho de ta-
cos dispostos em formato espinha de peixe. O que ali é fora, e o
que é dentro? Também o antigo palco do auditório está forrado
de colchões, um bem junto do outro; a cortina de teatro pende
entre colunas coríntias brancas e, alçada, põe à mostra os colchões para dormir, os cobertores, lençóis, as bolsas e os sapatos.
Não se vê aqui e ali até mesmo uma figura deitada debaixo do
cobertor, dormindo? Richard não tem certeza. *Ai de mim!*

No momento, cada um está dizendo seu nome, quem é e
por que está ali. E tudo é traduzido duas vezes. Richard já esteve em muitas assembleias na vida, mas nunca viu uma assembleia como aquela.

Meu nome é, eu venho de, estou aqui porque.

My name is, I come from, I'm here because.

Je m'appelle, je suis de, je suis ici parce que.

Cerca de setenta pessoas dizem quem são. *Ai de mim! da filosofia,/ Medicina, jurisprudência,/ E, mísero eu! da teologia/ O
estudo fiz, com máxima insistência.* O teto tem revestimento de
estuque, do meio pende um lustre, madeira escura nas paredes.
Não faz tanto tempo assim, ali era um colégio.

Do Mali, da Etiópia, do Senegal. De Berlim.

From Mali, Ethiopia, Senegal. From Berlin.

Du Mali, d'Éthiopie, du Sénégal. De Berlin.

Algumas jaquetas e camisetas estão penduradas nas cruzetas das janelas. Para secar, talvez? Afinal, onde se lava roupa numa antiga escola? No palco, há não muito tempo, faziam-se discursos e tocavam-se peças ao piano, novos estudantes eram recebidos e os melhores entre os formandos eram agraciados. Peças de teatro eram apresentadas. A cortina se abria e via-se Fausto sentado à sua escrivaninha. *E vejo-o, não sabemos nada!* De fato, mesmo agora, durante a assembleia, há pessoas deitadas debaixo de alguns dos cobertores, dormindo.

Do Níger. De Gana. Da Sérvia. De Berlim.

From Niger. From Ghana. From Serbia. From Berlin.

Du Niger. Du Ghana. De Serbie. De Berlin.

Vão mandá-lo embora porque ele não é morador? Richard não quer dizer quem é. Ou por que está ali. Afinal, nem ele próprio sabe. Entre os poucos presentes de pele branca há moradores de Kreuzberg, integrantes de associações de auxílio aos refugiados, trabalhadores humanitários e membros de uma iniciativa que quer transformar a escola num centro cultural, além de funcionários da subprefeitura municipal e colaboradores da Assistência Social à Juventude. Há também uma jornalista, que precisa sair, porque a assembleia deve acontecer a portas fechadas. Entre os muitos de pele preta, há pessoas que moram na escola há oito meses, pessoas que vivem ali há seis meses e pessoas que só chegaram há dois meses. Esses refugiados dizem seus nomes e de onde vieram, ao contrário daqueles da Alexanderplatz, mas essa não parece ser a solução do problema. A capital de Gana é Acra, a capital de Serra Leoa é Freetown, a capital do Níger é Niamei.

Não, Richard não quer dizer seu nome.

No momento mesmo em que está pensando nisso, de repente ouve-se um estrondo ensurdecedor provindo da escada, algo como uma explosão, que, de súbito, aniquila todo pensamento e só deixa para trás o instinto. Instintivamente, o trabalhador humanitário sabe: Estamos no segundo andar. O homem de Gana sabe: O acesso à outra escada está trancado. O morador do bairro sabe: E ainda por cima sou branco. A moradora se pergunta: O que será do meu filho? Muitas das pessoas de pele preta sabem: Então eu vim para cá só para morrer. E Richard também sabe: É chegada a hora.

Mas, então, todos os que taparam os ouvidos, Richard inclusive, baixam as mãos, seguem respirando, começam a pensar e pensam: Não foi bomba nenhuma. E pensam também: Mas poderia muito bem ter sido.

Só que, bem no momento em que todos querem afastar depressa do pensamento o medo que sentiram, ou, antes, o medo que os possuiu, justamente então a luz se apaga e, por um instante, todos no salão se tornam pretos. E agora? O que é isso?, ouvem-se os murmúrios de alguns. Deus do céu, ouve-se. E a luz então volta.

Mal clareou, porém, e, como se já não tivessem acontecido coisas inesperadas o bastante nos últimos dois minutos, um africano começa de repente a gritar, agita as mãos, xinga, arremessa um travesseiro pelo salão e, depois, uma colcha também. O que houve? O que é que ele tem? Está em choque? Não, dizem: Ao que parece, durante a explosão ou a escuridão que se seguiu, roubaram seu laptop de debaixo do travesseiro. Como é que um refugiado como esse tem um laptop?, o morador pensa agora. Com certeza é um daqueles que vendem drogas ali no parque, dobrando a esquina, pensa a moradora. Propriedade privada não funciona mesmo, quando o que se tem é só uma colcha e um travesseiro, pensa Richard, que, por razões que não estão inteiramente claras nem para ele, foi parar ali proveniente das cercanias da cidade. Ele passa pelo homem que grita e pelos demais, que tentam acalmá-lo, deixa para trás o tumulto e o salão em que a assembleia na verdade ainda nem começou e sai para o patamar da escada, onde paira ainda a fumaça do petardo detonado por algum provocador berlinense desejoso de mandar um recado à subprefeitura local, ou por algum jovem de pele preta sem nada melhor para fazer do que assustar os outros com uma bomba, ou por algum neofascista que odeia os refugiados e seus simpatizantes, ou por um pobre-diabo preto que, num momento de pânico, quis roubar o laptop de outro pobre-diabo preto.

Richard desce a escada, que mal pode ver por causa de toda a fumaça, passa pelo banheiro masculino bem iluminado, mas vazio, e segue até lá embaixo. Se não avançasse tão devagar, para não errar nenhum degrau, seria possível dizer que está fugindo.

7.

É bom o cheiro da folhagem no outono. A folhagem molhada que se enfia na terra e cola na sola dos sapatos. Abrir o portão do jardim e respirar fundo o ar escuro, como Richard faz há vinte anos, sempre que chega em casa à noitinha. Vinte anos atrás já era outono no jardim, o cheiro era o mesmo, ele abria o portão e, em seguida, o trancava. O tempo ali é como um grande país ao qual, estação após estação, se pode retornar. Ali, ele conhece tudo. Ao contrário de vários de seus vizinhos, não tinha mandado instalar nenhum sensor de movimento entre as árvores, a fim de iluminar o caminho para casa por entre os troncos. Às vezes, a lua brilha, mas não o incomoda quando, como hoje, tudo está escuro como breu; aí, seus passos pertencem mais à floresta do que a ele próprio, e a vigilância substitui a visão. Por um momento, a escuridão, mesmo a escuridão domesticada de um jardim, faz de um ser humano como ele um animal vulnerável. Ocorre-lhe então, outra vez, o homem que, mesmo agora, balançando-se em silêncio, paira em algum ponto do fundo do lago.

* * *

Tinha sido covarde em Kreuzberg? Provavelmente. Ali no jardim, sempre lhe pareceu ser a proximidade do medo o que o vincula mais estreitamente ao lugar. Ali no jardim, nunca teve medo do medo. Na cidade, é diferente. Os amigos caçoam dele pelo fato de Richard seguir se recusando a ir de carro ao centro. Mas, desde a queda do Muro, ele já não conhece tão bem o centro de Berlim. Desde a queda do Muro, a cidade dobrou de tamanho e mudou tanto que ele muitas vezes não sabe nem sequer em que esquina está. Ele conhecia as lacunas criadas pelas bombas, com os escombros e, depois, sem eles. Mais tarde, apareceram ali talvez uma barraca vendendo salsicha ou um comércio de árvores de Natal, mas, na maioria das vezes, absolutamente nada. Nos últimos anos, porém, as lacunas voltaram a ser preenchidas por prédios, as esquinas truncadas foram reconstruídas, não se veem mais paredes corta-fogo. Antes da construção do Muro, Richard, ainda criança, vendia mirtilos na estação de trem de Gesundbrunnen, no lado oeste de Berlim, mirtilos que ele próprio colhia e que vendia para poder comprar sua primeira bola inflável de plástico. Bolas assim só existiam do lado ocidental. Depois, quando viu pela primeira vez a estação após a queda do Muro, os trilhos que conduziam ao leste estavam tomados pela grama alta, bétulas cresciam nas plataformas, balançando ao vento. Fosse ele um planejador urbano, teria deixado assim. Como lembrança da cidade dividida e como sinal da transitoriedade de tudo que é construído pelo homem, ou talvez apenas porque é bonita uma florestazinha de bétulas numa plataforma.

Richard se serve de uma dose de uísque e liga a televisão. Estão passando vários programas de entrevistas, um velho western, noticiários, um filme ambientado numa pastagem alpina, documentários sobre animais, gincanas de perguntas e respostas, filmes de ação, de ficção científica, policiais. Ele deixa a tevê ligada, mas sem som, e ruma para sua escrivaninha. Enquanto, às suas costas, uma detetive força a porta de um porão, ele examina alguns documentos dispostos sobre a mesa: seguros, contratos com a companhia telefônica, a conta da oficina mecânica. Há pouco, não quis dizer seu nome na assembleia, mas por que não, afinal? Uma assembleia em que setenta pessoas se apresentam umas às outras — isso lhe parece realmente absurdo. Ainda agora, à escrivaninha, ele balança negativamente a cabeça, enquanto a detetive, às suas costas, fala com uma adolescente que, acocorada num canto, chora. Declarar o próprio nome, pareceu-lhe, equivaleria a uma confissão, no mínimo à confissão de que estava presente ali. E o que as pessoas têm com isso, com o fato de que ele está ali? Não quer ajudar ninguém, não mora perto da escola nem é membro do governo. Só quer ver o que se passa e que o deixem observar em paz. Não pertence a grupo nenhum, seu interesse é problema exclusivamente seu, é sua propriedade privada, e seu envolvimento é, por assim dizer, nenhum. E não tivesse esse envolvimento sido nenhum ao longo de toda a sua vida profissional, ele não teria compreendido tanta coisa. A tentativa de descobrir quem estava no auditório tinha a ver, era provável, com o estado de guerra em que a escola se encontrava. Mas o que um nome significa? Quem quer mentir poderá sempre mentir. É necessário saber muito mais do que um nome apenas, ou aquilo tudo não tem sentido nenhum. Richard se levanta, vai até o sofá e permanece sentado ali ainda por um momento, diante da televisão muda e com um último gole de uísque no copo. Um jovem rapaz segura um homem mais velho pelo colarinho e o aperta contra uma parede, gritam um com o outro e, então, o jovem o solta; o mais velho vai-se embora, e o rapaz ainda grita alguma coisa para ele. Corte. O escritório da detetive. Paredes de vidro, persianas metálicas, xícaras de café, documentos, e assim por diante.

8.

No café da manhã, Earl Grey. Com leite e açúcar. Assim como um pão com mel e outro com queijo. No rádio, as *Variações Goldberg*, de Bach. Anos atrás, Richard deu uma palestra sobre a língua como um sistema de signos. As palavras como signos das coisas. A língua como pele. E as palavras permaneciam sendo apenas palavras, sempre. Nunca eram a coisa em si. Era preciso saber muito mais do que os nomes, ou tudo aquilo não fazia sentido nenhum. O que torna uma superfície superfície? O que a separa do que está abaixo dela, o que a separa do ar? Quando criança, ele tirava do leite quente a película de nata, aquela película que lhe dava nojo e que, pouco antes, ainda era leite. Do que se compõe um nome? De sons? Ou nem isso, quando está somente escrito. Talvez por isso ele goste tanto de ouvir Bach, porque em Bach não há superfície, e sim muitas histórias que se entrecruzam. Entrecruzam-se, entrecruzam-se de novo — a todo momento, e é de todos esses cruzamentos que é feita a coisa que, em Bach, se chama música. A cada momento, uma espécie de corte num pedaço de carne, um corte através da própria coisa.

Este ano ele com certeza vai de novo reservar um ingresso para o *Oratório de Natal* na catedral. Pela primeira vez desde a morte da mulher. Richard recolhe seu prato e vai sacudir as migalhas no lixo. Depois, apanha o casaco e calça os sapatos marrons, que são os mais confortáveis — *never brown in town*, diz-se, mas pouco lhe importa. Quando se cai do cavalo a galope, deve-se tornar a montar imediatamente e seguir em frente, diz-se, ou o medo nos penetra até os ossos. Medo, ele teve ontem, na escola ocupada. Portanto, verifica se o fogão está desligado, apaga a luz e apanha as chaves e a carteirinha do transporte público.

De todo modo, ir de dia à Oranienplatz é mais fácil do que fazer uma visita noturna a uma escola abandonada por Deus. Richard tinha ido pela primeira vez a Kreuzberg com a mulher, pouco depois da queda do Muro. Na época, todo domingo eles davam um passeio por um bairro do lado ocidental. Na noite do sábado, consultavam o guia da cidade e, no domingo de manhã, iam passear. Refugiados huguenotes tinham sido os primeiros moradores das ruas em torno da Oranienplatz, quando ela ainda ficava na periferia da cidade; consta que muitos eram jardineiros. E Lenné então projetou a praça no século retrasado, quando ainda havia um canal ali; a praça era uma das margens, e o que hoje é rua era uma ponte. Depois, Richard mostrou a praça também à amante, a quem explicou quem foi Lenné; logo dobrando a esquina havia uma boa livraria, um cinema de arte e um belo café.

Agora, a praça parece um canteiro de obras. Uma paisagem de tendas, barracas de madeira e lonas: branca, azul e verde. Richard senta-se num banco da praça, olha em torno e põe-se a ouvir o que estão dizendo. Ninguém pergunta seu nome. O que ele vê? O que ouve? Vê cartazes e placas com slogans pintados à mão. Vê homens negros e simpatizantes brancos. Os pretos vestem calças recém-lavadas, jaquetas coloridas, camisas listradas, pulôveres claros com escritos coloridos; onde, afinal, se lava roupa numa praça ocupada? Um deles calça tênis dourados, é Hermes? Os simpatizantes têm pele branca, mas, em compensação, sua roupa é escura e esgarçada, calças, camisetas, pulôveres. São jovens e pálidos, tingem os cabelos com hena, não creem nessa ordem ideal do mundo, querem, antes, mudar tudo e, por isso, enfiam anéis nos lábios, orelhas e nariz. Os refugiados, por sua vez, querem acesso a um mundo que, a seus olhos, parece convincentemente em ordem. Ali na praça, entrecruzam-se os dois tipos de desejos e esperanças; há uma interseção, mas o observador silente duvida que ela seja muito grande.

Antes de se mudarem para as cercanias da cidade, Richard e sua mulher tinham uma casa ali, a duzentos metros em linha reta de Berlim Ocidental. E ali viviam quase tão tranquilos como, mais tarde, na periferia. O Muro transformara sua rua num beco sem saída, crianças patinavam por ela. Quando então, em 1990, o Muro foi sendo removido pedaço a pedaço, numerosos berlinenses ocidentais comovidos compareciam pontualmente para a abertura de cada nova passagem, para dar as boas-vindas a seus irmãos e suas irmãs do leste. Uma manhã, às nove e meia, deram também a ele as boas-vindas com lágrimas nos olhos, ao berlinense oriental que por acaso morava na rua apartada fazia vinte e nove anos e que agora tomava o caminho da liberdade. Naquela manhã, porém, ele não caminhava para a liberdade, e sim para a universidade — com a abertura daquele pedaço do Muro, queria alcançar pontualmente sua estação do trem, que ficava do lado ocidental da rua. Com os cotovelos, havia, apressado e incólume, aberto caminho pela multidão comovida, um dos decepcionados libertadores ainda gritara algum xingamento, mas, pela primeira vez, Richard chegava à universidade em menos de vinte minutos.

Há apenas um ano, o banco de praça no qual ele agora estava sentado era ainda um banco perfeitamente normal numa área verde de Kreuzberg. Transeuntes a passeio sentavam ali e se restabeleciam, descansavam. O canal da época de Lenné, a administração municipal mandara aterrar nos anos 1920, porque ele fedia muito. Será que, apesar disso, a água ainda corre lá no fundo entre os grãos de areia?

Seja como for, ninguém mais senta-se ali para se restabelecer. E Richard só não se levanta de imediato porque seu propósito não é restabelecer-se. Sentar-se naturalmente num banco de praça deixou de ser algo natural com os homens de pele preta acampados nas superfícies verdes atrás dos bancos. Berlinenses que desde os tempos de Lenné sabiam como se comportar num banco da praça, não sabem mais como fazê-lo: nenhuma mulher de idade alimenta os pardais, nenhuma mãe balança suavemente o carrinho de bebê para um lado e para o outro, nenhum estudante lê, não se vê nenhum trio de beberrões fazendo ali seu encontro matinal, nenhum funcionário público come o lanche do almoço, nenhum casal de namorados de mãos dadas. "A transformação do sentar-se" seria, de resto, um bom título para um ensaio. Apesar disso, Richard permanece sentado. Sempre que surge um "apesar disso", é o que lhe diz sua experiência, as coisas se tornam interessantes. "O nascimento do Apesar Disso" também daria um bom título.

* * *

A única pessoa de pele branca que parece se sentir tão em casa na praça como os refugiados é uma mulher ossuda de uns quarenta e poucos anos. Ela mostra a um turco aonde levar o pão pita que ele quer doar. Um pouco mais tarde, ela recebe uma bicicleta de um homem de barba, repassa-a a um dos refugiados, e os dois ficam olhando o refugiado partir pedalando e feliz. Ele tem uma bala alojada no pulmão, diz ela ainda, e o homem de barba assente; Líbia, ela informa, e ele torna a assentir; depois, os dois se calam por um momento; vou indo então, o homem diz. Uma jovem se aproxima da mulher ossuda com um microfone na mão.

No momento, ela não está dando entrevistas, a mulher ossuda diz.

Mas seria importante que os berlinenses...

A senhora talvez não saiba que neste momento estão em andamento negociações para arranjar-lhes abrigo para o inverno.

Mas é por isso mesmo que estou aqui, diz a jovem.

Será que Richard já está parecendo um vagabundo e que por isso não incomode as mulheres o fato de ele estar sentado a meio metro delas, ouvindo tudo?

Então talvez a senhora saiba também que, de agora até abril, a oferta do governo berlinense é de dezoito euros por homem por noite.

Sim, eu...

Pois bem, diz a mulher ossuda, a única pessoa disposta a dar abrigo aos homens neste momento já está pedindo o dobro disso. Se, portanto, a senhora escrever: Há ratos aqui, e tão somente quatro banheiros; às vezes, nenhuma refeição quente por três dias. E se escrever: Já no inverno passado as barracas sucumbiram sob a neve — aí, eu garanto à senhora: a única pessoa que vai ficar feliz com seu artigo é esse investidor.

Ah, diz a jovem mulher, entendi, ela diz, baixando o microfone.

De novo, como tantas vezes nos últimos anos, Richard está pensando consigo que as consequências do que fazemos são quase sempre imprevisíveis, e mesmo, com frequência, o contrário daquelas que, de início, nossa empreitada pretendia alcançar. Que assim seja ali também, ele pensa, é algo que talvez se deva ao fato de que, no embate do governo berlinense com os refugiados, trata-se em última instância de uma linha fronteiriça, de um limite, e, formulando-o em termos matemáticos, perto do limite os sinais muitas vezes se invertem. Não admira, pensa ele, que a palavra "empreitada" não seja menos aparentada aos negócios do que à ação.

Sem voltar a ligar o microfone, quase que apenas como ser humano, a jovem mulher ainda pergunta à ossuda:

O que, afinal, os homens ficam fazendo aqui o dia todo, se não podem trabalhar?

Nada, diz a mulher ossuda. E, de partida, acrescenta: Quando não fazer nada se torna muito complicado, organizamos uma manifestação.

Compreendo, diz a jovem, assentindo para a outra, que agora vai-se embora.

Então, a jovem mulher guarda o microfone; de costas para Richard, ela segue bem defronte de seu banco sem perceber o tempo todo que dispõe de um espectador calado. Enquanto isso, a mulher ossuda se dirige para uma barraca aberta que parece ser a cozinha e, no caminho, apanha do chão uma placa de madeira que caiu e, ao cair, abriu um buraco numa das barracas.

Richard vê um homem preto caminhando na direção de outro e cumprimentando-o com um aperto de mão. Vê um grupo de cinco homens reunidos, conversando, um deles falando no telefone. Vê o que ganhou a bicicleta pedalando em círculos pela praça, às vezes fazendo curvas arriscadas também pelos caminhos de cascalho e por entre os outros homens. Vê três homens sentados atrás de uma mesa numa barraca aberta, tendo à sua frente uma caixa de papelão com a inscrição *Doações*. Vê um homem mais velho, com um olho estropiado, sentado sozinho no encosto de um banco. Vê um homem com uma tatuagem azul no rosto dar um tapinha no ombro de outro e seguir adiante. Vê um dos homens conversando com uma simpatizante. Vê alguém numa barraca com a lona levantada sentado numa cama de armar, segurando um telefone e digitando alguma coisa nele. De outro, deitado na cama ao lado, vê apenas os pés. Vê dois outros homens discutindo numa língua incompreensível; quando um deles ergue a voz e golpeia o outro no peito, fazendo-o cambalear para trás, o ciclista precisa descrever um círculo em torno de ambos. Vê a mulher ossuda conversando com um homem que segura uma panela. Vê o portentoso edifício de esquina que fornece o pano de fundo para isso tudo. É possível que ele date da época em que no local onde Richard está sentado ainda passava o canal. Parece uma antiga loja de departamentos, mas o térreo agora abriga um banco. Quando o canal passava por ali, a Alemanha ainda tinha colônias. *Loja de artigos coloniais*, lia-se ainda numa escrita envelhecida em várias fachadas de Berlim Oriental vinte anos atrás, antes de o Ocidente começar a reformar tudo. *Artigos coloniais* e as marcas dos tiros da Segunda Guerra Mundial numa única e mesma fachada; e, além disso, na vitrine empoeirada de um daqueles edifícios já esvaziados para reforma, talvez um cartaz socialista de papelão: *Obst Gemüse Speisekartoffeln* (OGS) — frutas, legumes, batatas. O globo que Richard tem em seu escritório ainda registra: *África Oriental Alemã*. Na altura da Fossa das Marianas, o papelão que o recobre se descolou um pouco, mas, apesar disso, o globo ainda é bonito. Como a África Oriental Alemã se chama hoje, Richard não sabe. Será que, na época em que seu posto atual era um canal, podiam-se comprar escravos na loja de departamentos do outro lado? É possível que criados pretos levassem carvão aos contemporâneos de Lenné, no quarto andar? Richard não consegue reprimir um sorrisinho ao imaginá-lo, mas quando se é um senhor mais velho, e se está sentado sozinho num banco de praça e sorrindo, isso pode parecer preocupante aos outros. O que ele está esperando, afinal? Acredita mesmo que, tendo os homens passado todo um ano acampados ali na praça, justamente hoje, um dia qualquer em que ele foi da periferia da cidade até ali, vai acontecer algo imprevisível? Nada acontece, e quando, depois de duas horas e meia, ele começa a tremer de frio, Richard se levanta do banco e parte de volta para casa.

Muitas vezes acontecia de, ao começar um projeto, ele não saber o que o levava adiante, como se seus pensamentos possuíssem vida independente e vontade própria, tão somente à espera de que ele enfim os pensasse, como se a investigação que ainda estava por iniciar já existisse antes de ele a empreender, e como se o caminho a atravessar o que ele sabia, o que via, aquilo com que deparava ou vinha em sua direção na verdade sempre tivesse estado ali, pronto a, finalmente chegada a hora, ser percorrido por ele. E provavelmente assim era, porque só se podia encontrar o que já estava ali. Porque tudo já está aí, sempre. À tarde, pela primeira vez ele limpa a folhagem com o ancinho. À noitinha, o noticiário informa que era apenas questão de tempo até que se encontrasse uma solução para a situação insustentável dos refugiados na Oranienplatz. Richard já ouviu muitas vezes declarações semelhantes, em relação a todo tipo de situação insustentável. Em princípio, é também apenas uma questão de tempo até que as folhas voltem a ser terra ou até que o afogado venha à tona em alguma parte ou se dissolva no lago. Mas o que isso significa? Ele não sabe nem sequer se o tempo existe para sobrepor camadas e caminhos diversos ou, bem ao contrário, para apartá-los uns dos outros, mas talvez o apresentador do noticiário o saiba. Richard se irrita sem que saiba dizer por quê. Mais tarde, já na cama, lembra-se das palavras da mulher ossuda: Quando não fazer nada se torna muito complicado, organizamos uma manifestação. De repente, sabe então por que hoje passou duas horas sentado na Oranienplatz. Já sabia quando, em agosto, ouviu falar na greve de fome e nos grevistas que se recusavam a dizer seus nomes, assim como sabia também ontem, ao entrar no pátio escuro da escola; agora, porém, neste momento, sabe de verdade. Falar sobre o que é de fato o tempo é algo que Richard provavelmente pode fazer melhor conversando com aqueles que foram excluídos dele. Ou que estão trancafiados nele, se se prefere dizer assim. A seu lado, na metade coberta da cama — onde sua mulher sempre dormia —, estendem-se pulôveres, calças e camisas que ele usou nos últimos dias mas ainda não guardou.

9.

As duas semanas seguintes, Richard as utiliza para ler alguns livros sobre o tema e esboçar um questionário para aplicar nas conversas que pretende ter com os refugiados. Depois do café da manhã, põe-se a trabalhar; à uma da tarde, almoça, dorme por uma horinha e, em seguida, torna a se sentar à escrivaninha ou lê até as oito ou nove da noite. É importante que ele faça as perguntas certas. E as perguntas certas não são necessariamente aquelas que formulamos.

Para explorar a transição de um cotidiano cheio e compreensível para o cotidiano totalmente aberto, à mercê dos ventos, por assim dizer, da vida de um refugiado, ele precisa saber como foi o começo, o meio e como é agora. Lá, onde a vida de um homem se encontra com a outra vida desse mesmo homem, essa transição há de se fazer visível — uma transição que, examinada com atenção, na verdade não é, em si, coisa nenhuma.

Onde foi que o senhor cresceu? Qual sua língua materna? Qual sua religião? Eram quantas pessoas na sua família? Como era o lugar, a casa, em que o senhor cresceu? Como seus pais se conheceram? Tinha televisão? Onde o senhor dormia? O que comia? Qual era seu esconderijo preferido quando criança? O senhor frequentou escola? Que roupas usava? Tinha animais de estimação? Aprendeu uma profissão? O senhor tem hoje família própria? Quando foi que deixou sua terra natal? Por quê? Ainda tem contato com sua família? Com que objetivo partiu? Como se despediu? O que levou consigo ao partir? Como imaginava a Europa? O que é diferente? Como passa seus dias? Do que mais sente saudade? O que deseja para si? Se seus filhos crescessem aqui, o que contaria a eles de sua terra natal? O senhor se imagina envelhecendo aqui? Onde quer ser enterrado?

10.

Num dos dias que Richard passa sentado à escrivaninha e lendo em sua poltrona, as barracas e alojamentos da Oranienplatz são derrubados, e os refugiados, distribuídos por diversas instituições de caridade da cidade e de suas cercanias, instituições que, agora que as temperaturas noturnas por vezes caem abaixo de dez graus, se declararam dispostas a acolhê-los. Richard não fica sabendo de nada disso, porque, justamente nesse dia, estuda a tomada das terras da costa sudoeste da África pelo comerciante Lüderitz. Depois de sua primeira falência no México, o sr. Von Lüderitz casou-se muito bem e, em seguida, em contato com o filho de um missionário que atuava na costa ocidental da África e a conselho dele, comprou ali dois pedaços de terra. Um deles, por cem libras e duzentas espingardas, o outro, por quinhentas libras e sessenta espingardas — as milhas quadradas calculadas de acordo com a milha alemã, maior do que a inglesa usada pelo chefe local. Bom seria criar um cinturão até o oceano Índico. De início, o Império Alemão se recusa a dar proteção à propriedade de Lüderitz; somente depois de os britânicos, vendo que era tão fácil, ocuparem também alguns portos é que Bismarck envia dois navios aptos para combate. A partir daí, as terras do comerciante Lüderitz passam a se chamar *colônia* e a ser defendidas pelo Estado. Ainda no jantar, Richard segue balançando a cabeça negativamente, reprovando aquele modo de proceder dos alemães. Aquele balançar da cabeça é um sinal? Mas para quem, se não tem ninguém ali além dele? *Minha mãe lá se agacha numa pedra, sua cabeça abana.* Amanhã, pela primeira vez, ele irá com seu questionário até os refugiados.

No dia seguinte, Richard chega bem a tempo de ver como, na praça bloqueada e cercada por policiais, uma escavadeira junta e remove as últimas tábuas, lonas, colchões e os pedaços de papelão, depositando tudo em caminhões que levam embora o material. Resta apenas uma mulher africana sentada numa árvore; ela claramente se recusa a deixar a praça, mas nem o esquadrão de limpeza nem a polícia se preocupam com a árvore ou com ela. No mais, já não se vê um único refugiado. Onde a terra se torna de novo visível graças à remoção das barracas e cabanas, vê-se, exposto, o sistema de túneis das ratazanas, que, ao que parece, tiravam proveito das provisões mal protegidas dos refugiados. Richard pensa em Rzeszów. Um dos policiais explica-lhe que os próprios refugiados haviam ajudado na remoção das cabanas, o que seria parte do acordo firmado com o governo berlinense. Mas que acordo? Isso o policial infelizmente não sabe dizer. E onde estão os refugiados agora? Distribuídos por três instituições. Ah, sim, uma delas nas cercanias da cidade, bem perto de onde Richard mora, ele sabe onde é, conhece o prédio vermelho de tijolos com as vidraças empoeiradas que pertence ao asilo para idosos e está vazio há quase dois anos.

A caminho de casa, a voz automática no trem avisa, de estação em estação, sobre a fenda entre o vagão e a plataforma, como sempre, e, como sempre, Richard pensa: Eles fazem isso não por preocupação, e sim tão somente para que o seguro pague, caso um acidente de fato aconteça.

Os africanos, portanto, estão agora no asilo.

E por que não, se há ali um prédio vazio?

Richard desembarca do trem e vai para casa.

11.

No dia seguinte, quando se comemora em altos brados no clube de pesca a reunificação da Alemanha, Richard enfim abre as caixas de papelão trazidas do instituto, ainda e sempre trancadas no porão, e começa a organizar os livros. Para a tarefa, precisa ainda do dia seguinte e do próximo também. No fim de semana, corta em pedaços as caixas de papelão e, finalmente, na noite do *aniversário de nossa República*, o antigo feriado de 7 de outubro, deposita as tiras de papelão, ordenadamente empilhadas, na lata de lixo azul, destinada a papéis. Na segunda-feira, vai de carro às compras e, depois, volta para casa. Há anos ele se pergunta, cada vez que passa pelo asilo para idosos, se aquele é o lugar onde vai passar o *ocaso de sua vida*, como se diz. A expressão "noite da vida" não existe. Como não há mais lugar para a salada na gaveta dos legumes, ele a deposita no ladrilho frio do chão do vestíbulo.

Somente na terça de manhã apanha seu casaco e calça os

sapatos marrons, que são os mais confortáveis. Fogão desligado, luzes apagadas, chaves. Vinte minutos a pé.

No saguão de entrada do asilo, diz à recepcionista que quer falar com os refugiados.

Sim, e vem de onde?

De casa, ele responde.

Não, não era isso que ela queria dizer, e sim de que instituição.

Nenhuma, ele diz, seu interesse é pessoal.

O senhor quer fazer uma doação?

Não.

Não é tão fácil assim, diz a mulher na recepção.

Por uma grande janela de vidro, Richard pode ver o salão do café da manhã do *lar da terceira idade*, como são chamados os asilos para idosos hoje em dia. Os velhos estão sentados em torno de mesas para quatro, vários com babador preso ao pescoço, outros em cadeiras de rodas.

Sou catedrático da Universidade Humboldt, Departamento de Filologia Clássica.

Essa frase, ele já disse muitas vezes na vida. Agora, na verdade, é *professor emérito*, mas ainda precisa se acostumar com isso. Adquiriu do lado oriental os *méritos* que agora são reconhecidos pelo lado ocidental. Só que sua aposentadoria — como a de todos que já eram catedráticos na época da Alemanha do Leste — é menor do que a dos catedráticos do lado ocidental. *Época da Alemanha do Leste*, uma construção interessante: uma época designada a partir de um ponto cardeal. Agora é *Oeste*, sempre, em todos os pontos cardeais da cidade e do país.

Ainda assim, o senhor precisa marcar dia e horário.

Com os refugiados?, ele pergunta.

Não, em primeiro lugar com o diretor da casa.

Sempre o alegra experimentar o nascimento de um problema. O surgimento dos refugiados ali, na periferia da cidade, é um desses momentos. Do medo nasce a ordem, Richard pensa. Da insegurança e da cautela. Durante a hora e meia que precisa esperar até o compromisso agora marcado, ele vai passear no parque. Folhas boiam na lagoa, e, entre as folhas, nadam cisnes e patos.

O diretor da casa o recebe em seu escritório e pergunta:

O que, exatamente, o senhor quer dos homens?

Estou trabalhando num projeto de pesquisa.

Ah, diz o diretor, agradecendo pelo cartão de visita que o *emérito* lhe estende por sobre o tampo da mesa.

O diretor menciona então *Dublin II*, fala em *repatriação*, em *detenção para possível expulsão* e na *regulamentação para concessão de asilo*. Pergunta ao visitante se ele conhece o significado da expressão "título de residência".

Título? O catedrático quase nunca mencionava seu próprio título, na verdade o mencionava apenas quando lhe parecia necessário para dar maior peso a uma solicitação, como com a recepcionista, pouco antes. E Dublin? Uma ocasião, tinha ido com a mulher fazer umas caminhadas por lá. Quatro ou cinco anos depois da queda do Muro. Urzes, ovelhas, muita chuva. À mesa do café da manhã nas pequenas pensões, sentavam-se com vários cidadãos da RDA que, como eles dois, estavam em busca de reclusão, do habitual não mais existente em casa, como a proteção de um muro contra o vento.

Em seguida, o diretor diz ainda várias frases, mais ou menos como:

Os homens estão alojados aqui apenas em caráter provisório. Os cômodos não atendem ao padrão necessário para uma solução de longo prazo. A rigor, isto aqui já deveria ter se transformado num canteiro de obras. Será tudo reformado. Há muito poucas cozinhas e lavanderias para todos, e a ocupação dos quartos não é a ideal, com todos esses catres.

Não é isso que me interessa, diz o visitante.

Digo-o apenas para que o senhor me entenda bem. Como ninguém mais se dispôs a fazê-lo, nós nos sacrificamos.

Eu não sou jornalista, diz o visitante.

Não, com certeza.

Os dois se calam por um momento.

Então os homens queriam sair da Oranienplatz?

Essa é uma pergunta difícil.

Eu compreendo.

Depois de mais um breve instante em que nada disseram, o diretor assente com a cabeça e diz:

Pois bem, vamos lá.

12.

O prédio vermelho de tijolos em que os refugiados agora se alojam está trancado. Por dentro. Um homem de uniforme azul abre a porta para eles; outro homem de uniforme está sentado atrás de uma velha mesa de escritório no vestíbulo.

Toda vez que o senhor entra no prédio, a segurança precisa ver seu documento de identidade, diz o diretor.

Tudo bem.

Tem a ver com as medidas de proteção contra incêndios. A todo momento, precisamos saber quantas pessoas estão no prédio.

Vsio v poriadkie, é como se diz "está tudo bem" em russo, Richard pensa, mas apenas assente e empurra seu documento pelo tampo da mesa. O material de que é feita a imitação de folheado da mesa chamava-se *Sprelacart* antigamente; a mesa ainda provinha provavelmente do escritório da *Volkssolidarität* ou da *Direção Distrital do Partido*.

Agora, portanto, os dois podem passar pelo homem de uniforme e virar à direita no corredor que conduz à escada; passam por um quarto com a porta desengonçada onde há uma mesa de bilhar e umas poucas poltronas, nas quais três jovens de pele preta estão sentados, cada um com um taco na mão, mas não estão jogando nem conversando, e Richard tampouco vê bolas de bilhar sobre a mesa.

Luzes fluorescentes, placas de vidro fosco, a escada que sobe tem um corrimão verde-lima e grade de ferro forjado à mão, a tinta já descascando aqui e ali.

O primeiro andar está vazio; não há água ali, o diretor explica.

No segundo andar, entram por um corredor. Portas à direita e à esquerda. Entre as portas, e à altura em que as manoplas das cadeiras de rodas esbarrariam na parede, afixaram-se largas ripas de madeira.

Os homens estão aqui neste horário?

Sempre tem alguém.

As portas ainda exibem os nomes dos velhos que ocupavam os quartos. Será que, nesse meio-tempo, já morreram? Ou foram transferidos para outro lugar?

E mais uma coisa: os homens estão autorizados a deixar o prédio, informa o diretor, mas é melhor, se possível, falar com eles aqui.

Por mim, está bem.

Estou só dizendo. Que línguas o senhor fala?

Inglês, russo, mas russo não vai ser muito útil aqui — o diretor confirma com a cabeça que não —, e também italiano.

Ótimo, então vamos começar por aqui.

O diretor bate numa das portas, e a abre sem esperar pela resposta, como um médico ou uma enfermeira num hospital. E, como numa enfermaria, o visitante vê agora uma série de catres arrumados. Em vários deles, há homens deitados, dormindo; outros estão vazios; lá no fundo, um homem recostado à parede ouve música com um fone de ouvido. Na primeira cama, bem na frente, postada de lado diante de um aparelho de televisão, está sentada uma figura corpulenta, com três outras a seu lado. Na verdade, Richard quis sair de imediato. Mas o diretor já o apresenta. Um catedrático, entrevista para um projeto de pesquisa, duas ou três perguntas. Na televisão está passando um programa sobre pesca em alto-mar. Veem-se redes cheias de peixes, homens com trajes laranja impermeáveis, barcos em meio a uma tempestade e muita água. Aqueles homens ao menos sabem o que é isso, um catedrático? Richard vê sacolas de viagem debaixo dos catres, sapatos enfileirados de par em par abaixo do parapeito da janela. Alguns dos que dormem estão tão enrolados no cobertor, tão imóveis e quietos, que parecem múmias. A figura corpulenta sentada na cama diante da televisão acena para ele com a cabeça e diz: *No problem*.

Então, vou deixar os senhores sozinhos agora, diz o diretor, e se despede.

O homem veste uma camiseta vermelha com uma inscrição ilegível atravessada sobre a barriga. Então nem todos os refugiados passam tão mal assim, se o sujeito é tão forte. O homem torna a acenar com a cabeça, ajeita o lençol da cama mais próxima e oferece a Richard um lugar para sentar. Não com aquela calça vinda da rua numa cama arrumada. Mas não há nenhuma cadeira ali. Será que tem "calça de rua" no dicionário dos irmãos Grimm? Pescar em alto-mar é um negócio difícil, sobretudo no inverno. O homem portentoso, que é claramente aquele que toma as decisões ali, se apresenta: chama-se Raschid. Aquele ali, diz, é o Zair, o outro chama-se Abdusalam e o outro, o grandão, é o Ithemba. E ele, como ele se chama? Chama-se Richard e agradece aos homens por se disporem a falar com ele. Então, puxa seu questionário.

Um pouco mais tarde, consta de seu bloco de notas: O norte da Nigéria é muçulmano; o sul é cristão. Os cristãos fugiram de Kaduna, quando a Charia foi introduzida ali. Kaduna? As línguas são, entre outras, o ioruba e o hauçá. Ioruba? Hauçá? Os integrantes do povo ioruba são, em geral, cristãos. Raschid é ioruba, mas é muçulmano. Já os hauçás são, em sua maioria, muçulmanos. Mas naturalmente nem todos os que falam a língua hauçá. Esta é falada e compreendida também em Gana, no Sudão, no Níger e no Mali. A maioria também entende árabe. Os homens nesse quarto vêm quase todos da Nigéria, mas de diferentes regiões. Raschid é do norte, e não da costa, como Abdusalam. A Nigéria tem uma costa? Zair nasceu perto de Abuja. Abuja? A capital. Há também um quarto de Gana, outro do Níger, e assim por diante. Foi assim que fizemos com as barracas na Oranienplatz também, porque aí as pessoas se orientam melhor, diz Raschid. Portanto, aqui, no quarto 2017, estamos na Nigéria, por assim dizer. É, por assim dizer. Um dos adormecidos agora ronca bem alto, mas nenhum dos demais ri disso ou parece ao menos notar. O sujeito bem forte, Raschid, e Zair, sentado ao lado dele, estavam no mesmo barco. Que tipo de vegetação tem no seu país? Tinha animais de estimação? Havia aprendido algum ofício? Quando a guarda-costeira italiana quis acolhê-los, todos correram para o mesmo lado do barco, a fim de se salvar, e por isso o barco virou. A porta se abre, um homem preto olha para dentro do quarto e diz alguma coisa numa língua que o visitante não compreende, hauçá talvez; recebe, então, uma resposta e logo vai-se embora. Frequentou alguma escola? Raschid não sabe nadar. Segura-se firme num cabo e, assim, permanece à tona. Zair tampouco sabe nadar; enquanto o barco vira, ele escala sua lateral, suspensa no ar, até a base, de onde é resgatado e salvo. Qual era seu esconderijo preferido na infância? Mas, das oitocentas pessoas no barco, quinhentas e cinquenta morrem afogadas. Na televisão, veem-se agora muitos peixes numa esteira rolante; mãos femininas calçando luvas de borracha os apanham um a um e, com grandes facas, os transformam em filés em segundos. Reencontraram-se em Hamburgo, Raschid e Zair. E reconheceram-se de imediato. O adormecido segue roncando. Estavam no mesmo barco. De oitocentos, quinhentos e cinquenta se afogaram. Richard já não quer saber da produção de peixe. Por isso, pergunta: Um de vocês se lembra talvez de alguma canção? Uma canção? Não. Um não, o outro, não, um terceiro, também não. Mas Abdusalam se lembra. Pela primeira vez, ele ergue brevemente a cabeça — não tinha dito uma só palavra até então, talvez se envergonhe por ser um pouco vesgo. Como Richard havia esperado que fizessem, abaixam o volume da televisão; Abdusalam volta a olhar para baixo, para as próprias mãos, e então começa a cantar.

Todo mundo na Nigéria conhece a canção. O Festival Eyo, na ilha de Lagos. Lagos? Ithemba, o grandão, mostra uma foto a Richard na tela quebrada de seu celular: chapéus brancos, roupas brancas que vão até o chão, barba e redes brancas no rosto — assim os espíritos acompanham seu rei morto à última morada. Vários dão saltos; na foto, curvam-se meio metro acima do chão, como se, vindos do ar, quisessem agora pousar. No domingo, os espíritos de chapéu preto anunciam a procissão para o sábado seguinte; na segunda, os de chapéu vermelho; na terça, os de chapéu amarelo; na quarta, os de chapéu verde; na quinta, os de chapéu púrpura.

* * *

O que vocês ficam fazendo aqui o dia todo?, Richard pergunta enquanto acena positivamente para a tela quebrada do celular, feliz pelo fato de, em inglês, não precisar se decidir entre "você" e "o senhor". Pode ser que, na verdade, esteja tratando os homens por "você" — por trás da fachada do *you* indiferente do inglês, talvez os esteja, pensando em alemão, tratando por "você". Mas por quê, afinal? Nunca havia tratado nem mesmo seus alunos por "você". Queremos trabalhar, diz agora o grandalhão Raschid, mas não temos permissão para trabalhar. É difícil, complementa Zair, muito difícil. Os dias são todos iguais, diz Ithemba, o grandão. A gente fica pensando e pensando, porque não sabe o que será, comenta Abdusalam, olhando para baixo. Richard gostaria de responder alguma coisa, mas não lhe ocorre resposta nenhuma. Não faz nem bem uma hora que está ouvindo os homens, mas já está mais esgotado do que depois de uma de suas aulas na universidade. Quando todo um mundo que não conhecemos desaba sobre nós, como começar a ordená-lo? Diz, então, que precisa ir agora, mas que vai voltar. Tem tempo para ouvir tudo com calma. Tempo.

Depois de sair e fechar a porta, ainda se volta uma última vez para guardar o número do quarto, 2017, que se lê na porta verde-lima, a terceira da esquerda para a direita. Depois dela, há outras seis ou sete portas da mesma cor. Do lado direito, a mesma coisa. No fim, onde o corredor faz uma curva para a direita, há uma janela com vista para uma parede revestida de um reboco marrom; dispostos ordenadamente no parapeito, três pares de sapatos. Só agora Richard percebe que a luz fluorescente que ilumina o corredor pisca de tempos em tempos.

13.

Quando ele retorna, no dia seguinte, o segurança lhe explica que um monitor está chegando para acompanhá-lo até lá em cima; não lhe é permitido entrar sozinho no edifício. *Vsio v poriadkie.* Os refugiados estiveram um ano e meio no centro da cidade e qualquer um podia falar com eles — inclusive ele, fazia poucas semanas, naquele banco de praça. Contudo, a partir do momento em que assinaram um *acordo*, é necessário monitorá-los. "Geometria burocrática" era o nome do conceito sobre o qual Richard havia lido alguns dias antes no livro de um historiador acerca dos efeitos do colonialismo. Os colonizados eram sufocados pela burocracia. Um caminho nada inábil para impedi-los de agir politicamente. Ou esse era agora apenas o modo de defender os alemães bons dos alemães maus? O *povo dos poetas* protegido do perigo de voltar a ser chamado de *povo dos assassinos*? Um fogareiro a gás numa barraca como as da Oranienplatz poderia facilmente tombar, dizia o comentário anônimo na internet a um artigo publicado no jornal quando a praça ainda estava ocupada pelos africanos. O governo berlinense tinha, portanto, posto os africanos ou, antes, a si próprio em segurança? Neste último caso, o que havia sido feito — alojar de fato os refugiados num local melhor — não passava de um mascaramento. E o que havia por trás dele? Que ação real havia por trás daquela que se podia ver? Quem estava fingindo ali, e para quem? Naturalmente, Richard poderia, como qualquer outra pessoa, ser o homem com o fogareiro a gás. Os africanos com toda a certeza não sabiam quem foi Hitler, mas, ainda assim, ele só tinha de fato perdido a guerra se os africanos agora sobrevivessem à Alemanha.

A monitora que então o apanha e o leva lá para cima é uma senhora elegante já de certa idade. Passam pela sala de bilhar, que dessa vez está vazia, pela escada, pela grade de ferro forjado, pela luz fosca, pela luz que pisca no corredor, até as portas verde-lima. A monitora bate e abre a porta do quarto 2017 sem esperar pela resposta, exatamente como havia feito o diretor da casa, quando da primeira visita. No 2017, há de novo algumas figuras deitadas nas camas, dormindo, entre elas talvez Raschid, Zair, Ithemba, Abdusalam; de onde está, Richard não tem como reconhecê-los, mas dessa vez a televisão não está ligada e ninguém reage à porta aberta.

A senhora fecha a porta e segue adiante, rumo ao 2018; bate, empurra a maçaneta para baixo, mas a porta está trancada.

No 2019, bate na porta e abre; à esquerda, tem uma cama encostada na parede; sentado nela, um homem escreve. Não é aquele que Richard viu de bicicleta na Oranienplatz? É bem jovem, os cabelos encaracolados e desgrenhados; quando a monitora pergunta se ele quer falar com o professor, expressa sua concordância jogando a cabeça brevemente para trás, feito um cavalo teimoso. A página já quase cheia de vocábulos alemães, ele deposita a seu lado na cama; acima de sua cabeça, na parede, uma lista de verbos irregulares: *eu vou, tu vais, ele vai*. Só agora, quando, a fim de se sentar, Richard puxa para si a única cadeira no quarto, ele vê pessoas deitadas nas outras duas camas, dormindo debaixo das cobertas. Não tem importância, diz a monitora ao ver que ele hesita; depois, faz ainda um movimento afirmativo com a cabeça e sai. Não tem importância, pois. Por um momento, Richard se assusta ao ver que aqueles homens jovens precisam de repente ser tão velhos. Esperar e dormir. Fazem suas refeições quando o dinheiro permite e, no mais, esperam e dormem.

De que país você vem?

Aí está de novo o "você". Mas talvez tenha a ver também com a idade. O jovem poderia ser seu neto. E, em aparência, é como Richard sempre imaginou Apolo.

Dal deserto, ele responde em italiano.

Nas primeiras férias de verão após a queda do Muro, Richard, juntamente com a mulher, fez vários cursos de língua na Toscana. Por amor a Dante.

Como é que você fala italiano?

Tivemos um ano de aula. No *Lager*. A palavra *Lager*, o rapaz a diz em alemão.

Em Lampedusa?

Não, depois, na Sicília.

Os templos gregos em Agrigento. E o homem na motocicleta, que, ao passar por sua mulher, arrancou-lhe a bolsa. Como num diorama abrangendo dois mil e quinhentos anos, Richard havia embarcado a um só tempo na Antiguidade e no capitalismo. Agora, repete sua pergunta:

De que país você vem?

Do deserto.

Se Richard ao menos soubesse ao certo como é grande o Saara.

Da Argélia? Do Sudão? Níger? Egito?

Pela primeira vez lhe ocorre que, na verdade, as fronteiras traçadas pelos europeus não dizem absolutamente nada aos africanos. Havia pouco tempo, ao procurar as capitais, ele tinha visto de novo as linhas retas no atlas, mas só agora torna-se claro para Richard o arbítrio que aquelas linhas revelam.

Do deserto, está bem.

Mas agora o jovem sorri, ri de Richard, provavelmente, e diz: Do Níger.

Então aquele deve ser o quarto do Níger. Mas que povo vive no Níger? Ele pergunta:

Você também é um ioruba?

Não, tuaregue.

De novo, Richard está perdido. *Touareg* é um modelo de automóvel. Uma vez, tinha ouvido falar de homens com véus azuis. Mas o que mais?

Pai? Mãe?

Não, não tenho pai nem mãe.

Não tem pais?

O jovem lança a cabeça para trás. Isso pode significar tanto *sim* como *não*.

Não tem família?

O rapaz se cala. Por que haveria de dizer a um estranho que não sabe por que nunca teve pai e mãe? No deserto, há muito espaço. Quando se sabe como as dunas se movem, pode-se reconhecer a areia debaixo da areia. Por que dizer que não sabe se os pais ainda estão vivos? Na época de seu nascimento, havia lutas em curso. Talvez sua mãe ou seu pai estivessem entre aqueles que os soldados do Níger tinham enterrado vivos na areia. Ou despedaçado. Ou queimado vivos. Aqui e ali, as pessoas contavam histórias assim. Ou talvez lhe tivessem roubado os pais. De todo modo, até onde sua lembrança alcançava, sempre precisara fazer trabalho escravo. Com os camelos, os burros, as cabras, da manhã até a noite. Por que haveria de mostrar a um estranho as cicatrizes que os golpes da chamada família haviam deixado em sua cabeça e nos braços? Queriam matá-lo de pancada. Amigo era apenas dos animais.

Quando a mãe ou o pai precisam trabalhar, a gente fica com a tia, diz o rapaz.

Compreendo, Richard diz.

Um dos adormecidos vira-se para o outro lado na cama e puxa a coberta para si.

Que língua você falava em casa?

Tamaxeque.

É a língua dos tuaregues?

É.

E você entende hauçá também?

Sim.

E árabe?

Sim.

E francês?

Sim.

E agora está aprendendo alemão?

Sim.

Você escreve bem, Richard diz, apontando para a folha de papel ao lado do rapaz, sobre a coberta.

Mas só as letras alemãs.

* * *

Ele deve dizer àquele estranho que os filhos dos donos dos rebanhos ficavam sentados com suas mães diante das barracas, aprendendo o alfabeto tifinague — a escrita tuaregue — na areia, enquanto ele tinha de ordenhar mais uma vez as camelas antes do anoitecer? Viu os sinais na areia, que o vento apagava antes do amanhecer; viu-os nas espadas, na pele e nas rochas no meio do deserto — a cruz, o círculo, os triângulos e pontos — e teria gostado muito de saber o que significavam. *Eu vejo, tu vês, ele vê.* Mas era um *akli*, um escravo. Só sabia ler as estrelas. As sete irmãs da noite, o guerreiro do deserto, a mãe camela e seu filhote.

Ou será que os pais o haviam simplesmente esquecido?

Ou vendido?

Somente agora Richard vê que o jovem exibe quatro riscos, um em cima do outro, na pele de cada uma das faces.

Que tipo de sinal é esse?

É o símbolo de uma tribo tuaregue.

Ah.

Richard pergunta, recebe a resposta e, no entanto, não sabe como ir adiante.

Como é que vocês moravam?

O rapaz pega seu telefone, começa a procurar e, por fim, mostra uma foto em que se vê uma grande cabana redonda com um teto em forma de cúpula.

Portanto, Apolo tem um celular conectado à internet.

Três homens constroem uma cabana assim num único dia, ele explica; ela é feita com juncos, folhas de palmeira, couro, esteiras entretecidas e pedaços de pau. Quando partimos, ele diz, desmontamos a cabana e vamos embora — as folhas, o junco, as cinzas das fogueiras, tudo isso logo desaparece no deserto.

Mas o couro e as esteiras vocês levam?

Sim, e as varas. Árvores são raras.

E a louça, os utensílios domésticos, as roupas, tudo que possuem, vocês levam também?

Sim.

E todas essas posses cabem em uns poucos camelos?

Isso.

Vinte anos atrás, quando Richard e sua mulher mudaram-se para sua casa, precisaram de oitenta caixas de papelão só para os livros, fora as caixas com a louça, a roupa de cama, a de vestir, os móveis, tapetes, quadros, as luminárias, o piano, a máquina de lavar, a geladeira. Lotaram todo um caminhão com o que tinham.

E a comida também, naturalmente, completa o rapaz.

Por quanto tempo?

Às vezes dois, às vezes três meses, isso depende do caminho a percorrer.

Dois ou três meses?

Sim. Carregamos os camelos, o jovem repete, desmontamos as cabanas e partimos. Com as mãos, ele faz um gesto pretendendo mostrar a planura que deixam para trás, e acrescenta: Como na Oranienplatz.

O professor emérito, ouvindo ali tanta coisa pela primeira vez num só dia, como se fosse de novo uma criança, compreende então, de repente, que a Oranienplatz não é apenas uma praça concebida no século XIX pelo famoso arquiteto e paisagista Lenné, que não é apenas a praça onde a senhora de idade leva diariamente o cachorro para passear ou onde a moça, no banco de praça, beijou pela primeira vez o namorado. Para um jovem que cresceu entre nômades, a Oranienplatz, na qual morou um ano e meio, é apenas uma estação num longo caminho, um local provisório a conduzir ao local provisório seguinte. Quando da demolição das cabanas, que para o secretário berlinense do Interior era uma questão exclusivamente política, aquele rapaz pensava em sua vida no deserto.

Richard então se lembra de que, passeando entre videiras com um colega vienense por ocasião de um simpósio no sul da Áustria, o colega de repente se deteve, inspirou profundamente o ar e perguntou-lhe se também ele estava sentindo o cheiro: o siroco vem da África, disse, atravessa os Alpes e, às vezes, chega mesmo a trazer consigo areia do deserto. E, de fato, nas folhas das videiras podia-se ver uma fina camada de poeira avermelhada vinda da África. Richard passou o dedo por uma das folhas e notou como aquele pequeno gesto de súbito deslocava seu ângulo de visão e seu senso de medida. Também o momento atual era assim, lembrando-o de que o olhar de uma pessoa valia o mesmo que o de outra. Naquilo que se vê não existe o certo e o errado.

Nesse momento, alguém bate na porta do quarto e a entreabre — um rosto que Richard ainda não conhece.

Seu nome era Awad, disse, e tinha ouvido dizer que havia alguém ali querendo ouvir sua história. Morava no quarto 2020, bem ali ao lado, disse. Depois, dá a mão a Richard, faz um movimento afirmativo com a cabeça e vai-se embora.

E agora?, Richard pergunta ao rapaz.

Nada, ele diz.

Vocês de fato recebem algum dinheiro?, pergunta.

Sim, faz duas semanas, o jovem responde, mas isso não é bom. Prefiro trabalho.

Trabalho.

Trabalho.

Richard precisa ir, essas conversas exigem mais dele do que havia imaginado.

Eu volto, ele diz, como quem diz a um doente que não se sabe se vai sobreviver à noite. Ou será que o doente é ele próprio? *Eu pereço, tu pereces, ele perece.* Os dois outros homens, deitados em seus catres, seguem dormindo. Ele se despede do rapaz que, em aparência, é como Richard sempre imaginou Apolo.

No supermercado, que antes se chamava *centro de compras*, vê logo na entrada as garrafas de água, refrigerante e cerveja. Depois vêm o pão, as frutas, os legumes. Pepinos, alface-americana. Nos frios, há salsichas e queijo. Richard precisa ainda de rábano, pasta de dentes, papel-toalha e meias, de acendedores da estante perto do caixa, de pilhas para o rádio do banheiro, o valor total é 32,90 euros, só um instantinho, tenho trocado, ou melhor passar o cartão? Não, não precisa, está bem assim, tudo em ordem. Esse é seu mundo, o mundo que ele agora conhece bem. Gêneros alimentícios para dois ou três meses de uma vez só, ele nunca tinha comprado antes, nem mesmo durante a ameaça de gripe aviária. A lista de compras, ele a escreve em casa, sempre ordenada de acordo com as estantes do supermercado, conforme ele o atravessa agora. Mesmo no leito de morte ainda vai saber em que corredor estão empilhadas as cervejas.

14.

Na quinta-feira, Richard junta a papelada para a declaração do imposto de renda, telefona para o seguro de saúde e leva o carro à oficina para que ponham pneus de inverno. Somente na sexta retorna ao prédio de tijolos, exibe a identificação, *vsio v poriadkie*, a mesa verde de bilhar sem as bolas e, a seu lado, como há poucos dias, os homens pretos; preto e verde, as cores do time de futebol de Hannover, equivocadamente chamado de *os vermelhos*, como se houvesse uma fração comunista na Liga Alemã. A senhora mais velha o acompanha muda escada acima e, a pedido dele, deixa-o diante da porta do quarto 2020.

Uma porta verde-lima, como as outras.

Richard bate e aguarda. Awad abre.

How are you?

Provavelmente bem, o que ele há de dizer?

How are you?

Awad também vai bem.

Cortesias numa língua em que nem um nem outro se sente à vontade.

Awad abre mais a porta, a fim de convidá-lo a entrar. Gostaria de contar sua história, diz, depois de fechá-la às costas do visitante. Porque quando se quer chegar de fato a alguma parte, diz, não se pode esconder nada.

É mesmo?, Richard pergunta.

Mas é claro!, Awad responde, oferecendo-lhe uma cadeira.

Richard agradece, senta-se e pensa no Ninguém de Ulisses e nos homens silentes diante do prédio da prefeitura municipal, no verão. Pensa também em como escondeu de sua mulher a amante e, ao mesmo tempo, em como escondeu da amante o dia a dia com sua mulher. Então nunca havia chegado de fato a parte alguma em sua vida?

Embora com seu "mas é claro!" Awad se referisse provavelmente apenas ao fato de que sua oferta era, sim, sincera, até porque, como diz agora, já havia contado toda a sua história à psicóloga.

À psicóloga?

Se o visitante preferisse, poderia telefonar para a psicóloga, só um momentinho, tinha o cartão de visita com o número do telefone, mas aquilo não era necessário, Richard diz; não, com prazer, não é problema nenhum, só um instante, o cartão devia estar ali em algum lugar. Awad procura o cartão de visita da psicóloga a quem contou toda a sua história; procura-o em primeiro lugar sobre a mesa, depois, no parapeito da janela, depois, na estante, no armário e, por fim, na própria bolsa, que está debaixo da cama. Aquilo não era mesmo necessário, Richard torna a dizer, não tinha importância nenhuma, diz, enquanto se volta para um lado e outro, dependendo de onde Awad está; se não encontrasse o cartão agora, talvez o encontrasse mais tarde; para ele, Richard, estava tudo bem, mas Awad não para de procurar o cartão: tem de estar em algum lugar por aqui, eu estava com ele agorinha mesmo, onde será que está?

Richard vê que uma cortina xadrez, azul e branca, veda metade da janela. Será que era do tempo dos predecessores de Awad, necessitados de cuidados?

Já vou encontrar, já, já, Awad segue dizendo, a psicóloga sabe tudo de mim. E, no entanto, Richard jamais vai telefonar para ela, mas não pode dizê-lo àquele homem, cada vez mais fora de si enquanto enfia as mãos sem parar pela estante, na bolsa, ergue pela quarta vez os documentos no parapeito da janela, olha até mesmo debaixo da coberta e, depois de cada busca pelo quarto com os olhos, torna a abrir e fechar o armário.

Pendurada na parede, uma folha com as instruções para o lava-louças da cozinha comunitária. As outras três camas estão vazias e devidamente arrumadas.

Mas onde estão os outros?, Richard pergunta.

Jogando bilhar, Awad responde, desistindo finalmente de sua busca. Parece cansado ao voltar-se para o visitante: Me desculpe, diz, infelizmente não consigo encontrar o cartão de visita.

Meu nome é Richard, Richard diz.

Awad nasceu em Gana. Sua mãe morreu no parto. Como Brancaflor, Richard pensa, a mãe de Tristão. O primeiro dia da minha vida, diz Awad, foi também aquele em que perdi minha mãe. E o pai? Awad não responde. Até os sete anos, morou com a *nana*, a avó, em Gana. A avó ainda está viva? Ele chegou a revê-la mais tarde? Ainda se lembra de como ela era? Não, Awad não se lembra. Aos sete anos, o pai o levou para morar consigo na Líbia. Essa avó, cuja filha morreu no parto do primeiro filho, com quem o neto aprendeu a falar e que o lavava toda noite antes de ele ir para a cama, postando-o sobre uma tábua para que a terra quente não lhe queimasse os pés, essa mulher, agora já bem velha, talvez morta, busca avançar do espaço desprovido

80

de memória do neto até o mundo do que se pode contar, mas não consegue; o neto a chama de *nana*, como são chamadas todas as avós ganesas, mas ela não tem um nome, permanece abaixo da camada divisória e torna a afundar em silêncio. O que será do homem no lago quando, em breve, as águas congelarem?

Ele esteve de novo em Gana?

Não, nunca.

O pai trabalha em Trípoli como motorista para uma companhia de petróleo. Awad vai para a escola. Moram os dois numa casa de oito cômodos. Recebem visitas com frequência. Quando o pai volta do trabalho, cozinha para todos. O pai joga futebol com ele. Compra-lhe brinquedos. Dá-lhe uma mesada nada pequena. Nas férias, voa com ele para o Egito, o voo para o Cairo dura só trinta minutos. Conheço muito bem o Cairo, Awad diz, íamos com frequência para lá — *drüben*. Nos tempos da RDA, *drüben* significava o oeste da Alemanha, da perspectiva do leste. As persianas do lado sul da casa, onde bate sol o dia inteiro, o pai as ergue somente à noitinha. Ele ensina o filho a enxugar as costas depois do banho com uma toalha esticada na diagonal. Ensina-o a cozinhar. Dá-lhe de presente o primeiro aparelho de barbear.

Meu pai me disse quem eu sou, diz Awad.

Depois, fica sentado ali por um momento, sentado apenas, sem dizer nada, e olha para o folheado que imita madeira no tampo da mesa. Vinte e cinco anos atrás, também essa mesa talvez ficasse no escritório da *Volkssolidarität* ou na *Casa da Amizade Teuto-Soviética*, mas isso Awad não tem como saber, assim como tampouco pode saber o que eram a *Volkssolidarität* ou a *Amizade Teuto-Soviética*.

E depois?

Comecei a trabalhar como mecânico de automóveis. Tinha amigos. Era uma vida boa.

E então?

Lá fora, na rua, um caminhão dá ré, ouve-se o sinal de advertência, um apito agudo que se repete sem cessar. Em código Morse, seria um zero. Toda semana ímpar, o lixo plástico é recolhido. Ou será um caminhão de mudança fazendo manobra na entrada do prédio?

E então atiraram em meu pai.

Richard gostaria de dizer alguma coisa agora, mas nada lhe ocorre.

Colada à perna da mesa, há uma etiquetinha amarela com o número de inventário: 360/87.

Quando seu pai morreu, Richard ainda o viu no hospital; com uma faixa, as enfermeiras tinham amarrado o queixo do morto ao crânio, para que a boca não permanecesse aberta por todo o restante da eternidade. Com aquela faixa, seu pai parecia uma freira, Richard mal o reconhecera.

Sentado com o corpo curvado para a frente, Awad apoia os braços na mesa e olha cada vez mais fundo para ela enquanto fala.

Um amigo do meu pai me ligou. Eles estiveram aqui na firma!, gritou ele. E: Seu pai! Mais nada. Eu disse que não entendia o que ele queria dizer. E ele tornou a gritar. Ele, que nunca gritava, que era sempre simpático comigo. Gritou comigo e disse que eu fosse para casa o mais rapidamente possível e trancasse bem a porta. Depois, de repente, a ligação caiu. Eu saí correndo. Mas, quando cheguei em casa, já tinham arrancado a porta de entrada, as janelas estavam estilhaçadas. Lá dentro, tinham depredado tudo, o corredor, os quartos, a cozinha. Havia cacos de vidro por toda parte, móveis tombados, a televisão arrebentada, tudo. Saí por uma janela dos fundos e tentei ligar de novo para o amigo de meu pai. Tentei várias vezes. Mas não consegui mais. Uma vez, ainda tentei o número do meu pai.

Nada.

Assim foi o fim.

Até a noite cair, esperei na rua. Para onde iria? Era a mesma rua pela qual eu ia para a escola e, mais tarde, para o trabalho. Então chegou uma patrulha militar. Me obrigaram a embarcar na carroceria de um caminhão e me levaram para um campo cheio de barracas. Vi os mortos pelas ruas. Alguns mortos a tiros, outros a facadas. Nesse dia, vi a guerra. Nesse dia, eu vi a guerra.

Nas barracas, havia já centenas de pessoas. A maioria delas de africanos pretos, mas tinha também uns poucos árabes, gente da Tunísia, do Marrocos, do Egito. E não só homens, mas mulheres, crianças, bebês e velhos também. Tomaram tudo de nós: dinheiro, relógios, telefones, até as meias, ele diz, e ri. Ri sem parar. *It's not easy*, diz então, e para de rir. *It's not easy*, torna a dizer, e balança a cabeça, *it's not easy*, como se tivesse terminado de contar sua história.

E aí?

Quando eu quis reclamar, diz ele, deram-me com a coronha de um fuzil na cabeça. Aqui, ainda dá para ver a cicatriz: Awad reparte os cabelos e mostra ao professor emérito, com quem fala hoje pela primeira vez na vida, sua cicatriz. Se você quer chegar de fato a alguma parte, não pode esconder nada, ele havia dito a Richard no começo da conversa.

Se você tiver sorte, leva uma surra; se tiver azar, um tiro — era o que alguém havia dito para me consolar. Depois, tiraram os chips de nossos telefones e quebraram um a um, diante de nossos olhos; em seguida, tiraram o cartão de memória e quebraram também. *Broke the memory*, Awad diz. Quebraram a memória. Não nos deixaram nada além de camiseta e calça ou saia. Passamos dois dias nas barracas enquanto as bombas europeias caíam sobre Trípoli. Tínhamos medo de que uma nos acertasse, porque, afinal, era um acampamento militar. No terceiro dia, levaram-

-nos para o porto e nos empurraram para um barco. Quem de vocês sabe conduzir um barco como este? Dois ou três árabes se apresentaram. Içaram uma bandeira do Gaddafi em nosso barco, Awad conta e ri, uma bandeira do Gaddafi!

Então eram homens do Gaddafi? Ou eram rebeldes?

Isso não sabíamos. Os uniformes eram iguais. Como haveríamos de distingui-los?

Que militares dissidentes seguissem vestindo o uniforme de seu país, aquilo jamais passara pela cabeça de Richard até aquele momento.

De todo modo, não havia ninguém ali do nosso lado. E eu cresci na Líbia. A Líbia era minha pátria.

Awad balança a cabeça para a frente e para trás e, por um tempo, não diz mais nada.

E então?

Então, depois de uma salva de tiros para o alto, nos disseram: quem tentar nadar de volta será executado. Não sabíamos para onde iria o barco. Malta, talvez? Para a Tunísia? Só mais tarde ficou claro para nós: para a Itália. Estávamos sentados um bem junto do outro, você só podia se levantar por uns poucos minutos, ali mesmo, onde estava, e, depois, sentar-se no mesmo lugar. A mulher atrás de mim simplesmente fez xixi sentada ali, sem sair do lugar. Quando eu quis me apoiar, estava tudo molhado. A viagem durou quatro dias. Só havia umas poucas garrafas com água, que demos para as crianças. Quando ficou muito difícil, nós, adultos, começamos a beber água salgada. *It's not easy*, Richard, *it's not easy*. Com os dentes, fizemos uma abertura maior numa garrafa vazia de plástico; depois, emendamos cadarços dos sapatos um no outro, atrelamos o cordão à garrafa e, baixando-a, colhemos água do mar. Tínhamos de beber, afinal. Alguns morreram. Sentados ali entre nós, diziam bem baixinho: Minha cabeça, minha cabeça — e, no momento seguinte, a cabeça pendia, e estavam mortos. Os mortos foram jogados na água.

Richard pensa em como, em muitos voos, olhou lá para baixo pela janelinha oval do avião e viu um pedaço de mar. Como as ondas, vistas lá de cima, nem sequer se mexiam, e a espuma branca parecia pedra. Em meados do século passado, a costa da Líbia pertenceu à Itália por um curto período. Hoje, a Líbia é outro país e, aos refugiados que a abandonaram num barco, a Itália surge pela primeira vez como uma pequena elevação rochosa cercada de muita água. Se é que surge.

A guerra destrói tudo, Awad diz: a família, os amigos, o lugar em que se viveu, o trabalho, o cotidiano. Quando se passa a ser um estranho, ele diz, não se tem mais escolha. Não se sabe para onde ir. Não se sabe mais nada. Já não consigo ver a mim mesmo, ver a criança que fui. Não tenho mais nenhuma imagem de mim.

Meu pai está morto, diz Awad.

E eu — já não sei quem sou.

Tornar-se um estranho. A si próprio e aos outros. Assim era, pois, uma transição daquele tipo.

Que sentido tem isso tudo?, Awad pergunta e, pela primeira vez, torna a olhar para Richard.

Agora, a resposta cabe a Richard, mas ele não tem resposta nenhuma.

Todo adulto, diz Awad, seja homem ou mulher, rico ou pobre, tenha ou não trabalho, more numa casa ou não tenha um teto, tanto faz — todo adulto tem seus poucos anos de vida para viver e, depois, morre, não é assim?

É, assim é, diz Richard.

Depois, Awad ainda diz mais algumas coisas, como se quisesse tornar o silêncio mais fácil para Richard. Nove meses ele havia estado num campo na Sicília, dividindo um quarto com dez pessoas. Depois, teve de ir embora. A partir do momento em que põem você para fora, você é quem tem de encontrar um lugar para dormir, está livre! Sem trabalho, sem transporte, sem comida, não consegue encontrar um lugar para morar. *Mi dispiace, poco lavoro*. Não tem trabalho. E, no fim do dia, você continua na rua. Se seus pais não deram a você uma boa educação, você vira ladrão. Se teve bons pais, vai lutar para sobreviver. *Poco lavoro. Poco lavoro.* Mas, Richard, a gente come o quê? Richard leu Foucault, Baudrillard e leu também Hegel e Nietzsche. Mas o que comer quando não se tem dinheiro para comprar comida, isso ele não sabe. Você não pode se lavar, começa a feder. *Sempre poco lavoro.* Assim era conosco na rua. Eu dormia na estação de trem. Andava o dia todo e, à noite, ia à estação para dormir. Já não me lembro como passava os dias. Richard, você acha que estou olhando para você, *but I don't know where my mind is. I don't know where my mind is.*

Que bela expressão, ainda que infelizmente intraduzível, Richard pensa consigo, e isso apesar da riqueza da língua alemã. Estou em outro lugar com meus pensamentos? Não sei onde está minha mente? Minha alma? Ou simplesmente: Na verdade, isto nem sou eu?

Uma vez, Awad trabalhou três dias como ajudante de cozinha, limpava, lavava pratos, e recebeu oitenta euros pelo trabalho. Com esse dinheiro, foi até a agência de viagens para comprar uma passagem de avião para a Alemanha. O que haveria de dizer quando a mulher na agência perguntou se ele queria ir para Colônia, Hamburgo, Munique ou Berlim? Não conhecia Colônia, Hamburgo também não, não conhecia Munique e tampouco Berlim. Só quero ir para a Alemanha. A mulher na agência de viagens ficou impaciente, mas para ele tanto fazia, sua *mind was not there* — aí está ela de novo, a beleza do intraduzível: es-

86

tava perdido em pensamentos, ausente, não estava em si, estava além de tudo e de todos?

Desde 1613, guerra após guerra, as crianças alemãs deixam o besouro voar do dorso da mão para o além:

Voa, besouro!
O pai está na guerra,
A mãe, na Pomerânia,
A Pomerânia se foi.
Voa, besouro!

Também a Ifigênia de Goethe, imigrante em Táuris, está e não está lá, *buscando com a alma* a terra de sua infância. Quando se via a coisa dessa maneira, era verdadeiramente ridículo medir uma transição pela presença do corpo. Para um refugiado, desse ponto de vista, a inabitabilidade da Europa punha-se de súbito em relação direta com a inabitabilidade de seu próprio invólucro de carne, aquele que cabe como morada ao espírito de todo ser humano para a vida toda. Bom, então Berlim. Awad sentou-se no avião sem nem ter se lavado. Após a chegada, todos à sua volta falavam a nova língua estrangeira, ele não entendia mais nada, só podia balançar a cabeça. Viu pessoas embarcando num ônibus: ia para o centro? Três noites na Alexanderplatz. Um homem disse a ele que havia um lugar ali. Com africanos como eu? Lá, então, eu com certeza vou poder enfim me lavar. O homem comprou-lhe uma passagem numa máquina automática. Uma máquina de onde sai a passagem? *Deutschland is beautiful!*

Depois, viu as barracas.

Eu estava sozinho. O homem tinha ido embora. Nunca na minha vida eu tinha dormido numa barraca.

Era ali que haveria de morar?

Numa barraca?

Parado no meio das barracas, ele chorava.

Mas, então, ouviu alguém falando árabe, um dialeto líbio.

Na Oranienplatz, recebeu algo para comer. E um lugar para dormir.

A Oranienplatz cuidou dele como, na Líbia, seu pai fazia.

O pai, ele jamais vai esquecer, vai sempre honrá-lo.

Da mesma forma como jamais vai esquecer a Oranienplatz, vai honrá-la para sempre.

Assim Awad encerra a conversa; e, depois disso, realmente não há mais nada a dizer.

15.

Quando foi mesmo que Richard leu Gottfried von Strassburg? Antes de, naquele pátio dos fundos, de pé em pleno calor escaldante, ter ficado esperando sua mulher descer? Ou em algum momento dos anos que se sucederam? Seja como for, os versos sobre o amor de Brancaflor e Rivalino por vezes lhe vinham à mente depois da morte de sua mulher: *Ele era ela, e ela era ele./ Ele era dela, e ela, dele.* Brancaflor amava tanto Rivalino, o pai de Tristão, que, tendo ele tombado na batalha, ela tão somente deu à luz seu filho e, então, padeceu da *dor mortal no coração.* Que nome dar à criança? *O marechal silenciou por longo tempo,* diz a epopeia. *Refletia profundamente.* Concebido e nascido em meio ao luto, o menino recebe dele o nome de Tristão — porque *"triste" é o "luto".* Richard tem dificuldade para guardar os nomes estranhos dos africanos, razão pela qual, ao fazer suas anotações à noite, transforma Awad em *Tristão.* E o rapaz de dois dias antes, em *Apolo.* Mais tarde, ainda saberá, então, de quem se trata.

* * *

No café da manhã do dia seguinte, perguntas diversas lhe vão pela cabeça. Por que, afinal, num país em que até o direito a um paraíso no além depende do trabalho, negam àqueles homens o direito de trabalhar? Por que não lhes perguntam sobre sua história e não cuidam deles como vítimas de guerra? Richard passa o dia estudando o regulamento chamado de *Dublin II* e somente ao precisar acender de novo a luminária junto de sua escrivaninha compreende que essa lei regula apenas competências.

O regulamento não visa em absoluto esclarecer se aqueles homens são vítimas de guerra.

A competência para avaliar o conteúdo da história de cada um deles cabe unicamente ao país em que, pela primeira vez, pisaram solo europeu. Somente aí, e em nenhum outro lugar, lhes é permitido pedir asilo. Como, porém, esse país irá proceder, isso é regulamentado de formas diversas.

Quando da guerra nos Bálcãs, as fronteiras da Áustria e da Suíça foram, por algum tempo, as mais cobiçadas. Agora, quando as coisas na África caminham diferentemente do imaginado, Grécia e Itália são os países aos quais cabe acolher a maioria dos refugiados. Se, um dia, contudo, eclodisse uma guerra entre, por exemplo, o Alasca e a Islândia, e fossem os islandeses a fugir, provavelmente a Noruega e a Suécia teriam de emitir passaportes para os impossibilitados de retornar à pátria e de provê-los de trabalho e da possibilidade de ali se instalarem — ou não.

Richard compreende: com esse Dublin II, todo país europeu desprovido de uma costa para o Mediterrâneo adquiriu o direito de não precisar dar ouvidos aos refugiados que por ali chegam.

Um assim chamado *pseudorrefugiado* seria, pois, alguém que conta uma história verdadeira onde ninguém é obrigado a ouvi-la, que dirá então reagir a ela. E, como se pode ler, o novo sistema de impressões digitais logo acabará por completo com os mal-entendidos sobre quem pertence ao grupo ao qual é necessário dar ouvidos e quem pertence ao outro grupo.

Richard se lembra do que Tristão havia dito no dia anterior sobre não mais conseguir afastar do pensamento as imagens dos mortos pelas ruas de Trípoli. Quando se passa a ser um estranho, não se tem mais escolha. Aí, em alguma parte, está o problema, Richard pensa: as histórias vividas se transformam numa carga que não se pode deitar fora, ao passo que aqueles que podem escolher suas histórias fazem sua escolha. No caminho da porta do quarto de Tristão lá para baixo, descendo pela escada verde--lima, Richard topou com a senhora mais velha e lhe perguntou por que, afinal, Awad havia estado com uma psicóloga. Acessos de choro convulsivo, ela respondeu. Às vezes, durante horas. Nenhum de nós sabia o que fazer.

Enquanto Richard permanece sentado à sua escrivaninha, lendo, e sua imagem refletida no vidro preto da janela mostra apenas seu topete grisalho, ele compreende outra coisa. As leis italianas têm em mente "fronteiras" diferentes daquelas das leis alemãs. Isso lhe interessa, uma vez que, enquanto as fronteiras, como ele as conheceu durante a maior parte da vida, percorrem determinada faixa de terra e só admitem passagem controlada para uma ou para ambas as direções, as intenções de ambos os países deixam-se reconhecer claramente no alinhamento do arame farpado, no posicionamento das barreiras e coisas semelhantes. Mas, tão logo as fronteiras entre países passam a ser determinadas apenas por leis, a clareza se esvai, é como se um país respondesse a uma pergunta que o outro não fez, ao que este segundo, por sua vez, põe-se a falar sobre tudo, menos sobre aquilo que o primeiro quer saber.

A lei se transfere efetivamente da realidade física para o reino da linguagem.

Assim, o forasteiro que não está em casa nem em um nem no outro país vê-se entre duas frentes agora invisíveis, no meio de uma discussão europeia que não tem absolutamente nada a ver com ele e com a guerra que ele deseja deixar para trás.

A Itália, por exemplo, deixa os refugiados partirem, e até mesmo de bom grado, porque os tem em quantidade mais do que suficiente. A lei italiana lhes dá liberdade de ir para a França, para a Alemanha, para todo e qualquer país europeu, a fim de lá procurar trabalho. A Alemanha, por sua vez — e por razões que até agora não estão claras para Richard —, não os quer; depois da estada de três meses como *turistas*, eles devem retornar à Itália por pelo menos noventa dias. Procurar trabalho na Alemanha, só podem depois de cinco anos ininterruptos de asilo na Itália — e mesmo assim só se, passados esses cinco anos, receberem dos italianos a chamada *illimitata*, um documento que, do ponto de vista do direito de residência, os equipara aos italianos. Enquanto não tiverem essa *illimitata*, podem, é certo, deixar a Itália para não morrer de fome ali, mas não podem entrar em nenhum outro país.

Por um momento, Richard imagina alguém lhe explicando essas leis em árabe.

Depois, levanta-se, faz cinco flexões para movimentar-se depois de tanto tempo sentado à escrivaninha e veste uma gravata. À noite, foi convidado para o aniversário de seu amigo Detlef, três jardins adiante. Sylvia, a mulher de seu amigo, enfrentou uma longa enfermidade no ano passado, razão pela qual, pela primeira vez, o bufê ficará a cargo de uma empresa de catering. Em travessas aquecidas de aço inoxidável, javali assado, peixe, arroz e batatas com salsa; ao lado, uma tigela de sopa asiática; entre os pratos frios, espetos de frango, quiche Lorraine, azeitonas verdes e pretas em tigelinhas, tomates secos, alcaparras e cebolas caramelizadas; um patê rosa, outro esverdeado, adornados com salsa, salada de arroz, peito de pato em fatias, pão branco, pão preto, mostarda, maionese, ketchup e salada verde. E, de sobremesa, frutas diversas, bolo de chocolate e mascarpone com framboesa. Ele nem sabe se está com tanta fome assim.

E então, Richard, o que vamos comer?

A campainha torna a tocar, um buquê de flores, um casaco, pode ficar de sapato. Um serviço de catering como esse de fato não é má ideia. Também achamos. E levam a louça suja de volta. É mesmo?

Richard e seus amigos seguem se ocupando de explorar as bênçãos desse outro mundo que há quase vinte e cinco anos entrelaça-se cada vez mais intimamente com o deles. Para os moradores de uma rua que antigamente levava o nome do presidente do Partido Comunista da Alemanha, *Ernst-Thälmann-Straße*, ainda não é óbvio que as chamas pequenas e azuladas vão de fato manter por mais de duas horas a comida tão quente como se recém-saída da cozinha.

Está deliciosa mesmo, e eu estava com medo de que não fosse ser suficiente; só o bolo de chocolate está meio... Imagine, de jeito nenhum.

Dos doze ou quinze amigos que Richard encontra todo ano nessa comemoração, a maioria ele conhece há muito tempo, alguns, desde sempre. Do anfitrião, é amigo de escola. A primeira mulher dele, Marion, que agora está no terraço para poder fumar seu cigarro em paz, Detlef a conheceu na festa de vinte e cinco anos de Richard, quando ela era violoncelista da mesma orquestra em que, na época, a mulher de Richard, Christel, tocava viola. Durante a faculdade, Richard e Christel às vezes cuidavam do bebê de ambos, quando eles queriam sair. Nesse meio-tempo, já faz quase quarenta anos que não são mais um casal, mas permaneceram amigos, o filho deles constrói pontes na China; Marion abriu uma casa de chá depois da dissolução da orquestra e hoje mora com seu marido atual nas proximidades de Potsdam. A fotógrafa Anne, sentada no sofá, era uma doida. Richard passou duas ou três noites com ela pouco depois de se formar no colégio; depois da queda do Muro, ela morou na França por um tempo, mas está de volta faz dois anos, voltou para cuidar da velha mãe. Aquilo que construíram ali na frente é de uma indecência gigantesca, só pensam mesmo em dinheiro. O gordo sentado no banco estudou história econômica e, depois, deu aula na universidade, mas, no oeste, história econômica socialista era a especialidade errada; hoje, ele conserta computadores, a mulher raciona seus cigarros, três maços por semana, não está claro se por sovinice ou preocupação; seja como for, à festa ele sempre vem sozinho. Um alarme não é má ideia, de jeito nenhum. Em dezembro, vou para um balneário, sabe? Faz muito bem, e vai para qual? Vários dos amigos de Detlef hoje precisam de óculos para ler o texto da contracapa dos livros na mesa dos presentes. Com Monika, a germanista, e seu marido bigodudo, Jörg, ambos apoiados no parapeito da janela, Richard e Christel viajaram de férias muitas vezes, em geral para o Báltico. Não posso mais ficar com minha neta, minha nora ficou tão... Até duas semanas atrás, eu estava no oeste, lá em Chicago, como professora visitante. Sylvia, a segunda mulher de Detlef, é calada. Pode-se ver nela que seu ano não foi fácil. Quando, muito antes da chamada *Wende*, ela se mudou para a casa de Detlef, ainda usava rabo de cavalo e parecia uma mocinha. Christel por vezes a ajudava no fim da comemoração anual, quando todos já tinham ido embora; ajudava a lavar os pratos, enquanto Richard e Detlef devolviam aos demais cômodos as cadeiras adicionais. Sim, aceito mais um vinho, com prazer. Sim, tinto. Para mim, uma água mineral com pouco gás, se vocês tiverem. Depois da *Wende*, vários desses amigos aplicaram seu dinheiro em imóveis, apartamentos, porque pensaram: é o que estão fazendo agora do outro lado. Nunca tinham visto os buracos bolorentos em Colônia, Duisburg, Frankfurt, que ninguém queria alugar e, assim sendo, quebraram. A designer gráfica ali teria gostado de ter filhos, mas sempre escolheu o homem errado. Eu, na verdade, já viajei o suficiente na minha vida. Alguém quer mais uma cerveja? A Merkel, de todo modo, é formada em física, não se deve esquecer isso. Detlef já está usando dentadura? Mas isso não se pergunta nem a um velho amigo. Vocês ficaram sabendo que o Krause morreu semana passada? Com o Krause, a Christel teve alguma coisa. Foi antes dele. Um dentista. No verão, fui ver as pirâmides. O jornalista às vezes o leva consigo às estreias na ópera, tem crachá; na primavera passada, por exemplo, levou-o para ver a estreia de *Carmen*. E Andreas, o sujeito sério apoiado no aparador, teve um derrame há dois anos e, declarado inválido desde então, começou a escrever poemas que lê para os amigos aqui e ali. Mas procurar uma editora, ah, não, com a montanha de livros hoje no mercado, não faz sentido nenhum. Na festa do ano passado contou que agora só lê Hölderlin. Todo o resto, você pode esquecer. Quando o Muro ainda existia, a capital da República era um sistema que se podia abarcar por inteiro com os olhos, cada um ali sabe tanto dos outros que formam uma espécie de emaranhado para toda a vida. A sebe já está tão alta, como é que vocês conseguem? Tem a ver com o solo. A operação foi em março, mas, graças a Deus, não teve quimioterapia, você vai ver, vai dar tudo certo. Tanto quanto Richard, a maioria desses amigos nasceu ou no fim da guerra ou já em tempos de paz. Sua mãe ainda estivera com ele, bebê, num abrigo antiaéreo para se proteger das bombas, o pai estava na linha de frente. Nos tempos da RDA, isso seria inconcebível. Está muito claro o que se passa agora no Oriente Médio, onde os antigos países socialistas estão sendo aniquilados um a um. Agora as pessoas começam a morrer e, aqui na Europa, ainda reina a paz. Se seu amigo fizesse aniversário no verão, poderiam fazer um churrasco no gramado, mas precisam sempre ficar sentados dentro de casa. O que anda fazendo o Joachim? Não está fácil para ele, provavelmente está bebendo, mas também não admira.

16.

Na segunda-feira, Richard toma o caminho do prédio vermelho de tijolos quase com a mesma naturalidade com que, no primeiro semestre, tomava o caminho da universidade. Atravessa o calçamento irregular da rua de paralelepípedos — quais prisioneiros teriam cortado e polido o granito? Passa pelo terreno baldio em que, fazia pouco tempo, erguia-se ainda um grande casarão com sacadas, uma varanda envidraçada e entalhes em madeira, mas que agora exibe apenas areia clara à espera de uma nova construção; nada é capaz de fazer desaparecer a história mais facilmente do que dinheiro à solta, que, circulando livre, morde mais do que cão de briga, não tem a menor dificuldade para acabar com um edifício inteiro, pensa Richard, alcançando já a placa à beira da rua, defronte do asilo para idosos, indicando a velocidade permitida. Trinta quilômetros por hora, mas o indicador digital mostra setenta, cinquenta e cinco e sessenta, tão logo um carro passa; depois, breca, como de costume, vergonha e arrependimento — essa duplinha tortuosa que já o fizera, também a ele, baixar a cabeça em busca de proteção, mas sempre tarde demais, quando, por exemplo, sua mulher já tinha nas mãos uma carta da amante que ele escondera mal e, postada diante dele, gritava. Do asilo onde ele talvez vá passar o *ocaso de sua vida*, sai uma senhora idosa apoiando-se num andador, a sacola de compras balançando na barra cinza que ela segura, avançando tão devagar que as compras são provavelmente todo o seu programa para essa manhã.

Ao entrar no prédio de tijolos, Richard ouve do segurança que os homens estão hoje na aula de alemão, sempre às segundas e quintas. Por que não ir ele também à aula de alemão? Mas, claro, só se a professora concordar. Em frente pelo corredor, virar lá no fim. Diferentemente do que ele imaginou, a professora é uma jovem etíope que, por qualquer que seja a razão, fala um alemão excelente. Ela concorda, e assim é que, naquela segunda-feira, um professor emérito assiste à sua aula. Sentou-se na penúltima fila do salão, enfiando o joelho por baixo da carteira; Apolo está duas fileiras adiante, lendo suas anotações, *sento, sentas, senta*; mais adiante, Tristão, que notou sua presença e agora o cumprimenta com um movimento da cabeça. Richard o cumprimenta de volta. Se o homem curvado lá na frente é Abdusalam, que semana passada cantou a canção para ele, não sabe dizer ao certo. Abdusalam não arrumava os cabelos em trancinhas? É difícil para ele se lembrar de alguém, cabelos e rostos são todos tão pretos. Somente Raschid ele reconheceria de imediato, porque ele é bem grande, mas Raschid não está ali.

A jovem etíope pratica a leitura das letras com seus alunos adultos. Depois, a leitura das palavras. Em ordem alfabética, mostra o que é um *Auge*, "olho", o que é um *Buch*, "livro", e o que é um *Daumen*, "polegar"; deixa de lado a letra "c" e, a partir de *Auge* e *Daumen*, passa a falar dos ditongos, *au, eu, ei*; este último a conduz ao *ie* longo do alemão, *hi-i-i-i-ier*, ela diz, "*aqui-i-i-i*", e indica com a mão a quantidade de ar que sai de sua boca ao pronunciar som tão longo. Durante a aula, as portas permanecem abertas. De tempos em tempos, chega um aluno atrasado e, volta e meia, um dos presentes junta suas coisas, pede licença e vai-se embora no meio da aula. Na última meia hora, a jovem professora dedica-se aos mais avançados e propõe exercícios com os verbos auxiliares, *haben* e *sein*. "Eu vou", ela diz, *ich gehe*, e caminha uns poucos passos da direita para a esquerda com os braços dobrados; depois, aponta para trás por sobre os ombros, para onde está o passado, e diz: "Ontem, eu fui" — *Gestern bin ich gegangen*. E prossegue: verbos de movimento geralmente pedem o auxiliar *sein*, "ser": *Ich bin, du bist, er ist* etc. *Ich bin gegangen, bin geflogen, bin geschwommen* — "fui, voei, nadei". Então, os braços ainda dobrados, marcha de volta, abre-os como se fosse voar e nada diante da lousa. *Ich bin super*, diz Apolo de repente, "eu sou demais". Sim, sim, ela responde, você é demais, mas agora estamos formando o passado.

Terminada a aula, os homens passam por Richard ao sair, uns poucos cumprimentam. Zair? Ithemba, o grandão? Apolo estende-lhe a mão, Tristão também. Como vai? *I'm fine*. Como vai? *I'm okay, I'm a little bit fine*.

A senhora é uma boa professora, Richard diz à etíope depois que os homens se foram.

E é bonita, ele pensa.

Na verdade, estudei agronomia, ela diz, guardando suas letras coloridas de cartolina. Só que ninguém sabe quando vão começar finalmente as aulas de alemão numa escola de fato, como prometeu o governo.

Muito bonita.

A Oranienplatz cheirava a maconha, ela diz. E foi então que percebeu que alguma coisa precisava ser feita, antes que tudo saísse dos trilhos de uma vez por todas para aqueles homens.

Será que ela quer um homem preto e só por isso está dando aulas aqui?

É preciso preencher seu tempo com alguma coisa, a jovem diz.

"Seu" tempo? Por um instante, Richard fica confuso, porque acredita que ela está falando dele. Logo fica claro, porém, que só pode se tratar do pronome possessivo da terceira pessoa do plural e que a jovem mulher está se referindo aos homens.

Eu compreendo.

Quando se deseja entender o que alguém está pensando ou dizendo é necessário, no fundo, saber sempre de antemão o que essa pessoa está pensando ou dizendo. Então um diálogo bem-sucedido é apenas um reconhecimento do que está sendo dito? E a compreensão não é então, digamos, um caminho, mas antes uma condição?

Agora, a professora fecha as janelas; ao fazê-lo, ela se estica e seus seios se achatam. Das molduras de madeira das janelas caem pedacinhos de uma tinta branca e seca.

Com os alunos dele, Richard muito rapidamente ia parar em temas muito diferentes ao tratar de questões assim: no conceito de progresso, na questão do que era efetivamente a liberdade e no modelo de quatro lados da comunicação, que afirma que a fala é sempre uma tática e possui fundamentalmente um fundo falso, porque sempre trata também de si mesma, ou seja, de sua própria presença ou ausência; da mesma forma, o interlocutor sempre entende muito mais do que as meras palavras, o ouvir sempre contém as perguntas: O que devemos entender? O que queremos entender? E o que jamais entenderemos mas queremos ver confirmado?

Não tem como desligar a calefação, a professora diz.

Há quanto tempo a senhora está dando aula?

Comecei no verão, os homens ainda estavam na praça. O aprendizado os ocupa além do tempo que passam nas aulas, e isso é bom. Mas, às vezes, falta-lhes concentração.

Diante da lousa, ela apaga o que está escrito ali: *Auge*, *Buch*, *Daumen*.

A pronúncia talvez seja estranha, Richard diz, e os verbos irregulares também.

Não é essa a razão. Há tanta inquietação na vida desses homens que não sobra espaço na cabeça para as palavras. Eles não sabem o que será deles. Têm medo. É difícil aprender uma língua quando não se sabe para quê.

Fazia quanto tempo que ele não tinha a companhia de uma mulher?

O que esses homens precisam impreterivelmente para sossegar é de paz, ela diz.

Richard nunca tinha visto as coisas desse ponto de vista: aquilo que, para ele, parecia ser paz, para os homens segue, em princípio, sendo guerra, até que lhes seja permitido efetivamente chegar.

A professora pega sua bolsa, Richard empurra sua própria cadeira para junto da mesa.

O senhor apaga a luz antes de sair, por favor? E, de imediato, ela já disse *até mais* e se foi. É rápida, ele gosta disso.

Essa luz fluorescente sempre tremelicante, enfraquecendo a claridade do dia.

Ele a apaga.

Ao sair, ele olha por cima do ombro, e o salão agora parece de fato bastante vazio. *Última dentre os celestes, Virgem Astreia* o abandonou. Aquelas carteiras em que ele e os refugiados haviam estado sentados fazia pouco tempo são efetivamente pequenas demais para alunos adultos, só agora isso se torna claro para ele. Carteiras descartadas é o que são, vindas de uma escola infantil, provavelmente da *Escola Politécnica Johannes R. Becher*, que hoje se chama *Escola Fundamental do Lago*. O poeta Johannes R. Becher escreveu a letra do hino nacional da RDA e, mais tarde, foi ministro da Cultura. Na lateral das carteiras, Richard ainda vê os ganchos para as mochilas dos alunos de trinta anos atrás, os jovens Pioneiros há tempos transformados em vendedoras, engenheiros ou desempregados, separados uma ou duas vezes, de zero a quatro filhos. As cadeiras foram misturadas, várias têm estofamento amarelo no assento, outras, vinho, algumas são de madeira, outras, de metal. Ele as conhece bem. São do tempo das assembleias do Partido, dos clubes de bairro, das festas no trabalho em comemoração ao aniversário da República. Por toda parte em que o oeste penetrou, esse mobiliário socialista foi a primeira coisa a ser jogada no lixo. Até mesmo hoje, quase vinte e cinco anos depois da chamada *reunificação*, podem-se ver às vezes sobressair em meio ao entulho descartado nas construções as pernas entrelaçadas dessas cadeiras fora de moda, de madeira ou com suas pernas cinza de metal, sempre em grandes quantidades. Sua mãe teria dito: Mas ainda são boas cadeiras! Essa frase, ele não ouvia mais fazia muito tempo. Hoje, talvez devesse ter vestido a camisa azul-clara.

17.

Para o dia seguinte, Richard se propôs a ir de novo procurar Raschid e Ithemba. Agora, o segurança já o conhece e o deixa subir sozinho. A mesa de bilhar sem as bolas, o corrimão sinuoso, o primeiro andar ainda sem água.

Bem no momento em que ele alcança a porta verde-lima com o número 2017 e está prestes a bater, ela se abre com um estrondo, e um Raschid frenético passa por ele, seguido por outros três ou quatro, disparando às cegas em direção à escada. De lá, Richard ouve agora os gritos incompreensíveis de várias vozes e passos rápidos pisoteando a escada, para cima e para baixo. A porta ainda balança diante dele, não tem ninguém no quarto; Richard vai atrás daquela Caçada Selvagem pela escada, os homens, que haviam corrido para cima, agora vêm descendo de volta. Ele mal tem tempo de se desviar no corredor. *Duro é o Olímpio de enfrentar. Já em tempo anterior, quando tentei salvar-te, me agarrou ele pelo pé e me lançou para fora do limiar divino: durante um dia inteiro me despenhei, e ao pôr do sol caí em Lemnos: pouco era o sopro que me restava.* Sem nem notar a presença de Richard, Raschid desce a escada ruidosamente, nesse meio-tempo perseguido já por dez ou doze rapazes mais jovens, Apolo entre eles, com seu cabelo encaracolado saltando para cima e para baixo dada a impetuosidade do movimento, como se no meio de uma grande diversão. De novo, a luz fluorescente começa a piscar, iluminando apenas com raios intermitentes o verde-lima na penumbra. O que há lá em cima, afinal, no terceiro andar, onde Richard nunca esteve, debaixo do telhado? Ele sobe e, onde a escada termina, vê-se diante de outra porta aberta oscilando: atrás dela, um espaço amplo em que, a uma mesa redonda, estão sentadas três ou quatro figuras. A não ser pelo gargarejar de uma máquina de café, silêncio absoluto. Ao se aproximar, Richard vê que uma dessas figuras é a senhora mais velha que, de início, sempre o acompanhava até os rapazes. Evidentemente, trata-se do escritório dos monitores empregados pelo governo de Berlim. No meio do salão jaz uma cadeira com as pernas tortas; Richard a circunda e vai apertar as mãos dos presentes. Ninguém lhe pergunta o que está fazendo ali; a senhora mais velha talvez tenha falado dele. Bom, ele diz, pelo jeito alguma coisa está acontecendo — os outros confirmam com a cabeça —, então já vou indo, diz, e se despede. De saída, tenta erguer a cadeira do chão, mas, como uma das pernas quebrou-se num ângulo reto, ela torna a cair. Desculpando-se pela tentativa malsucedida de deixar tudo em ordem, Richard se volta novamente para o grupo silente, um dos monitores está tomando um gole de café. Foi Raschid?, pergunta, apontando para a cadeira, os outros apenas assentem. A luz da escada parou de piscar, já não se vê nem ouve em parte alguma o lançador de raios.

Lá embaixo, na saída, um dos seguranças está no telefone, Richard pergunta ao outro o que está acontecendo e fica sabendo que os homens deverão se mudar provavelmente no dia seguinte, e para uma casa no meio da floresta, a sete quilômetros e meio de Buckow.

De Buckow? Amanhã?

Não faço ideia, sou só o segurança.

Mesmo de carro, Richard precisa de pelo menos uma hora para chegar a Buckow, e isso se não houver congestionamento. Mas não é possível, diz. O segurança encolhe os ombros.

Hoje, às duas da tarde, vão fazer uma assembleia, aqui está a convocação. Talvez venha alguém do governo também.

Na verdade, Richard pretendia ir às compras, mas agora está revoltado demais para pensar em compras. As pessoas que anunciam essas decisões certamente não sabem o que é uma pesquisa séria. Ele acaba de começar a conversar com os homens e, de imediato, lançam-lhe obstáculos pelo caminho. Também na universidade havia funcionários assim, que achavam mais importante carimbar os comprovantes de uma viagem, atualizar o formulário do seguro de saúde ou solicitar uma listagem das horas passadas no instituto do que deixar que um professor fizesse o trabalho para o qual havia sido originalmente convocado, ou seja, investigar se havia relações numéricas tão importantes para a beleza de um verso quanto as há para a estabilidade da concha de um caracol; ou descobrir onde, na literatura da era de Augusto, Jesus aparece como o último deus grego. Claro, podia-se mudar pela oitava vez a senha do e-mail de trabalho, mas podia-se também, depois, perguntar como é que aquilo que nem mesmo o autor sabe de si se inscreve em sua obra. E quem é que fala, então, em passagens desse tipo?

Assim, embora sua necessidade de assembleias capazes de engolir seu tempo de vida tenha sido satisfeita há muito tempo, Richard põe-se, às vinte para as duas, a caminho da maldita reunião.

* * *

A sala de aula já está lotada, muitos estão sentados com o joelho enfiado debaixo da carteira demasiado pequena; de pé, nas laterais, monitores e seguranças; a discussão acaba de começar. Como o cavalheiro do governo lá na frente, franzino, cabelinho loiro bem repartido, não fala nem inglês, nem francês, nem italiano ou, menos ainda, árabe, segue-se um procedimento tradutório semelhante àquele ao qual Richard já assistira algum tempo antes na escola ocupada. Mas podemos nos dar por satisfeitos de que pelo menos tenha vindo alguém do governo, murmura-lhe um dos homens que, antes, ele tinha visto sentado à mesa silente dos monitores. Num alemão de cabelos loiros bem repartidos, pode-se agora ouvir: Compreendemos perfeitamente seu problema! Os senhores colaboraram muito para a solução pacífica da situação insustentável na Oranienplatz! E ouvem-se ainda outras frases semelhantes. O funcionário público não parece muito feliz com o fato de ter sido enviado para tratar com aquela gente vinda sabe-se lá de onde, sempre a fazer exigências, jamais satisfeita. É provável que, comparado a outros funcionários administrativos do governo de Berlim, sua posição seja francamente inferior, ou que o estejam pondo à prova com aquela tarefa. Richard poderia quase sentir pena dele. Mas o que querem de novo essas pessoas, esses queixosos aos quais o governo, sem estar legalmente obrigado a fazê-lo e até que se esclareçam os casos individuais, de todo modo paga trezentos euros por mês, concede, ao menos por enquanto, passes livres mensais para o transporte público e destina doze monitores, trabalhando em meio período, para acompanhá-los nas idas ao médico ou às autoridades?

A casa perto de Buckow, isto eu garanto aos senhores, disse o homem do governo, é uma boa solução para todos. Os senhores não são os únicos em busca de abrigo aqui em Berlim e na região e, se desejam permanecer juntos, como um grupo, não são tantas as possibilidades.

Queremos permanecer visíveis enquanto uma solução política não for encontrada para o problema como um todo, diz Raschid, o lançador de raios da manhã, levantando-se. O que vamos fazer na floresta, afinal? Para que serve esse compromisso com o governo de Berlim? Até o momento, os senhores não cumpriram nem um único ponto do documento, diz Raschid.

A besta foi alvejada, o tiro custa trezentos euros mensais por homem, mais transporte gratuito e monitores, mas ela segue oferecendo perigo, não há como saber se ainda tem forças e vai atacar de novo, talvez até de forma mais imprevisível que antes.

Isso não se resolve de um dia para outro, diz o funcionário governamental, pensando em como se pôr em segurança, caso a besta ferida resolva dar o bote.

Outro homem se manifesta: Ouvi dizer que, desse *Lager* até o ponto de ônibus mais próximo, são cinco quilômetros.

Ganhar tempo é bom, o sangue segue escorrendo em silêncio da ferida e isso enfraquece o adversário.

Um terceiro diz: De um dia para outro?

Um quarto: Precisamos de chuveiros fechados, qualquer outra coisa infringe nossas leis.

Ela ainda estrebucha, a besta, mas são apenas reflexos.

Um quinto: Mais do que quatro pessoas num quarto é inaceitável!

O homem do governo aguarda até que todas as manifestações e perguntas lhe sejam traduzidas, e então diz: Eu entendo os senhores, vou anotar tudo.

Quando se passa a ser um estranho, não se tem mais escolha, Tristão havia dito. Por acaso, estava errado? Não, Richard pensa, mas desejar significa que aquele que deseja ainda acredita estar vivendo num mundo no qual desejar é permitido. O desejo como saudade de casa. Não admira, segue pensando, que todos os prisioneiros de guerra semifamintos de todas as nacionalidades possíveis, em todos os campos possíveis de prisioneiros de todas as guerras possíveis mantiveram-se vivos conversando sobre receitas. Na verdade, os refugiados não querem do governo berlinense um quarto com quatro camas, nem um chuveiro com boxe, nem um caminho curto entre o abrigo para os homens e o ponto de ônibus. Na verdade, não querem coisa nenhuma do governo de Berlim. Na verdade, querem ir procurar trabalho e organizar a própria vida, como todos aqueles que dispõem de saúde física e mental. Contudo, os que habitam essa região que há apenas cerca de cento e cinquenta anos se chama *Alemanha* defendem seu território com leis e parágrafos; com sua *Wunderwaffe* — sua arma maravilhosa chamada tempo —, atacam os recém-chegados, arrancam-lhes os olhos com os dias e as semanas, lançam sobre eles os meses e, se nem assim ficam quietos, dão-lhes talvez três panelas de tamanhos diversos, um jogo de roupa de cama e um pedaço de papel em que se lê *Fiktionsbescheinigung* — um "certificado fictício".[*]

É o que se poderia chamar de guerras tribais.

Em casa, numa velha caixinha de madeira na estante de livros, encontram-se ainda o antigo documento de identidade de Richard e sua antiga carteirinha do seguro. Em 1990, ele de repente se tornou, da noite para o dia, cidadão de outro país, mas a paisagem da janela permaneceu a mesma. Os dois cisnes que ele conhecia tão bem nadavam da esquerda para a direita nesse dia

---

[*] Documento que autoriza o estrangeiro a permanecer na Alemanha enquanto aguarda resposta para sua solicitação de visto ou de renovação de visto. (N. T.)

a partir do qual ele se transformou num cidadão da *República Federal*, exatamente como na véspera, quando ele ainda podia ser chamado de cidadão da *República Democrática da Alemanha*; dois ou três patos seguiam sentados, como no dia anterior, no canto do embarcadouro de madeira que avançava para o lago, aquele para cuja construção ele, outrora, providenciara dormentes da *Deutsche Reichsbahn*, a ferrovia imperial alemã. Esta, por sua vez, precisara conservar seu nome fascista inclusive na república socialista, por certo algo a ver com a transferência de propriedade e com formalidades semelhantes. O nome fazia alguma diferença? Quando, no contexto do problema da concessão de asilo, Richard leu a palavra *Fiktionsbescheingung* pela primeira vez na internet, achou de início que se tratava de um conceito do universo da literatura, como *fiction* em inglês, mas, que se concedesse semelhante certificado aos autores entre os refugiados, a fim de facilitar-lhes o ingresso no mercado editorial internacional, isso acabou por lhe parecer pouco provável. Como logo compreendeu, tratava-se apenas da confirmação da existência de alguém que ainda não possuía o direito de se considerar um *refugiado*. Direito nenhum fundava-se numa tal *Fiktionsbescheinigung*.

Na disputa entre as duas partes — o representante governamental de cabelos loiros bem repartidos e Raschid, atuando como porta-voz —, seguia não havendo solução à vista, a discussão entala nas traduções para uma e outra língua até que, de repente, surge o diretor do asilo, quase como um mensageiro que chega a cavalo: tinha acabado de receber a notícia de que havia ali dois casos de catapora. Com isso, aquela discussão fazia-se desnecessária no momento, porque a mudança para outra casa, assim previa a lei, deveria aguardar o período de incubação. Os africanos não sabem o que é catapora. Espraia-se a inquietude. O governo está se livrando deles infectando-os com uma doença diabólica? O loiro de cabelo bem repartido, por sua vez, se pergunta se aquela notícia é de fato verdadeira ou se o diretor do asilo, mancomunado com os pretos, quer apenas ajudá-los a ganhar tempo. No surto da doença, no entanto, o diretor vê agora uma ameaça real ao início das reformas e se pergunta como pode ser que, de súbito, homens adultos peguem assim, do nada, uma doença infantil.

Como escolar, nos anos 1950, Richard tivera de ajudar a recolher dos campos os escaravelhos que atacavam as batatas; o Ministério da Agricultura da RDA afirmava que os americanos, mediante o lançamento dos escaravelhos, estavam tentando fazer sabotagem. Em compridas fileiras, as crianças, cada uma com um potinho de compota, percorriam os campos inspecionando cada planta e jogando os escaravelhos no vinagre. Só mais tarde Richard ficou sabendo que, já na época nazista, não apenas escolares, mas também homens da SA e até soldados, eram empregados para aniquilar a engatinhante *Wunderwaffe* americana, com suas listras amarelas e pretas. Então os americanos, lançando escaravelhos, tinham lutado primeiramente contra os fascistas e, logo depois, contra os antifascistas? Ou um exército de escaravelhos, em algum momento, simplesmente decidiu por si só o que lhe apetecia? Do ponto de vista dos escaravelhos, um campo de batatas por certo parecia tão verde em 1941 como um campo de batatas em 1953. Mais adiante, depois da queda do Muro, quando da primeira viagem de trabalho de Richard a Londres, um colega inglês, mais velho, havia lhe contado, enquanto bebiam um uísque à noitinha, que ele próprio, em seu tempo de escola, tinha precisado vasculhar os campos ingleses, a fim de combater os escaravelhos que, dizia-se, os alemães teriam empregado como arma biológica durante a Segunda Guerra

Mundial. A Alemanha tinha inclusive conduzido experimentos relativos ao efeito devastador produzido pelos escaravelhos, o germanista inglês havia lhe dito, e, perto do fim da guerra, tinha, a título de teste, lançado ela própria milhares de exemplares dessa praga sobre o Palatinado, ou seja, sobre a própria Alemanha! *Anyway, I love the German language*, dissera ele, concluindo sua história e tomando a seguir um belo gole de uísque; a conversa só ficara gravada na memória de Richard por causa dessa sua conclusão enigmática.

No caso da catapora, de todo modo, o que se sabe com certeza é que se trata de uma infecção viral que, quando surge entre adultos, pode ser contagiosa por mais de duas semanas. A mudança não vai acontecer no dia seguinte; há tempo, portanto, para procurar abrigo mais apropriado para os refugiados. A caminho da saída, Richard aborda o lançador de raios, agora mais calmo, e pergunta-lhe se podem se encontrar no dia seguinte para uma primeira conversa. *No problem*, ele responde, e parece de fato não se lembrar de ter visto o professor naquela manhã, quando, bufando furioso, disparara quarto afora.

18.

Eid Mubarak, diz Raschid, chama-se a celebração que comemora o fim do Ramadã, o mês de jejum. De manhã, os homens vão fazer a grande oração, ao passo que, em casa, as mulheres preparam a comida. Depois, comem todos juntos, desde o meio-dia até tarde da noite. As crianças ganham presentes ou algum dinheirinho, para que possam se divertir durante os dois dias de festa. *The children should have fun*, diz Raschid. Todos vestem túnicas novas; para o Eid Mubarak, meu pai sempre comprou cortes novos de tecido para nossa família, um para as mulheres, outro para os homens — para mim, para meus irmãos e para os sobrinhos. Em 2000, era um tecido azul. Essa túnica azul, eu a usei o dia inteiro, além de um barrete.

Richard e Raschid estão sentados a portas fechadas num quartinho logo na entrada. Um dos seguranças o abriu para eles, quando Richard lhe pediu um lugar tranquilo. Agora, estão ambos sentados entre caixas dobradas de papelão, já prontas para a mudança, e montes de cadeiras empilhadas; Raschid pega uma cadeira com estofamento de cor vinho, Richard apanha outra, de estofamento amarelo.

No Eid Mubarak, você se reconcilia com todos aqueles com os quais brigou o ano todo, conta Raschid. Visita a família. Doa para os pobres. Você conhece os cinco pilares do Islã?

Richard faz que não com a cabeça.

The five pillars of Islam are: em primeiro lugar, a fé em Deus; em segundo, a oração; em terceiro, dividir com os pobres o que se tem; em quarto, o jejum durante o Ramadã; e, em quinto, para quem pode, fazer ao menos uma vez na vida a peregrinação a Meca.

Ah, sim, diz Richard.

Aquele que mata não é muçulmano.

Richard assente.

Só se pode matar quando se quer comer, mas você não pode simplesmente matar sem motivo algum nem mesmo o menor dos insetos a atravessar seu caminho. É possível que até um bichinho assim tenha filhos em casa à espera dele. Nunca se sabe. Nunca.

Não, Richard confirma.

Nem mesmo uma mosca!

Certo, Richard diz.

Aquele que mata não é muçulmano.

No verão, Richard usa o aspirador de pó para sugar os mosquitos e as vespas que zunem em volta de sua comida. No primeiro ano da faculdade, abandonou formalmente a Igreja.

E, no Alcorão, Jesus também é um profeta, Raschid acrescenta.

Uma vez, em seu curso sobre "Jesus, o último deus grego", Richard comparou a cena do nascimento de Cristo, conforme ela figura nos diversos Evangelhos da Bíblia, inclusive com a cena correspondente no Alcorão. Por isso, sabe que, no Alcorão, Maria está completamente só ao trazer Jesus ao mundo. Dá à luz numa região remota e sente dores tamanhas que diz: *Quem dera houvesse morrido antes disto, e fosse insignificante objeto esquecido.* Seus alunos haviam entendido o que significava que Maria quisesse não apenas ter morrido, mas ter sido esquecida também? Coisas assim, porém, não podiam ser ensinadas. Ele apenas apontara que, logo em seguida ao desespero de Maria, o recém-nascido debaixo dela começa de repente a falar: é, portanto, diretamente do sofrimento de Maria que vem o milagre da fala. A criança fala para consolar a mãe: fala de um riacho, e ali está o riacho, fala de uma árvore, e lá está a árvore. Maria vê-se transportada para uma paisagem paradisíaca, está sentada à beira de um riacho, à sombra de uma tamareira, come, bebe e quando, com a criança nos braços, retorna para junto das pessoas e lhe perguntam de onde vem o bebê, não precisa dizer nada, porque, em seu lugar, fala justamente o profeta recém-nascido, com apenas cinquenta e quatro centímetros e três quilos e meio.

O paraíso está debaixo dos pés da mãe, diz Raschid. Richard tenta imaginar o homem sentado a seu lado numa túnica azul e com um barrete na cabeça. Eu gostaria muito de rever minha mãe antes de ela morrer, Raschid prossegue. Está com setenta anos agora. Mas, se eu for para a Nigéria, não vou mais poder voltar para a Alemanha.

E por que você não quer voltar de vez para a Nigéria?

Raschid não responde a essa pergunta. Meu pai, ele diz, era muito benquisto. Todo mundo queria lhe dar a filha como esposa. No fim, teve cinco mulheres e vinte e quatro filhos. Eu fui o primeiro menino depois de dez meninas, minha mãe foi sua terceira esposa. À noite, sentávamos todos em torno de uma grande mesa para comer. A mim, era permitido comer do prato dele. Toda manhã, às sete e quinze, com ele ainda bastante sonolento, nós, as crianças maiores, formávamos uma fila diante de sua poltrona, e ele nos dava o dinheiro para o lanche na escola. *O sultão dá audiência sobre uma plataforma. Três degraus sobem até ela. A plataforma é revestida de seda e almofadas. Sobre ela estende-se um dossel, uma espécie de pavilhão de seda encimado por um pássaro de ouro mais ou menos do tamanho de um falcão. Ressoam tambores, trombetas e uma trompa de caça. Dois cavalos selados e arreados são trazidos, juntamente com duas cabras para proteção contra o mau-olhado. Quem se dirige ao rei e dele recebe uma resposta, em seguida despe as costas e, diante do mundo todo, lança pó sobre a própria cabeça e as costas, como alguém que, banhando-se, borrifa água sobre si mesmo.*

Às sete e meia, chegava então o motorista da caminhonete, conta Raschid, nós subíamos na carroceria, ele ainda apanhava algumas crianças vizinhas e nos levava a todos para a escola.

Que matérias vocês tinham?

Inglês, matemática e, como matéria complementar, hauçá.

Já adulto, Raschid frequenta uma escola profissionalizante e aprende serralheria.

Quatro de suas irmãs vão para uma escola secundária. Uma delas faz faculdade e se torna professora.

É estranho, Richard pensa, que só agora voltem a lhe ocorrer os relatos de viagem de Ibn Battuta, que, no século XIV, viajou do Marrocos até a China, passando pela África e pela Ásia Central.

Walther, seu colega de escola que, na época da RDA, tinha permissão para viajar a trabalho, mas apenas para países socialistas, havia estudado árabe para, pela primeira vez, traduzir o livro para o alemão. Onde teria ido parar a tradução depois da sua morte? Publicada, não foi, porque a editora que queria publicá--la faliu logo em seguida à queda do Muro. Naquela época, Richard ajudara Walther na revisão do texto datilografado.

Vinte e quatro filhos de cinco mulheres; mais ou menos assim tinha sido com Walther também, mas, graças a Deus, suas quatro mulheres nunca haviam tido de morar sob um mesmo teto. No enterro de Walther, na fila das condolências, Richard apertara a mão do filho mais velho e dissera-lhe que sentia muitíssimo, mas este apenas o olhara bem nos olhos e perguntara: E por quê? Ao que parece, imediatamente após a morte de Walther começaram as desavenças entre as ex-mulheres e os filhos em torno da casa, na qual a quarta mulher ainda tinha o direito de morar. Agora, nos novos tempos, uma casa daquela valia alguma coisa. No funeral, o primogênito trajava calça jeans clara, desbotada e esburacada. Tomara que seja verdade o que dizem: que, debaixo da terra, já não se sente dor nem coisa nenhuma.

No Eid Mubarak, todas as mulheres sempre cozinhavam juntas, Raschid conta. Entre nós, é a festa máxima, tem-se de comer bastante, porque, afinal, celebra-se o fim do jejum. Antes disso, limpa-se e arruma-se a casa durante semanas, de alto a baixo. No ano 2000, o tecido que meu pai comprara para nossas túnicas festivas era azul. De repente, Richard se dá conta de que agora precisa saber tudo com exatidão: cada prato sobre a mesa, servido para o Eid Mubarak, Raschid deve descrever para ele. Berinjela? Tomates? Pimenta vermelha em óleo? Peixe? Arroz? Inhame? Banana-da-terra? Vitela, frango e carne de cordeiro? As mulheres sentavam-se juntas, ou cada uma delas, com as respectivas crianças, a um local determinado da mesa? A mesa ficava dentro da casa, na varanda ou ao ar livre? Richard gostaria mesmo de nunca mais parar de fazer perguntas. À noitinha, a iluminação é feita com lampiões de vidro colorido? Depois de comer, quando já começa a escurecer, as crianças penduram esses lampiões em varas compridas e saem num cortejo de lampiões pelo bairro? Cantam ao fazê-lo? E os adultos vão visitar os parentes? No dia seguinte, vai-se passear com a família toda?

Mas a noite e o dia seguinte não aconteceram naquele ano, Raschid finalmente diz.

Por volta das onze da manhã, prossegue Raschid, nós, os homens, tínhamos acabado de terminar as orações. De nossa casa, o local onde orávamos ficava mais ou menos a uma distância como a que vai da Alexanderplatz até a Oberbaumbrücke. Estávamos prestes a embarcar de volta para junto de nossas famílias, a fim de dar início ao banquete festivo, quando eles nos atacaram. Com porretes, facas e facões. Quando meu pai fez menção de abrir o carro, eles chegaram correndo, nos separaram, começaram a bater em nós com porretes, a nos espetar com facas e facões; depois, jogaram meu pai dentro do carro, três embarcaram com ele, obrigado a acompanhá-los, e foi a última vez que o vi. Três semanas antes, ele tinha comemorado seu septuagésimo segundo aniversário.

Raschid tem mãos fortes, muito pretas, pousadas agora sobre os joelhos; só as pontas dos dedos são pequenas, e a pele debaixo das unhas, rosada.

Na periferia da cidade, queimaram-no dentro do carro.

Richard e Raschid ficam sentados ali por um momento sem dizer nada.

Sabe-se quem foi que fez isso?, Richard por fim pergunta.

Raschid não responde.

Foi muito ruim, continua ele depois de uma pausa. Por que pessoas matam outras pessoas?

Essa pergunta é muito mais correta, Richard pensa consigo.

Raschid tem uma cicatriz acima do olho. Ele manca; isso Richard tinha visto no dia anterior.

Nós tentamos escapar. Meus irmãos, meus sobrinhos, meus tios, os vizinhos. Todos corriam e gritavam. Por toda parte, pessoas no chão, tudo cheio de sangue. Um de meus irmãos mais novos escondeu-se de início numa mangueira na borda da praça. Quando a noite caiu, ele correu para o rio e se escondeu na água; com medo, passou a noite toda ali, de pé na água; lincharam pessoas até na beira do rio, ele contou mais tarde, tinha visto tudo. Eu me lembro do cheiro de fumaça, diz Raschid, enquanto corria sem parar. As primeiras casas já começavam a arder. Da Oberbaumbrücke até a Alexanderplatz. *São Martinho, são Martinho, pela neve e o vento adiante, o cavalo levando-o avante, com coragem cavalgava, o manto quente o guardava.* Na cidade nigeriana de Kaduna, de cuja existência Richard sabe há apenas duas semanas, o tradicional cortejo infantil das lanternas não aconteceu na noite do Eid Mubarak do ano 2000. Quando da última procissão de são Martinho em Berlim, as crianças com suas lanternas circundaram cantando a Schloßplatz, mas a jovem de Duisburg que mora há três anos num prédio de apartamentos na rua de Richard e que, nos últimos meses, abordou-o estranhamente ao fazerem compras ou junto do contêiner para as garrafas de vidro — às vezes, ela também brigava na calçada com alguém invisível —, essa moça de Duisburg, pois, enquanto as crianças circundavam a Schloßplatz cantando, mantivera-se escondida nos arbustos escuros à margem da praça, uivando feito um lobo.

* * *

Nós corremos tanto quanto podíamos na direção de casa para avisar as mulheres, que pegaram as crianças e partiram de imediato — para casas de amigos ou para a casa de seus próprios pais. Também minha mãe foi se esconder na casa dos pais, na aldeia. Eu apanhei apenas uma segunda túnica no guarda-roupa e a enfiei num saco. Na pressa, esqueci-me até de apanhar a calça. Em menos de meia hora não havia mais ninguém em casa. Partimos com o banquete ainda intocado sobre a mesa. Nem sequer trancamos a porta ao sair. E para quê? A casa estava limpa e arrumada de alto a baixo para o Eid Mubarak. Limpa e arrumada de alto a baixo ao ser consumida pelas chamas, poucas horas mais tarde.

De um dia para outro, eu não tinha mais pai, família, casa ou oficina. De um dia para outro, toda a nossa vida até então se fora. Não pudemos nem enterrar nosso pai. Fui ainda uma vez até minha mãe, para me despedir, e parti então para o Níger. Foi a última vez que nos vimos. Há treze anos. No telefone, quando minha mãe me pergunta como estou, eu sempre digo: Estou bem.

Richard lembra então que, no começo da conversa, Raschid havia dito: O paraíso está debaixo dos pés da mãe.

Não posso mais ver sangue, Raschid diz.

Somente agora fica claro para Richard que Raschid precisou de duas horas para responder apenas à pergunta feita de início.

Naquela noite, como num talho, nossa vida foi simplesmente apartada de nós.

Cut, diz Raschid.

Cut.

Richard e Raschid deixam o quartinho, e os dois homens da segurança comentam com um sorrisinho nos lábios: Foi uma longa conversa. Richard responde: Sim.

A caminho de casa, ele passa numa floricultura e compra um enorme buquê de ásteres coloridos. Nunca antes havia comprado flores para si mesmo. Ele as coloca num vaso transparente sobre a mesa da cozinha. Agora é como se sua mulher ainda estivesse ali. Ou sua amante.

De noite, lembra-se só agora, acordou e, em vez de ir fazer xixi, percorreu cada cômodo da casa, à toa, sem estar à procura de coisa nenhuma. À toa, no escuro, percorreu a casa toda como se fosse um museu, como se ele próprio já não fizesse parte dela. Entre os móveis, alguns dos quais conhece desde a infância, sua própria vida de súbito lhe pareceu, de um cômodo a outro, completamente estranha e desconhecida, como uma galáxia muito distante. A ronda terminou na cozinha, e, envergonhado, ele se lembra agora de, sentado numa cadeira e sem nem saber por quê, ter soluçado qual um banido.

O que dera nele? Já não sabe. Ou será que apenas sonhou aquilo tudo?

Mas comer a gente precisa, sua mãe sempre dizia.

Richard apanha uma lata da estante, sopa de ervilhas, não demora muito. Depois, retira um prato do lava-louças. Aquilo sempre o deixa feliz. Lava-louças não existiam antes, no leste. *Deutschland is beautiful.*

Depois, antes de escurecer, vai rapidinho até o jardim. Enquanto ainda se pode ver alguma coisa, talvez limpar a folhagem nas calhas, varrer o topo do alpendre. Que bom que sua nova escada é tão comprida.

À noitinha, senta-se à escrivaninha para tomar notas.

De início, fica quieto por um momento, até que, por fim, três frases curtas surgem no papel:

Houve uma infância. Houve um cotidiano. Houve uma juventude.

E, logo abaixo, entre parênteses: *Raschid = o Olímpio = o lançador de raios.*

O cone de luz da luminária de mesa dá às letras um palco, mesmo estando Richard já no banheiro, onde foi escovar os dentes.

19.

O dia seguinte é, na verdade, de aula de alemão, mas, quando Richard chega, fica sabendo pelo segurança que é dia de pagamento. Estão todos fora, diz-lhe o homem em seu uniforme de fantasia. Que bom que Richard levou consigo a lista de compras:

Detergente
1 queijo quark
1 manteiga
Geleia (Cassis? Framboesa?)
Presunto
Alface-americana
2 pepinos
Tomates médios
Água mineral
½ pão de centeio e trigo

Durante as compras, encontra Sylvia, a mulher de seu amigo Detlef. Sim, excepcionalmente ele não tem nada para fazer hoje. Excepcionalmente? Como assim? Você com certeza está escrevendo, não tem conferências para dar? Não exatamente, ele diz, mas aquela era uma longa história. Richard não queria ir almoçar com eles? Ainda tinha sobrado muita coisa do aniversário. Bem, por que não? Antes, só ia levar as compras para casa. Está bem, então até já, combinado.

No que está trabalhando agora?, Detlef pergunta, enquanto Richard ainda limpa os sapatos. Até cinco anos atrás, Detlef trabalhava numa empresa de arquitetura de interiores que projeta e constrói lojas, mas então antecipou sua aposentadoria. Depois da queda do Muro, teve a sorte de ser falante fluente do russo, o que fez dele um homem do Ocidente para os novos empresários em Moscou, ao passo que, para seus empregadores do oeste, era o ex--alemão-oriental que se entendia com os russos. Sylvia, que ainda usava rabo de cavalo e tinha um aspecto juvenil quando se mudou para sua casa, havia sido tipógrafa até a queda do Muro; depois, perdera o emprego e, alguns anos mais tarde, revelou-se que, na prática, a época que se seguira à queda do Muro coincidira com o começo da era dos computadores e, pouco depois, com a chegada ao mercado das novas tecnologias; a profissão que ela havia aprendido passou a ser coisa de museu. Como também o marido não tem mais emprego, os dois se valem de suas economias para viajar; já foram a Veneza, Marrocos e Hamburgo, visitaram as pirâmides, a Torre Eiffel, Stonehenge e a costa da Croácia. Isso até um ano atrás, quando Sylvia ficou doente. Na festa de aniversário do amigo, Richard a tinha ouvido dizer pela primeira vez: Fico feliz de ainda ter visto tanto do mundo. Ao ouvir aquele *ainda*, ele olhara involuntariamente para o amigo, que lhe perguntara: Quer uma cerveja?

Ah, quer dizer que abrigaram africanos aqui no asilo para idosos? Nem sabia disso.

Sim, já vi alguns deles fazendo compras e me admirei.

Apolo, Tristão e o Olímpio agora têm seu lugar numa sala de estar alemã dotada de um sofá em L, um aparelho de tevê, uma fruteira e uma estante de livros.

Enquanto Richard fala dos conflitos dos tuaregues com grupos da Al-Qaeda no deserto do Mali e no Níger, ele vê um esquilo correndo lá fora, no jardim, e enquanto conta que o pai de Tristão só erguia à noitinha a persiana na face sul de sua casa em Trípoli, seu olhar recai sobre a programação da tevê para a semana, em cima da mesinha ao lado do sofá. Quando, entre os livros na estante, o número no relógio digital salta de 12h36 para 12h37, ele termina de contar a história da túnica azul que Raschid, o lançador de raios, vestia no Eid Mubarak e seguia vestindo ao fugir.

Compreendo, o amigo dizia de tempos em tempos, enquanto Richard falava. Agora, tendo ele terminado seu relato, Detlef fica quieto por um instante e apenas faz que sim com a cabeça.

Então eles só podem trabalhar na Itália?, pergunta ele por fim.

Exato.

Mas lá não tem trabalho.

Exato.

E o dinheiro que recebem aqui?

É pago só por uns poucos meses — até ficar provado de uma vez por todas que a competência para tanto não é da Alemanha.

E aí?

Aí, são mandados de volta para a Itália.

Onde não tem trabalho.

Exato.

É, temos mesmo uma vida muito boa aqui, diz Sylvia.

Richard pensa em seu pai, que, como soldado, esteve na Noruega e na Rússia, a fim de produzir as *perturbações da guerra*. Detlef pensa na mãe, que, com o mesmo cuidado com que fazia suas tranças como moça alemã, mais tarde, em meio aos escombros, britava pedras para a reconstrução. Sylvia pensa no avô, que enviava à mulher roupas ensanguentadas de crianças russas destinadas aos próprios filhos: *As manchas desaparecem logo com água gelada*. O mérito de seus avôs e pais, de suas avós e mães, havia sido a destruição, por assim dizer, a criação de uma superfície vazia que precisava ser reescrita por filhos e netos. E o mérito de sua própria geração? A razão pela qual sua vida agora é tão melhor do que, por exemplo, a dos três africanos sobre os quais Richard acaba de falar? Também eles são crianças do pós-guerra, os que estão sentados no sofá, e é por isso que sabem que a sequência do antes e do depois muitas vezes segue leis bem diferentes daquelas da recompensa e da punição. Os efeitos não são diretos, e sim indiretos, pensa Richard, como tem pensado com frequência nos últimos anos. Os americanos tinham seus planos para sua metade da Alemanha — assim como os russos tinham outros planos para a outra metade. Nem o bem-estar material, de um lado, nem a economia planejada, do outro, se deixavam explicar por uma qualquer qualidade especial de caráter dos cidadãos alemães, que haviam apenas fornecido o material para aquele modelo de experimento político. Do que haveriam, então, de estar orgulhosos? O que, neles, poderiam considerar melhor do que algo pior nos outros? Trabalhar, é certo, trabalharam a vida toda, isso é verdade, mas ninguém os proibiu de fazê-lo. Como parentes de sangue, os do leste foram por fim abraçados por seus irmãos e suas irmãs do lado mais rico do Muro, mas já tinham nascido com aquele sangue, que não era, pois, nem mérito nem demérito seu. A nora de Monika, ao amamentar seu bebê nascido depois da *Wende*, sempre admirou o milagre de o copo de Coca-Cola que bebia transformar-se em leite dentro de seu corpo. Se por suas veias corria sangue, Coca-Cola ou leite, ninguém tinha como saber ao certo, assim como nenhum deles saberia responder de quem era, na verdade, o mérito por mesmo os mais pobres em seu círculo de conhecidos terem uma máquina de lavar louça na cozinha, garrafas de vinho na estante e vidros duplos nas janelas. Se, contudo, não era mérito deles que estivessem tão bem, tampouco era culpa dos refugiados o fato de estarem tão mal. Poderia facilmente ser o contrário. Por um momento, esse pensamento arreganha seus dentes terríveis.

Sylvia diz: Sempre fico imaginando que, um dia, vamos ter de fugir de novo e que ninguém vai nos ajudar.

Detlef complementa: E isso pela mera lei das probabilidades.

E Sylvia completa: E para onde fugiríamos?

Richard diz: Já pensei em deixar minha velha motocicleta do outro lado do lago. Se for o caso, vou remando até lá, subo na motocicleta e vou embora para o leste. Com certeza, ninguém quer ir para lá. No leste ainda haverá paz.

Aliás, Sylvia pergunta, o homem ainda está lá, no fundo do lago?

Sim, continua lá embaixo.

Pela janela, vê-se um cinzeiro lá fora, já enferrujado, no frio do terraço. Desde seu diagnóstico, nove meses atrás, Sylvia parou de fumar.

Detlef se levanta e diz: Vou buscar umas coisinhas para a gente comer. Ainda sobrou um pouco de peito de pato. E de sopa também.

20.

Não se pode usar pano de microfibras para limpar as torneiras, diz o encanador, destrói o revestimento de metal que imita cromo. Está bem. A descarga do banheiro também não estava totalmente em ordem. *Sexta-feira depois da uma não se trabalha mais*, como dizem os alemães. Hoje é sexta, já passa da uma; o encanador junta suas ferramentas: Só falta assinar aqui.

Quando Richard chega ao asilo, fica sabendo: Hoje, o senhor deu azar; nas tardes de sexta a rapaziada sempre vai rezar.

Não tem ninguém aí?

Tem, os dois ou três cristãos.

Então vou tentar, Richard diz. No 2017, ninguém responde à batida na porta, mas, no 2019, um rapaz com um aspecto sonolento abre a sua. Uns poucos pelinhos de barba brotam do seu rosto. Deve ser um daqueles que, quando da primeira visita de Richard a Apolo, estava deitado numa das outras camas, dormindo.

Richard torna a explicar quem ele é e o que pretende, ao que o rapaz responde: *Okay*.

Você toparia conversar comigo?

O jovem encolhe os ombros.

Fala inglês?

Yes, ele diz, mas não faz menção de deixar Richard entrar. Talvez esteja com medo de ficar sozinho com ele no quarto?

Vamos sair um pouco, até um café?

O jovem de novo dá de ombros.

Há tanta insegurança das duas partes, Richard pensa; dele próprio e provavelmente do refugiado também. Mas bem no momento em que Richard já quer se desculpar e ir embora, o rapaz dá um passo para a frente, faz que sim com a cabeça, sai, fecha a porta e o acompanha — sai do jeito que está, sem pentear os cabelos nem apanhar uma bolsa, e vestindo um casaco demasiado leve.

Richard não se importa de sair uma vez da casa para ter sua conversa. Afinal, os quartos que conheceu até agora estão cheios de fantasmas. No quarto ao lado, o 2020, ele sabe, a janela ainda tem uma cortina xadrez, azul e branca, passada a ferro, mas o resto da mobília está sendo destruído por tropas saqueadoras, arrebentando a cama, tombando o guarda-roupa, alguns soldados pisoteiam as roupas, alguém joga a louça contra a parede — só aquela cortina azul quadriculada, montada pelo neto para a aposentada alemã de cento e dois anos, segue a salvo e passada a ferro, lançando suas sombras num quarto da periferia de Berlim num dia ensolarado de outono. No 2017, fantasmas de peixes cortados em filés aguardam sua comida, mas todos os oitocentos passageiros ainda estão vivos e, lá embaixo, na despensa junto da saída por cuja porta Richard e o rapaz com o casaco fino estão passando naquele momento, amontoam-se cadeiras estofadas de amarelo ou vinho, de madeira e de ferro, cadeiras para a grande família que já vai se reunir para o grande banquete, o Eid Mubarak, cinco mulheres e vinte e quatro filhas e filhos, entre eles Raschid. E o pai de Raschid.

Não tem problema sair com o jovem rapaz, diz o uniformizado, contanto que ele registre sua saída aqui nesta lista.

Num subúrbio de Berlim não há muitos cafés. Uma padaria foi expandida logo após a reunificação das duas Alemanhas, um anexo de vidro foi construído e agora, atrás de um balcão de oito metros e meio, vendem-se ali tortas de framboesa, bombas de chocolate e suspiros. Os senhores de mais idade que combinaram de se encontrar ali às quatro da tarde ainda estão deitados em suas casas, tirando sua soneca de depois do almoço debaixo de suas cobertas de pelo de camelo. Apenas um único cliente está sentado perto do balcão diante de uma xícara de café, lendo o jornal. Richard senta-se com seu jovem interlocutor o mais longe possível dele, a uma mesa já na borda do anexo de vidro, com vista lá para fora.

O que você quer beber? Café? Chá? Chocolate? Um suco? Uma água?

O rapaz balança a cabeça.

Quer uma torta?

O rapaz balança a cabeça.

Um chá?

O rapaz encolhe os ombros.

Um chá de ervas? De frutas? Chá verde? Chá preto?

Nada.

Verde? Preto?

O rapaz encolhe os ombros. Preto, então.

E uma torta?

O rapaz balança a cabeça.

Richard vai ao balcão e pede um chá preto e um cappuccino. Cappuccino, ele nunca havia bebido nos tempos da RDA, mas, nos últimos anos, acostumara-se a bebê-lo na Itália. Que alguma vez na vida fosse se acostumar a alguma coisa na Itália, isso ele jamais teria considerado possível nos quarenta anos anteriores.

Como você se chama?

Osarobo.

Ah.

E já o chá preto é trazido juntamente com o cappuccino, este com espuma de leite, uma pitada de chocolate por cima e, no pires, um biscoitinho.

E de onde você vem?

Do Níger. Depois, morei com meu pai na Líbia.

O açúcar sobre o café escorrega pela espuma do leite rumo às profundezas da xícara.

Ainda tem família no Níger?

Minha mãe e uma irmã.

Quantos anos tem sua irmã?

Catorze, mais ou menos.

Richard mistura o açúcar.

E como ela se chama?

Sabinah.

Você às vezes telefona para lá?

Não.

E seu pai?

O rapaz balança a cabeça.

Você conversa com seus amigos da Oranienplatz sobre a guerra?

Às vezes.

Tem algum que você conheça de antes, da Líbia?

Não, perdi todos os meus amigos.

Música baixa de fundo. Uma mulher compra uma torta, são 11,60 euros.

Eu vi como eles morreram. Muitos, muitos morreram.

A mulher deixa o café com o pacotinho contendo a torta. A porta de vidro se abre automaticamente diante dela.

O chá de Osarobo permanece ali, intocado, assim como o cappuccino de Richard, também intocado.

Life is crazy, life is crazy, life is crazy.

Richard gostaria de saber que perguntas conduzem à terra onde florescem as belas respostas.

Você às vezes sai para passear? *Walk*, Richard pergunta, mas Osarobo entende *work*, "trabalhar".

Sim, eu quero trabalhar. Quero trabalhar, mas não é permitido.

Richard pensa em como o Tamino de Mozart é testado, como uma voz o impede de seguir adiante a cada porta que deseja abrir: *Para trás!*

Qual é sua língua materna?

Hauçá e tebu.

Como se diz "mão" em hauçá?

Hanu.

E "olho"?

Idu.

Chá?

Shayi.

Eu?

Ni.

Tu?

Kay.

Onde você esteve na Itália?

Em Nápoles e Milão. No metrô, ele conta, quando um preto senta-se a seu lado, as pessoas se levantam e vão se sentar em outro lugar.

Nem mesmo a Itália é mais a terra onde florescem as belas respostas.

Assim é, diz o rapaz, e puxa a pele do dorso da mão, como se quisesse despir aquele invólucro importuno. Depois, olha pela janela lá para fora, para as árvores, das quais pendem ainda algumas folhas amarelas. Seu olho esquerdo não parece totalmente em ordem, Richard percebe só agora, porque até aquele momento o rapaz ainda não havia olhado para cima.

O que houve com seu olho?

Ele balança a cabeça. Não diz palavra. E torna a olhar para baixo.

Quantos anos você tem?

Dezoito.

E há quantos anos está na Europa?

Três anos.

Você às vezes pensa no seu futuro?

Futuro?

Até o momento, o rapaz ainda não bebeu um único gole de seu chá.

Crazy life, crazy life, crazy life, ele diz, e se cala.

A espuma do leite já se revelou há algum tempo inteiramente equivocada.

Quero voltar para junto dos meus amigos.

Richard não sabe se Osarobo se refere aos amigos no asilo ou aos mortos. Ele fracassa com aquele rapaz. Mas não importa seu fracasso. Não é dele, Richard, que se trata ali.

São 4,70 euros, diz a mulher, olhando muda para a mesa, sobre a qual seguem as duas bebidas completamente intocadas.

* * *

Até o cruzamento onde Richard tem de virar para tomar a direção de casa, o rapaz o acompanha sem dizer uma única palavra; é somente quando Richard se detém para se despedir que o rapaz pergunta de repente:

Você acredita em Deus?, e pela primeira vez olha para Richard.

O farol muda para o vermelho, razão pela qual a rua fica agora em completo silêncio. Richard responde: Na verdade, não. E seu *na verdade* é já uma concessão.

Eu não compreendo como alguém pode não acreditar em Deus, diz o rapaz. Quando a gente está à míngua, acredita em Deus. *Life is crazy.* Quando estou doente, não é o hospital que me cura, e sim Deus. Deus me salvou; salvou a mim, mas não aos outros. Então algum plano ele deve ter para mim, certo?

Ele segue olhando para Richard com um olho bom e outro que não está em ordem, mas, como Richard não responde, torna a ensimesmar-se; seu casaco é fino demais para um outubro alemão, seu olhar volta a se perder na brenha invisível que, para ele, preenche o ar.

Trinta anos atrás, ao tirar sua carteira de motorista, Richard fez um curso de primeiros socorros. Fazer massagem cardíaca era bem mais cansativo do que ele imaginara.

Não tem alguma coisa que você gostaria de fazer, se tivesse oportunidade?, ele pergunta ao jovem, como se, para ele próprio, Richard, algo dependesse de ele trazer o rapaz de volta à vida, como se ele próprio estivesse perdendo alguma coisa caso aquele rapaz do Níger, a quem mal conhece, se entregasse. Alguma coisa que você gostaria de fazer, se pudesse escolher?, ele torna a perguntar, porque já o desejo em si o chamaria de volta à vida. Fazer alguém querer respirar. O resto viria por si só.

Sim, Osarobo diz.

E o que é, então?, Richard quer saber.

Tocar piano, diz o rapaz.

O farol fica verde.

Tocar piano? De início, Richard acredita ter ouvido mal, mas Osarobo de fato diz:

Sim, piano.

Então só resta a Richard explicar que tem um piano em casa, que, para tocá-lo, não, não precisa pagar ingresso, que, se quiser, Osarobo pode ir visitá-lo a qualquer hora. Na segunda, talvez? Ou na terça? Na quarta.

21.

No sábado, seu amigo Peter, o arqueólogo, vai visitá-lo; por sorte, ainda está quente o bastante para prosseguir com as escavações, ele diz.

No domingo, tem um ovo no café da manhã. Há tempos Richard se propôs a estudar aquele documento, o *acordo* que o governo de Berlim fez com os africanos para liberar a Oranienplatz para os berlinenses. Planejou dedicar um dia inteiro a ele, mas, para sua grande surpresa, o documento não ocupa mais do que três quartos de uma página. Até mesmo seus contratos com a companhia telefônica são mais extensos, e duas pastas inteiras em sua estante estão cheias da correspondência relativa à compra de sua casa. Que, na Alemanha, um documento escrito seja tão breve, isso lhe parece absolutamente espantoso, para dizer o mínimo. *Nós concordamos em que as condições para os refugiados em busca de proteção na Europa e na Alemanha precisam ser melhoradas.* Assim reza a primeira oração do documento caracterizado como *termo de concordância*. Pretendem-se aí de acordo, portanto, duas partes que já de início declaram concordar uma com a outra. Às vezes, Richard pensa que, ao examinar um texto, ele nada mais faz do que buscar indícios. Quem é, por exemplo, esse *nós*?

Terá fim definitivo o acampamento e, com este, a forma de protesto em desacordo com o legalmente apto. Os refugiados organizarão eles próprios o desmonte de todas as barracas ou alojamentos e trabalharão para que esse estado de coisas seja duradouro.

A formulação sobre o *legalmente apto* o agrada em especial. Será que sua relação com a amante poderia ter sido chamada de um relacionamento *matrimonialmente apto*? E teria já, talvez, apenas essa designação satisfeito sua amante, que chorava pelo menos uma vez por semana pelo fato de ele voltar para a esposa no jantar? Ou será que justamente esse choro estava em desacordo com sua aptidão matrimonial?

Além disso, a menção ao caráter permanente da retirada imiscui-se duas vezes nesse trecho. Na linguagem, não existe coincidência, isso Richard sempre buscou deixar claro a seus alunos. Ele próprio reaprendeu isso dia após dia em seu estudo do *Neues Deutschland*, o chamado *órgão central do Partido*. Já a designação *órgão central* era motivo suficiente para ensejar a dúvida. Os próprios refugiados deveriam fazer seu protesto em pedaços, e aos olhos de todos. E o que ganhariam em troca? O próprio Richard lembra-se muito bem das cartas que recebia diariamente nos primeiros tempos após a união monetária: *Você ganhou! Uma Mercedes! Quinhentos milhões! Uma mansão!* A casinha de cartolina com a inscrição dourada *Villa Richard* pende ainda de sua escrivaninha, como lembrança da perda de sua inocência socialista.

A secretária de Governo prestará apoio no âmbito de sua responsabilidade política. Será realizada uma análise dos casos individuais no âmbito de todas as possibilidades legais. Deportações suspensas durante o período de análise.

136

Um âmbito, isso está claro, nada mais é do que uma delimitação, uma fronteira. E um período de análise cedo ou tarde termina. Troca-se aí, portanto, a eternidade pelo tempo. Troca-se uma evacuação real e *permanente* de um lugar real pela ideia incerta de uma esperança: *apoio e acompanhamento no desenvolvimento de perspectivas profissionais*. Por mais estranho que lhe seja o mundo dos advogados, Richard às vezes sente-se aparentado a eles na obsessão por apreender fatos com precisão linguística crescente. Além do conteúdo de suas frases individuais, o texto, portanto, comunica ainda outra coisa: os refugiados não têm dinheiro para contratar um advogado e mal compreendem alemão. O que os mantém vivos é a esperança, e esperança custa barato.

22.

E, na segunda-feira, tem de novo aula de alemão.

Richard veste sua camisa azul-clara.

A professora dispõe os homens aos pares, um atrás do outro, um ao lado do outro, um diante do outro, e faz exercícios com o dativo.

A quem pertence o sol?

O sol pertence a Deus!, um dos homens responde.

O sol pertence a nós, diz o outro.

E a quem pertence Ali?

Ali pertence a si mesmo.

A professora ri, cumprimenta um ou outro que chega atrasado, escreve na lousa, espia sobre o ombro desse ou daquele que escreve, movimenta-se por entre todos aqueles homens como uma domadora experiente e, depois de duas horas que passam voando, a aula terminou.

Se quiser, o senhor pode dar aulas para os alunos avançados. Como vê, o nível dos alunos é bem diverso.

E hoje Richard está usando também sua nova loção pós--barba.

Vou pensar nisso.

E de pronto ela já disse *até mais* e se foi.

Na terça, Richard atravessa o corredor em cujo fim, como sempre, três pares de sapatos encontram-se asseadamente dispostos um ao lado do outro no parapeito de uma janela, ruma outra vez para o quarto 2017 e bate na porta. Dessa vez, é Zair quem abre. Nos catres, os outros dormem, a televisão está desligada.

Você sabe onde está Raschid?, Richard sussurra.

Zair aponta para trás de si, para um dos catres; nele, a elevação debaixo da coberta é um tanto mais alta que nos outros.

Então até mesmo o portentoso Raschid — a quem Richard, desde a cena na escada, só chama de o lançador de raios —, até mesmo aquele homem forte que, vestindo uma solene túnica azul, sustenta sozinho nos ombros os cinco pilares do Islã, pode simplesmente voltar a integrar o grupo dos que dormem.

Richard agradece, mas balança a cabeça negativamente quando Zair faz menção de convidá-lo a entrar.

Agora, outra porta se abre, e do quarto sai um homem descalço, seminu, vestindo apenas cueca e levando uma toalha enrolada nos ombros; o homem passa calmamente por ele, o cumprimenta com um gesto de cabeça e segue na direção da escada, provavelmente é onde ficam os chuveiros. Em seguida, de novo, silêncio completo. Mas um barulho mais distante provém do corredor. Richard o atravessa, vira à direita lá no fim e se vê diante de uma cozinha. Para sua alegria e surpresa, ali está, sozinha, a jovem professora de alemão numa escadinha, tentando pregar um pôster acima de um dos três fogões: uma fotografia noturna do castelo Bellevue, iluminado e simétrico. No fogão seguinte, vê-se já um pôster mostrando uma garrafa de cerveja, um cigarro e comprimidos, todos eles riscados e encimados pela frase: *Seja livre como um pássaro!*

Posso ajudar a senhora?, Richard pergunta.

O senhor pode me passar as tachinhas.

Por que está fazendo isso?, ele pergunta, enquanto procura na caixa as tachinhas azul-escuras e as verdes, as cores da noite em torno do castelo Bellevue, residência do presidente da Alemanha. Será que a professora passou a noite com um dos homens e por isso está ali tão cedo? Talvez com aquele que Richard acabou de ver saindo seminu do quarto?

Até mesmo os peixes num aquário desfrutam ao menos de uma imagem de fundo com corais e algas, ela diz. As pessoas aqui devem viver pior que uns poucos peixes?

Richard se lembra do ramalhete de flores que comprou na semana passada e que já murchou, porque ele se esqueceu de pôr água fresca. Às vezes, ele se pega comendo sopa de ervilhas gelada, diretamente da lata. E, sobre a mesa de sua sala de estar, repousa há cinco anos a coroa do Advento e os tocos das velas vermelhas do último Natal passado com a mulher. E, de novo, o Advento está chegando.

O senhor pode me passar aquele terceiro pôster ali?

Richard ergue o canudo até ela, que o desenrola contra a parede. Onde ela não está segurando, o pôster torna a se enrolar. Se corre a mão para a esquerda, Richard vê a metade esquerda do museu Bode; se corre para a direita, a metade direita.

A mulher de Richard sempre o mandava pontualmente ao porão para apanhar as caixas com a decoração necessária para a festividade do momento, e, passada a festa, para levar de volta lá para baixo todos os adereços utilizados: coelhos da Páscoa, ovos de vidro e de madeira, grama artificial, estrelas natalícias, quebra-nozes, anjos, guirlandas de luz, enfeites de árvore de Natal, estrelinhas, fogos de artifício para o Ano-Novo e, para o Carnaval, serpentinas coloridas e a caixa de confete que jamais se esvaziava por completo. Depois da morte dela, pela primeira e única vez ele empacotou sozinho a decoração de Natal e a levou para o porão, mas esquecera-se daquela coroa do Advento. Desde então ela repousa sobre a mesa da sala de estar.

Está bom assim?

Talvez um pouco mais para a esquerda.

Assim?

E dois centímetros para cima.

Depois da morte da mulher, Richard de início sentiu-se aliviado pelo fato de o ciclo anual agora pouco lhe importar, as festividades passavam antes mesmo de ele chegar a pensar que estavam se aproximando. Apenas há pouco, dado que o tempo informe estende-se já o suficiente para entediá-lo, Richard tinha começado a, vez por outra, quando no porão, ler o nome da festividade estampado nas caixas na caligrafia da mulher e tentar imaginar por um momento todos aqueles seres e objetos estranhos ali no escuro, organizados apenas segundo o critério de sua fragilidade e da necessidade de poupar espaço, mas, de resto, indiscriminadamente.

A senhora saberia me dizer quando os homens vão precisar se mudar?

O céu sobre o museu Bode é branco e azul-claro; verde e preta a água que circunda sua base.

Certo é que tão logo não vai ser, porque encontraram dois casos de catapora, a bela etíope murmura, uma vez que, enquanto fixa as primeiras tachinhas, ela segura as demais entre os lábios.

Absurdo, em todo caso — ela diz, uma vez tendo afixado o pôster e descido da escada —, é que tenham dado a eles só metade do dinheiro prometido. O resto, só vão receber quando estiverem no novo alojamento, foi o que um deles me contou ontem. Como se fosse possível subornar bactérias.

É, é um absurdo mesmo, Richard concorda. De novo ele se lembra dos escaravelhos que atacavam as batatas e de seu vidro de compota, cheio de vinagre até a metade.

Preciso ir, ela diz. Na verdade, nem poderia estar aqui. Os monitores me proibiram de entrar na casa, mas assim tão cedo eles não vêm inspecionar.

Proibiram? Mas, afinal, a senhora dá aulas duas vezes por semana.

Na sala de aula, ainda posso entrar, mas não posso subir para cá, onde estão os quartos. Dizem que isso tumultua a casa.

Richard pode bem imaginar o que querem dizer com *tumultua*, mas, apesar disso, diz apenas:

É inacreditável.

Ao mesmo tempo, está feliz por ela não ter passado a noite com o homem seminu.

Talvez o senhor ainda esteja pensando sobre o que lhe perguntei ontem — sobre dar aulas para o grupo de alunos avançados?

Mas claro, ele diz, e lá se foi ela com seu *até mais*, ele ouve os passos decididos afastando-se pelo corredor comprido, foi-se embora depressa, como sempre.

Será que algum daqueles homens já esteve no museu Bode?

23.

Quando Richard chega em casa à noitinha, já não se lembra de como a conversa de fato começou. Não quis mais bater numa das portas atrás das quais os homens dormiam. Então, ao descer, viu o homem magro com a vassoura. Ele varria o primeiro andar, desabitado, como se tivesse todo o tempo do mundo. A conversa com ele durou mais do que todas as outras, mas isso Richard realmente não é capaz de explicar para si mesmo.

Eu sei a que isso se deve, diz a voz. O homem magro segue trajando a calça amarela e esburacada de abrigo e continua segurando a vassoura. Às vezes, faz uma pequena pausa e se apoia na vassoura com ambas as mãos. Depois, segue varrendo.

Ou ainda não acabou?

Olho para a frente e para trás e não vejo nada.

Aquela foi a primeira frase que o homem disse no andar vazio, e dela partiram várias outras, em círculos. Agora, Richard está em casa e segue ouvindo a voz daquele homem.

Quando eu tinha oito ou nove anos, meus pais me deixaram com minha madrasta, a primeira mulher de meu pai, e se mudaram para outra aldeia com meus dois irmãos e minha irmã. Aos onze, ganhei meu primeiro facão para trabalhar nos campos por trinta centavos a hora. Aos dezoito, tinha ganhado tanto dinheiro que pude abrir um pequeno quiosque. Aos dezenove, vendi o quiosque para ir para Kumasi.

Richard acende a luz da sala de estar, da biblioteca e da cozinha, como sempre faz quando chega em casa no fim do dia.

Fui até meus pais, meus irmãos e minha irmã e me despedi. Não pude passar com eles mais do que uma noite, porque o cômodo onde moravam era pequeno demais.

Parti para Kumasi e comecei a trabalhar como ajudante de dois comerciantes que vendiam sapatos na rua. Conheci uma moça, mas os pais dela não nos deram permissão para que nos casássemos, porque eu era muito pobre. Depois, os comerciantes para quem eu trabalhava faliram.

E eu fui para junto de meus pais, meus dois irmãos e minha irmã. Não pude passar com eles mais do que uma noite, porque o cômodo onde moravam era pequeno demais.

I didn't feel well in my body in that time.

Richard vai até a cozinha, abre a janela para o jardim, contempla a noite e pensa por um breve momento que agora está tudo muito quieto. Depois, torna a ouvir atrás de si o arrastar da vassoura.

Algo mudou, mas eu não sabia se para pior ou para melhor.

Comecei a trabalhar numa fazenda. Cuidaria dos animais, cabras e porcos. Dava-lhes comida, cortava grama, galhos e folhas. Mas o proprietário ficou com meu salário, dizendo que aquilo era o que custava me manter.

Richard fecha a janela e se volta. O homem apoia-se na vassoura com ambas as mãos, sorri e diz:

Uma noite, tive um sonho. Meu pai jazia na terra, e eu queria abraçá-lo, mas não conseguia segurá-lo. Entre meus braços, ele ia se achatando e afundando no chão.

Na noite seguinte, tive outro sonho. Três mulheres lavavam o corpo morto de meu pai. Eu deveria ajudá-las, mas não sabia como se faz.

Na terceira noite, vi minha mãe postada ao lado do corpo de meu pai, como se estivesse cuidando dele.

Um dia depois, recebi de minha aldeia a notícia de que meu pai tinha morrido.

Onde ele encontrou aquela vassoura?

Eu sabia que meu dinheiro não dava para, oito semanas mais tarde, ir à grande cerimônia fúnebre em honra de meu pai. Mas um filho precisa ir chorar a morte do pai.

Ele torna a varrer com movimentos tranquilos e amplos. Mal não vai fazer, afinal, Richard pensa.

Trabalhei a primeira semana.

A segunda.

A terceira.

A quarta.

No fim da quarta semana, o proprietário da fazenda me disse que aquele tinha sido apenas o mês de experiência e, de novo, não me deu dinheiro nenhum.

Encontrei trabalho em outra fazenda. Lá, eu arava a terra para a plantação do inhame. Trabalhei a primeira semana. Das quatro da manhã até as seis e meia da noite.

A segunda semana.

A terceira semana.

A quarta.

Mas, se uma moça não tivesse me dado comida de graça, o dinheiro que ganhei jamais teria bastado para a viagem até a cerimônia fúnebre e para a compra da cabra que eu pretendia sacrificar lá.

Talvez uma cerveja gelada fosse uma coisa boa numa noite assim, Richard pensa e desce até o porão.

Viajei com a cabra para Nkawkaw num lotação.

Viajei com a cabra para Kumasi num ônibus.

Viajei com a cabra de Kumasi para Tepa em outro lotação.

Viajei com a cabra de Tepa para Mim.

Richard se lembra de ter rido quando o homem lhe contou como tinha sido difícil enfiar uma cabra entre todos os demais passageiros de um veículo.

Cheguei bem no dia da cerimônia fúnebre em honra de meu pai. Como dita o costume, sacrificamos a cabra. Não pude passar com minha família mais do que uma noite, porque o cômodo onde ela morava era pequeno demais. Dali em diante, precisei cuidar sozinho de minha mãe e dos três irmãos.

Numa aldeia vizinha, consegui trabalho numa plantação de cacau.

Um ano depois, decidi ir para Acra com o dinheiro que tinha ganhado.

Fui até minha mãe, meus irmãos e minha irmã e me despedi. Não pude passar com eles mais do que uma noite, porque o cômodo onde moravam era pequeno demais.

Enquanto Richard fica sentado no sofá com sua cerveja, o homem com a calça amarela esburacada varre o tapete da sala de estar.

Fui para Acra e comprei os primeiros quatro pares de sapatos para meu comércio próprio. À tarde, tinha vendido dois. Comprei dois novos pares e, à noitinha, vendi mais um. Com o lucro auferido com os três pares vendidos pude comprar comida, uma esteira onde dormir e uma lona, para dormir na rua. Durante a noite, roubaram-me a lona.

O olhar de Richard recai sobre a coroa do Advento que repousa há cinco anos na mesa de sua sala de estar.

A estação das chuvas tinha acabado de começar, e eu saí pela cidade. Nesse meio-tempo, tinha onze pares de sapatos e sempre mostrava apenas um pé, mantendo o outro na minha mochila. Durante a noite, eu às vezes me molhava, quando a nova lona era incapaz de deter a água. Então, durante o dia, muitas vezes estava tão cansado que dormia sentado. Por fim, mandei fazer um balcão de tábua. Encontrei alguém para guardar meu saco com os sapatos durante a noite. Mas continuava dormindo na rua com o dinheiro no bolso da calça, sempre com medo de ser assaltado. Em consignação, entreguei cinco pares de sapatos a alguém que queria me ajudar nas vendas, mas ele me roubou os sapatos e desapareceu.

Agora, o homem vestindo a calça amarela esburacada vira a vassoura ao contrário e põe-se a arrancar os fiapos das cerdas, mas deixa-os cair ali mesmo, no chão. O que é isso?, Richard pensa de início. Depois, conclui: Bom, se isso o diverte...

Fui até minha mãe e meus irmãos. Não pude passar com eles mais do que uma noite, porque o cômodo onde moravam era pequeno demais.

Perguntei a mim mesmo: o que há de errado comigo?

Perguntei a mim mesmo e a Deus também.

Vez por outra, as coisas podem até não andar bem. Mas e quando *nunca* se sabe onde se vai dormir e o que se vai comer? Não há no mundo todo um lugar onde eu possa me deitar e dormir um pouco?

Olhava para a frente e para trás e não via nada.

A minha mãe, dizia que estava bem.

E minha mãe me dizia que estava bem.

Mas eu sabia: ela não tinha terra nenhuma. Se eu não lhe desse dinheiro nenhum e se ninguém mais lhe desse nada, ela não tinha o que cozinhar para si e para meus irmãos.

Quando nos víamos, meu silêncio encontrava o dela.

Depois, trabalhei como ajudante de colheita numa plantação.

A primeira semana.

A segunda semana.

A terceira semana.

Ele torna a virar a vassoura, mas permanece imóvel.

Pensei comigo: Se eu não estivesse mais aqui, ninguém poderia querer algo de mim.

Sentei-me na beira do campo e chorei.

Assim é. Muitas pessoas em Gana vivem em grande desespero.

Algumas se enforcam.

Outras tomam DDT, bebem água e, depois, vão para casa, fecham a porta — e morrem.

Mandei uma criança até a loja onde tinha DDT. Mas o vendedor perguntou a ela quem a enviara. Em seguida, ele me procurou, conversou bastante comigo e disse que eu pensasse bem.

Depois dessa conversa, passei três dias sentado na mesquita, refletindo.

Aí, já não tinha forças para fazer aquilo.

Então, fiquei doente.

Richard se levanta e vai até a biblioteca. Lá, ele por vezes senta-se em sua bergère para telefonar. Talvez esteja precisando de um livro para poder pensar em outra coisa antes de dormir.

Se o vendedor de DDT não tivesse conversado comigo, eu estaria morto há muito tempo.

Claro, também a biblioteca está empoeirada. Richard observa o homem magro por um tempo, enquanto ele vira de cabeça para baixo as cadeiras que circundam a mesa redonda e as ergue até o tampo da mesa. A vassoura, enquanto isso, apoiou-a na estante, na altura do classicismo alemão.

Depois, voltei para Acra. Contratei um ajudante. Em algum momento, tinha um total de dois sacos e meio de sapatos, quase trezentos pares. Para um quarto, logo teria dinheiro suficiente.

Mas foi então que proibiram o comércio ambulante.

Olhei para a frente e para trás e não vi nada.

Carregava comigo cinco pares de sapatos por vez e os vendia escondido. Caminhei dias inteiros pela cidade. Os últimos vinte ou trinta pares, eu os vendi barato para meu ajudante.

Com o lucro, comprei um saco de *athfiadai*, uma fruta usada para fazer remédio aqui na Europa, disse-me alguém. *Paracetamol.*

Para dor de cabeça, Richard toma ASS, que era a Aspirina dos alemães-orientais, mas não sabe se o princípio ativo é o mesmo do paracetamol.

Depois, fui para casa, de volta para minha mãe e meus irmãos. Passei apenas uma noite com eles, porque o cômodo onde moravam era pequeno demais, e expliquei o que deveriam fazer para me ajudar.

Foram os quatro para o mato, a fim de coletar a fruta. Ela parece uma maçãzinha; seca-se a fruta, ela arrebenta, juntam-se os caroços e também eles devem secar ao sol por dois ou três dias para, então, serem triturados num pilão. No fim, obtém-se um pó preto. É uma fruta rara, dá muito trabalho até se obter o pó, mas, por fim, ele enchia um segundo saco, que minha mãe me mandou para Acra.

Richard gostaria de apagar a luz e ir para a cama. Mas, afinal, espera ainda até que o magro varra debaixo do sofá e da escrivaninha, espera até que ele tire as cadeiras de cima da mesa e deixe tudo em ordem.

Fui ao mercado com os dois sacos.

No primeiro dia, não apareceu ninguém para comprar o pó.

No segundo, também não.

Nem no terceiro.

Somente então fiquei sabendo que, no ano anterior, alguns comerciantes haviam enchido sacos com um pó parecido, a fim de enganar os compradores.

Agora, Richard apaga a luz. A voz já o espera diante do quarto.

Deixei os sacos na casa de um amigo e fui até minha mãe e meus irmãos para me despedir. Só pude passar uma noite com eles e nada mais, porque o cômodo onde moravam era pequeno demais.

Do dinheiro que me restava, dei metade a minha mãe e, com o restante, paguei a um coiote para que me levasse até a Líbia.

Isso foi em 2010.

Na verdade, é ótimo que aquela varrição não faça barulho nenhum, Richard pensa consigo, e se pergunta por que ele próprio, quando e se faz limpeza, recorre sempre ao aspirador de pó.

Meu dinheiro só deu para ir até Dakoro, no Níger. O restante, o coiote me emprestou. Eu e os demais viajamos deitados no fundo falso de uma caminhonete, tão juntos uns dos outros e tão achatados que não podíamos nem sequer nos virar. O coiote nos manteve vivos com pedaços de melancia que empurrava para o nosso esconderijo.

Em Trípoli, trabalhei os primeiros oito meses num canteiro de obras, exclusivamente para pagar o coiote. Quando minha dívida estava enfim paga, estourou a guerra. Não podíamos mais sair do canteiro de obras. À nossa volta, ouvíamos tiros. Em algum momento, o homem que até então nos providenciava comida e bebida não apareceu mais. Aguentamos três dias, mas, depois, tivemos de sair. As ruas estavam completamente vazias. Não se viam mais estrangeiros, tampouco líbios. Não se via ninguém. Por fim, conseguimos, de noite, alcançar um barco. Um amigo me emprestou duzentos euros para a travessia até a Europa.

Quando, do *Lager* na Sicília, telefonei para Acra, o homem com quem eu havia deixado os dois sacos de pó me disse que agora a mercadoria já estava velha.

Está bem, eu disse, jogue fora.

Então, o magro começou a varrer a escada no sentido ascendente, ao contrário do que Richard tinha visto sua mãe fazer; varre degrau por degrau, de baixo para cima, de forma que o pó do degrau de cima cai naquele que ele acaba de limpar.

Durante todo o tempo em que estive no campo italiano, recebi setenta e cinco euros por mês, dos quais enviava vinte ou trinta para minha mãe.

Depois de um ano, porém, fecharam o campo. Deram-nos quinhentos euros. Assim sendo, eu estava na rua. Fui dormir na estação ferroviária. Um policial me acordou e me mandou embora, porque eu não tinha passagem nenhuma.

Lá fora, havia alguém de Camarões. Disse-me que tinha um irmão na Finlândia. Telefonamos para o irmão dele. Sim, eu podia ir para a Finlândia e morar com ele.

Viajei para a Finlândia. Mas o irmão do homem de Camarões nunca mais atendeu o telefone.

Lá, dormi na rua por duas semanas.

Estava muito, muito frio.

Depois, voltei para a Itália.

Andei pelas ruas com minha mala nas costas. Em algum momento, joguei fora um par de sapatos e uma calça, porque a mala era muito pesada.

No total, fiquei um ano e oito meses na Itália.

Em seguida, vim para a Alemanha.

Aí, acabou-se todo o meu dinheiro, os quinhentos euros.

Olhava para a frente e para trás e não via nada.

O magro chegou ao topo da escada e parece caminhar na direção do quarto de hóspedes, mas, quando Richard vai atrás dele com um livro de Edgar Lee Masters na mão e, no piso de cima, olha em torno, não tem mais ninguém ali.

24.

Na quarta-feira, às onze horas, iria buscá-lo para tocar piano, Richard combinara com Osarobo na sexta. Mas, quando bate na porta do 2019, demora até que a porta enfim se abra. Lá está Osarobo, sonolento, os cabelos amassados, dizendo: *How are you?* Quando Richard lhe pergunta se não vai tocar piano, ele responde: *Oh, sorry, I have forgot.*

Richard diz: Eu espero lá embaixo.

Ele se irrita, mas por quê, afinal? Porque o africano não está tão feliz e agradecido como ele esperava? Com o fato de o africano simplesmente o esquecer, a ele, o único alemão de fora a, ao que parece, ir voluntariamente àquela casa? E, talvez, também em razão de o africano não estar desesperado o suficiente para reconhecer sua chance? Ou, antes, por ele, de passagem e com sua desatenção, tornar claro a Richard que a oferta do piano não significa chance nenhuma, e sim, quando muito, um passatempo não muito melhor do que dormir? No passado, nas discussões que tinham precedido a partida de sua amante, ela havia dito várias vezes que o problema não era não acontecer o que ele esperara, e sim a expectativa em si que ele nutria.

Hoje, não há ninguém varrendo o piso de baixo.

Da amante, Richard queria, por exemplo, que ela lhe telefonasse no dia tal às dezessete horas, ou que, no encontro seguinte, esperasse por ele naquela minissaia azul de que ele gostava tanto, ou ainda que, ao voltar de alguma parte, lhe dissesse de que vagão do trem desembarcaria. A alegria antecipada começava, então, já no dia do acordo firmado — e, desse modo, durava muito mais do que a coisa em si. Quase substituía o fato propriamente dito, mas, naturalmente, guardava relação indissolúvel com a realidade a que dizia respeito; e, na eventualidade de uma decepção, extinguia ainda a posteriori todo o passado no qual tinha vigorado. *Pontos de fuga* era como sua namorada chamava aquela alegria antecipada — de início, em tom de brincadeira; mais tarde, passou a chamá-la de *terror do happy end* e, nos últimos tempos do relacionamento de ambos, ela o aterrorizava permitindo-se desvios daquilo que havia sido acordado.

Richard cumprimenta os jogadores de bilhar, pelos quais acaba de passar em seu caminho lá para cima. Um deles faz o V da vitória com os dedos.

Desvios como ligar para ele oito minutos e meio atrasada ou mesmo não ligar; ou como dar a minissaia de presente para a irmã e, em vez de atravessar, vinda do metrô, a praça até o café que costumavam frequentar, de modo que ele pudesse reconhecer já de longe seu andar ereto, surgir inesperadamente do outro lado, dobrando a esquina em sua bicicleta, descendo dela, prendendo-a ao poste de luz e sentando-se, então, suada e com as mãos sujas, à mesa do café.

O homem no uniforme de fantasia diz: Ora, ninguém com quem falar, outra vez?

Pelo contrário, Richard responde, mas vou esperar lá fora.

O outro guarda segura a porta aberta para ele.

Somente na superfície a questão outrora havia sido se aquelas faltas da amante tinham por causa talvez apenas alguma outra ordem, algum outro sistema e não aquele que servia de referência a Richard — um novo e secreto relacionamento amoroso dela, por exemplo, ou um tamanho maior da saia ou a ciclovia recém-construída no centro da cidade. A rigor, ainda que implicitamente, sua amante lhe colocava a pergunta sobre o que restava do relacionamento de ambos, sobre se ele de fato seguia existindo, uma vez revogados os rituais aos quais ele queria atrelá--la. A verdade era, seguramente, que nenhuma pessoa podia conhecer outra cem por cento, assim como, por infelicidade, verdade era também que ele, Richard, não julgava isso aceitável, ou pelo menos não no que se referia a sua amante.

Você pode enfiar seus pontos de fuga em outro lugar!, ela gritara na última discussão que haviam tido; e se um dia, por acaso, precisasse dele com urgência às 23h27, precisamente quando ele estava deitado em seu maldito leito matrimonial, e ela não tivesse podido solicitar o telefonema com antecedência? Raivosa daquele jeito, ele a achara encantadora e sorrira à visão das manchas febris que a excitação desenhava no pescoço dela. O sorriso havia sido um erro. Foi seu último, porque, depois disso, ela não lhe dera mais nenhuma oportunidade de cometer erros.

Mas estabelecer uma medida comum não era próprio de todo relacionamento?

Além disso, ele se irrita com o fato de que agora, que precisa esperar por alguém, não tenha consigo um livro.

Nem mesmo um jornal.

Ontem, lia um artigo sobre a ajuda alemã a países em desenvolvimento no qual se dizia que esse auxílio começava fundamentalmente com o estabelecimento, em cada país beneficiado, de um critério para medidas e normas consoante os padrões DIN e TÜV. Para o comércio, afirmava o artigo, uma tal escala obrigatória era imprescindível, mas é claro que Richard sabia também que uma escala assim era, antes de mais nada, um instrumento de dominação. Dominação, é certo, era de resto também uma modalidade de relacionamento. Mas a revolta do comando da morte judeu em Treblinka, o campo de extermínio dos nazistas, só pudera ser planejada depois de a SS instalar no campo uma nova direção que se ateve rigorosamente a sua própria ordem e, assim, fez-se previsível. O que é previsível e rígido se pode minar e romper. Somente o caos escapa e permanece. E então ocorre a Richard que ele agora está pensando como sua amante.

Tanto faz.

De todo modo, branco e cheio como a lua mostrava-se o traseiro dela nos tempos felizes, por baixo da minissaia azul de que ele tanto gostava.

Por fim, a porta se abre, Osarobo surge, de novo vestindo seu casaco demasiado fino, e diz:

I'm sorry.

Está tudo bem.

E os dois partem.

Você sabia que aqui na praça — Richard aponta para o campo de cascalho à esquerda — se pode jogar futebol?

Everybody you mean?

Sim, claro, todo mundo pode.

Without paying?

Com certeza, sem pagar nada. Você tem uma bola de futebol?

No.

Será que alguém o vê caminhar pela rua ao lado do rapaz de pele preta? E o que há de pensar? Toda vez que viram uma esquina, Richard se detém por um instante e chama a atenção do rapaz para a placa da rua, a fim de que, da próxima vez, ele possa achar o caminho por conta própria.

Você sabia que, antes, isto aqui era o leste?

Osarobo balança a cabeça: *East?*

Provavelmente, a pergunta havia sido mal formulada para alguém que vem do Níger, Richard pensa, e tenta de novo:

Você sabia que havia um muro em Berlim que separava um lado da cidade do outro?

I don't know.

Construíram o muro alguns anos depois do fim da guerra. Você sabia que teve uma guerra aqui?

No.

Uma guerra mundial?

No.

Já ouviu falar em Hitler?

Who?

Hitler, o que começou a guerra e matou todos os judeus?

He killed people?

Sim, matou pessoas — mas só algumas, Richard apressa-se em acrescentar, porque quase lamenta ter se deixado levar a contar para aquele rapaz, que acaba de fugir das batalhas na Líbia, sobre as batalhas dali. Não, Richard jamais vai contar ao rapaz que, uma vida atrás, a Alemanha inventou o assassinato de seres humanos em escala industrial. De repente, ele se envergonha tanto disso que é como se o que toda a Europa sabe fosse um segredo seu, muito pessoal e impensável a pessoa alguma neste mundo. E, logo em seguida, com não menos impetuosidade, atinge-lhe sua própria esperança de, graças à inocência daquele rapaz, ser ele próprio transportado ainda uma vez a uma Alemanha *anterior* àquilo tudo, uma Alemanha que já estava perdida para sempre à época de seu nascimento. *Deutschland is beautiful.* Que bom seria. "Bom" é até pouco para expressá-lo.

* * *

Então eles chegam. O vestíbulo, o corredor, a cozinha, a sala de estar com vista para a biblioteca, a escada que sobe para os quartos.

Você mora aqui com sua família?

Minha mulher morreu, Richard responde.

Oh, sorry. Você tem filhos?

Não.

Mora aqui sozinho?

Sim, diz Richard. Venha, vou mostrar o piano a você.

O piano está no pequeno cômodo ao lado da entrada, aquele que Richard e sua mulher chamavam de *sala de música*. No passado, a mulher, que havia tocado viola até a dissolução de sua orquestra, praticava ali seu instrumento. Às vezes, Richard a acompanhava ao piano, mas isso tudo já faz uma eternidade. Nos últimos tempos, ele na verdade só entra ali para juntar as contas e contratos para o imposto de renda. Nas estantes ao redor há fichários e pastas, além de álbuns de fotografias, velhas fitas de rolo e cassetes, discos velhos e umas poucas partituras.

Richard abre a tampa empoeirada do piano, desocupa o banquinho, sobre o qual jaz uma pilha de papéis, e pergunta: Você precisa de uma partitura?

Ele não sabe se o rapaz toca piano de fato. Mas talvez tenha trabalhado como garçom em algum lugar na Líbia e tido aulas com o pianista do bar. Ou talvez tenha começado a improvisar num piano em algum lugar.

Bach? Mozart? Jazz? Ou blues?

Osarobo balança a cabeça.

Está bem, então vou deixar você sozinho. Venha, sente-se.

O rapaz senta-se no banquinho e olha para Richard, que lhe faz um gesto afirmativo com a cabeça, deixa a sala e fecha a porta.

* * *

Tão logo chega à sala de estar, ouve as primeiras notas. Osarobo toca, ora uma de cada vez, ora duas, ora três, dissonantes, ora agudas, ora graves, e segue tocando sem cessar. Aquilo não é Johann Sebastian Bach, não é Mozart, não é jazz nem blues. Certo é, sem dúvida, que Osarobo nunca havia encostado os dedos num piano. Richard se deita no sofá com um jornal, lê um artigo, dois, fica cansado, adormece sob a coberta de pelo de camelo; as notas adentram seu sonho matinal, ora uma, ora duas, ora três de uma vez, raspam uma na outra, silenciam, tentam de novo aqui e ali, e o silêncio entre as notas permanece vivo o tempo todo, como se cada dissonância tivesse algo a contar à seguinte, e esta tivesse uma pergunta a fazer, e a terceira então ficasse esperando por um momento. Mais adiante, ao acordar, Richard torna a folhear seu jornal. Quando criança, ele precisou de cerca de sete anos até poder ouvir a si próprio tocando piano e compreender que o que estava fazendo era música. É provável que somente esse ouvir a si próprio com atenção transforme as notas em música. O que Osarobo está tocando não é Bach, não é Mozart, tampouco jazz ou blues, mas Richard é capaz de ouvi-lo ouvindo a si mesmo, e esse seu ouvir a si próprio com atenção faz das notas tortas, enviesadas, pungentes, titubeantes e impuras alguma coisa que, a despeito de toda arbitrariedade, é bela. Richard afasta o jornal, vai até a cozinha e põe água para fazer um café. Só agora toma consciência de há quanto tempo seu cotidiano prescinde de outros ruídos além dos que ele próprio faz. Em sua velha vida, o que lhe dava mais satisfação era quando sua mulher praticava sua viola enquanto ele, sentado à escrivaninha no cômodo ao lado, escrevia uma palestra ou um artigo. A *felicidade do universo paralelo*, era assim que ele sempre caracterizava aquilo diante da mulher. Ela, porém, e sobretudo nos últimos anos, insistia sempre em que, para a felicidade completa de um casamento, um precisava ao menos olhar para o outro ou, na verdade, tocá-lo. Infelizmente, essas discussões não intensificaram nem a felicidade dele nem a dela.

Quando Richard era pequeno, a mãe dele às vezes passava roupa enquanto ele praticava piano, razão pela qual até hoje, quando ouve no rádio as *Invenções* de Bach, ele acredita sentir de repente o cheiro de roupa recém-lavada.

Fervida a água, ele vai até a sala de música, bate na porta, abre e pergunta a Osarobo se ele também gostaria de um café. Ou de um chá. Ou de uma água. Osarobo faz que não com a cabeça.

Está se divertindo com o piano?

Sim.

Vou trazer um copo d'água.

Richard depõe o copo à esquerda, junto do lá grave, e mostra a Osarobo como posicionar, um de cada vez, os cinco dedos da mão no teclado. Para cada dedo, uma tecla. Os dedos de Osarobo são fracos e se dobram; o mindinho, ele logo o esquece por completo. Mas isso não tem importância. De novo. E outra vez. Aqui no meio, na altura do buraco da fechadura que abre a tampa do piano, o dó central. A mão precisa pesar. A de Osarobo não tem peso. Deixe-a cair. A mão não tem peso, por quê? Porque Osarobo não a solta. Deixe a mão cair; não vai. O homem preto e o homem branco olham para aquele braço preto e para aquela mão preta como para algo que está causando problemas aos dois. Sua mão tem um peso. Osarobo balança a cabeça. Tem, sim, com certeza, deixe a mão cair. Richard balança o cotovelo dele por baixo e vê as cicatrizes naquele braço cujo dono quer manter sob controle, a mão sempre pronta a recuar; ela tem medo, aquela mão é estrangeira ali, não conhece bem o lugar. Deixe-a cair. Richard se lembra de como, na sexta-feira, no café, Osarobo ficara puxando o dorso da mão, a pele preta na qual está metido para a vida toda. Mesmo esforçando-se muito, Osarobo não consegue pôr fim ao esforço. Onde começa Mozart?

E, como já se passaram quase três horas, Richard pergunta ao rapaz se ele gostaria de uma pizza; No *problem*, Osarobo responde. Enquanto Richard vai pôr a pizza congelada no forno e arruma a mesa para dois, como há muito tempo não faz, ele ouve as cinco notas já na sequência certa, uma nota por dedo; depois, uma pausa e, então, de novo as cinco notas, e de novo. A mão esquerda também, ele grita, e, como Osarobo não o compreende, Richard vai outra vez até ele e lhe mostra que a mão esquerda precisa fazer exatamente os mesmos exercícios que a direita, só que invertidos.

Osarobo come apenas um pedacinho de pizza, não quer outro, obrigado. E água, sim, da torneira, sim, sem gás.

E agora você sabe voltar para o asilo?

I *don't know.*

Richard vai buscar um mapa da cidade, mostra a Osarobo na seção expansível do mapa de Berlim o nome do bairro, a rua onde estão e põe-se a seguir as linhas com o dedo: Aqui, você precisa virar à esquerda, seguir pela rua tal, ladear a praça; depois, dobrar à direita e, por fim, seguir até o asilo. Então, vê Osarobo tentando entender o mapa e percebe que ele, que saiu do Níger para a Itália, passando pela Líbia, e da Itália para Berlim, nunca viu um mapa de cidade nenhuma nem de país nenhum.

Depois, levanta-se juntamente com ele, calça os sapatos marrons, que são os mais confortáveis, e acompanha o rapaz também pelo caminho de volta.

25.

Hoje, a etíope penteou os cabelos para cima, mas algumas mechas enrolam-se em torno do rosto. Enquanto ela começa os exercícios de leitura com os analfabetos entre seus alunos, Richard, num canto da sala, está prestes a dar início a um curso de conversação com os dois alunos avançados que ela lhe destinou. Bom dia, como vai, como você se chama, de que país vem, quantos anos tem e desde quando está em Berlim? Yussuf é do Mali, Ali, do Chade. Richard fica contente por dar aula na mesma sala que a professora, porque pode vê-la explicando coisas, ditando palavras, ajudando os alunos com a escrita, vez por outra apagando alguma coisa da lousa com a palma da mão e escrevendo outra no lugar; depois, fazendo perguntas a todos e, ao fazê-lo, às vezes dando até mesmo uma olhadela para o grupo dos avançados. Ele, por sua vez, começa a falar com Ali e Yussuf sobre as profissões: Na Líbia, trabalhei na construção e, na Itália, como enfermeiro, diz Ali. Como enfermeiro, é mesmo? Sim, por um tempo. E Yussuf? Na Itália, trabalhei na cozinha. Ah, então você é cozinheiro? Richard remexe numa panela imaginária. Não.

E o que você fazia na cozinha? Lavava pratos. Ah, então era lavador de pratos. Como é que se diz? Lavador de pratos, *Tellerwäscher*. O aluno avançado estende-lhe seu bloquinho para que Richard escreva a palavra. Yussuf então lê: *Tellerwäscher*. Richard ainda refina com ele a pronúncia do "ä", que resulta praticamente perfeita: *Tellerwäscher! Tellerwäscher!* Sou Yussuf, do Mali, e trabalhei na Itália como *Tellerwäscher!* Richard contempla o sorridente Yussuf do Mali, um homem baixinho, preto como carvão, que, antes de vir para a Alemanha, trabalhou na Itália como lavador de pratos. A pronúncia está perfeita. A oração está perfeita. Como oração. Como afirmação, é, com toda a certeza, a desgraça de Yussuf. Isso Richard já entendeu das leis europeias e alemãs. Involuntariamente, ocorre-lhe um verso de Brecht: *Aquele que ri apenas não recebeu ainda a terrível notícia.* Antes de ir para a Itália, ele pergunta agora a Yussuf, você teve alguma formação profissional, talvez na Líbia? Não, Yussuf responde. E no Mali? Não, ele diz, gostaria de ter ido à escola, mas meus pais não tinham dinheiro. E, de novo, ele ri: Agora, estou aqui e sei ler e escrever, falo árabe, francês, italiano, inglês e, logo, vou falar alemão também — agora sei muito mais do que os estudantes no Mali!

Nisso Richard acredita de bom grado.

E você?, ele pergunta a Ali.

Eu só frequentei uma escola árabe. Meu pai me disse que só quando terminasse a escola árabe eu poderia frequentar uma escola francesa. O que é uma escola árabe? Nós aprendemos o Alcorão de cor. Você sabe o Alcorão de cor? Não todo, só mais ou menos três quartos dele. Você sabe três quartos de todo o Alcorão de cor e em árabe? Sim. Mas aí fugimos para a Líbia. Inglês, eu só aprendi com meus amigos na Itália. E italiano, com uma senhora mais velha de quem cuidei, aprendi em apenas três meses, mas alemão é mais difícil.

A etíope repete agora com seus alunos a matéria da semana retrasada: Para construir o pretérito perfeito, são necessários sempre dois verbos. Foi assim que Richard a conheceu, nadando (*schwimmen, bin geschwommen*), voando (*fliegen, bin geflogen*), caminhando (*gehen, bin gegangen*) diante da lousa. A felicidade do universo paralelo. A Ali, ele pergunta então: Que profissão você gostaria de aprender? Eu gostaria de ser um enfermeiro de verdade. E você?, pergunta a Yussuf: Eu gostaria de ser engenheiro. Na pausa que então se instala e na qual Richard pensa no que dizer como habitante de um país com setenta mil postos vagos para aprendizes, falta de mão de obra qualificada e que, no entanto, não aceita os refugiados de pele preta nem mesmo como postulantes de asilo (refugiados que, ao contrário dos pássaros na primavera, não podem voar para longe por sobre Itália, Grécia ou Turquia sem pôr os pés em solo errado), não os aceita e muito menos os acolhe, forma ou lhes permite que trabalhem — nessa pequena pausa, pois, Richard, absorto em seus pensamentos, lança um olhar para a professora: para ensinar o pretérito perfeito, ela sempre chama dois homens para a frente, um deles representando o verbo auxiliar (*sein* ou *haben*), ao passo que o outro representa o verbo principal. Khalil e Mohamed são amigos, ela diz, não é mesmo? Sim, todos respondem. E Moussa e Yaya também, não? Todos dizem sim. Moussa é aquele com a tatuagem azul no rosto, que Richard já tinha visto antes, na Oranienplatz. Como a professora quer elucidar a oposição entre o perfeito e o presente, ela pergunta se entre eles tem alguém que está sempre sozinho, não tem amigos nem fala com ninguém. O silêncio que se segue à pergunta parece-se com o que emanou de Richard há pouco, quando Yussuf disse *engenheiro*. Tem início um murmúrio, e esse murmúrio vai aos poucos formando um nome, e o nome é Rufu. Rufu vai até lá na frente, como exemplo de alguém que está sempre sozinho; obediente, adianta-se para se deixar contemplar em sua solidão. Engenheiro, Richard pensa, Deus meu... E vê, então, que a professora agora também se cala. Rufu está lá na frente, junto da lousa, como exemplo do presente do indicativo, que não necessita de verbo auxiliar. Eu vou, diz a professora, e é perceptível que o faz agora com maior rapidez. Eu nado. E — eu voo. O verbo no presente está, portanto, sempre sozinho. Agora, vocês todos podem voltar a se sentar. E lá se vão os dois amigos, Khalil e Mohamed, assim como o Moussa da tatuagem azul no rosto e seu amigo Yaya vão juntos, mas Rufu vai sozinho — voltam todos para seus lugares. Richard, por sua vez, diz a seus dois alunos avançados: Tanto faz a profissão que vocês querem exercer; é muito bom, de todo modo, vocês aprenderem alemão.

O rosto de Rufu.

Na catedral de Wismar, certa vez, Richard viu uma madona com os dois pés sobre a cabeça de um mouro deitado no chão. Mais tarde, leu que não era a cabeça de mouro nenhum; era, na verdade, a lua, prateada na época da construção do altar, por volta de 1500, mas o prateado escurecera ao longo dos anos. Levou cinco séculos para que a madona passasse a pisar numa lua preta no chão, e, cinco séculos mais tarde, essa lua preta exibe um semblante como o de Rufu, que está totalmente sozinho no mundo, não tem um único amigo e não fala com ninguém.

Certo é que, pelo menos, não se coloca mais a questão de como a aula há agora de continuar, nem para a professora nem para Richard, porque, de repente, Apolo dispara porta adentro, os cabelos muito vivos e saltitantes, para cima e para baixo; em hauçá, ele fala alto e depressa aos outros; depois, em italiano, em francês e, de novo, em hauçá. Todos então começam a dis-

cutir entre si em línguas diversas, juntam seus cadernos, levantam-
-se e, afinal, deixam a sala. A aula parece ter posto fim a si mesma. A caminho lá de fora, Tristão-Awad diz a Richard:

How are you?

Fine, mas o que está acontecendo?

A mudança para Spandau, que deveria acontecer amanhã,
foi adiada mais uma vez, por causa da *sickness*.

Por causa da catapora?

É.

E que mudança para Spandau é essa?

Para outra casa — nós todos já tínhamos empacotado nossas
coisas.

Você também?

Sim.

Ah.

Take care, diz ainda Tristão, e espera que Richard de fato
olhe para ele e assinta com a cabeça, mas em seguida também
ele sai pela porta e desaparece. Cuide-se — há muito tempo ninguém mais diz isso a Richard. Enquanto isso, a professora apa-
gou a lousa e guarda agora suas letras. Richard pergunta: A senhora sabia dessa mudança?

Não, ela diz.

Até mais, ela acrescenta, e apanha sua bolsa.

Até mais, Richard responde, e se admira pelo fato de ela
não ir embora.

Essa história com Rufu — eu sinto muito.

Bom, ele diz, comigo já aconteceu também — frases perfeitamente normais de repente soam bem diferentes aqui.

Ainda assim.

E somente então ela deixa a sala.

Que não esteja satisfeita consigo mesma e que inclusive o
confesse a ele, isso agrada a Richard. Agrada-lhe talvez até mais

do que os cabelos, os seios, o nariz e os olhos dela. São sempre as pessoas erradas que refletem sobre suas faltas, ele pensa, aquelas que menos culpa têm e que, não obstante, se martirizam, como seu colega de barba grisalha da área de arqueologia que, já na manhã seguinte à queda do Muro, afixou uma autocrítica no quadro de avisos em que dizia ter acreditado estar trabalhando para a concretização daquilo que entendia como a vontade do povo, mas que agora tinha aprendido uma lição. Já o jovem colega da área de literatura bizantina que, como colaborador informal da Stasi, havia escrito o informativo secreto sobre o relacionamento extraconjugal de Richard, esse não pôs nada no quadro de avisos, nem depois da queda do Muro nem em nenhuma outra época posterior. No dossiê referente a sua pessoa, Richard encontrou este relato em 1995: *Pontos de partida para a abordagem do opositor são a arrogância e indícios presentes de infidelidade conjugal (vínculo ativo com a professora assistente XXX. A mesma trabalha com o professor XXX). Em geral, a pessoa em questão é dotada de grande simpatia pelo sexo feminino e é sociável. Seu posicionamento político-ideológico está sujeito a fortes oscilações. Em épocas de tensão política, tende a avaliações equivocadas que incluem manifestações de caráter negativo e hostil. Para uma colaboração conspiratória em consonância com a Diretiva 1/79, não é pessoa apropriada.* O colega de literatura bizantina ocupa hoje uma cátedra na Basileia. O de barba grisalha morreu cinco anos depois do que hoje, por toda parte, é chamado de *Wende*. Se quisermos, a história da RDA já pode hoje ser objeto de estudo da arqueologia, Richard pensa, e põe-se a imaginar por um momento Honecker fazendo em latim seus discursos como presidente do Conselho de Estado — o que o faz abrir um sorrisinho para o nada antes mesmo de notar que está sorrindo. Será que esse sorrisinho, que ele tem notado com frequência cada vez maior em si mesmo, é um sinal de senilidade? Ou de serenidade? Depois, apaga a luz.

26.

No centro de compras, que hoje se chama *supermercado*, Richard decide-se pela fila menor e, só depois de depositar suas compras na esteira do caixa, vê que Rufu, a lua preta de Wismar, está bem atrás dele. Reconhece-o pelo traço de dor que lhe circunda a boca e que já chamara sua atenção na sala de aula, pela amargura que aquele rosto expressa muito claramente, a ponto de o fazer reconhecível como o fariam um ferimento ou uma cicatriz. Richard o cumprimenta com a cabeça e diz: Bom dia. Também Rufu o reconhece e pergunta: *Come stai?* Sua compra consiste num saco de cebolas. Richard comprou salada, tomates, páprica, queijo e macarrão, são 16,50 euros, mas, ao procurar sua carteira, ele não a encontra. Não, a caixa infelizmente não pode pôr na conta, pode apenas separar as compras até ele voltar com o dinheiro. Não tem mesmo outro jeito? Afinal, ela o conhece. Infelizmente não. Rufu pergunta: *Hai dimenticato la moneta? Sì.* Richard segue procurando, bolso esquerdo do casaco, bolso da direita, bolso interno. Justamente enquanto pensa se Rufu, talvez — mas não, não quer nem pensar nisso, embora Rufu, bem atrás dele, teria podido facilmente enfiar a mão... —, justamente nesse momento, Rufu estende à caixa uma nota de vinte euros. Não, de jeito nenhum, Richard diz. Você me devolve mais tarde, Rufu responde. Não posso aceitar. *Non c'è problema.* Os senhores vão entrar num acordo ainda hoje?, a caixa pergunta, e Richard por fim agradece a Rufu e deixa que ele pague suas compras. Lá fora, porém, insiste em devolver o dinheiro de imediato, não aceita outra solução, diz que ia cozinhar agora mesmo de qualquer maneira e que Rufu estava convidado a ir comer com ele. Com a mesma obediência com que antes, na sala de aula, Rufu tinha ido lá para a frente, até a lousa, como exemplo de alguém que não tinha nenhum amigo, agora ele caminha ao lado de Richard. A carteira está no chão do corredor, bem no lugar onde, antes, Richard amarrara os sapatos; ele quer dar duas notas de dez à lua de Wismar, mas a lua balança a cabeça e só aceita uma. Por favor, pegue as duas! Rufu faz que não. Então, pelo menos os 16,50. A lua se recusa. Ou pelo menos quinze! Rufu não aceita a segunda nota de dez, nem 6,50 nem ao menos cinco, não, de jeito nenhum. Richard deposita a nota desdenhada na mesinha do corredor, e lá ela fica.

Quer ler alguma coisa enquanto eu faço a comida? *Sì, volentieri*, Rufu diz. O único livro em língua italiana que Richard possui é a A *divina comédia*, de Dante. O plano longamente acalentado de lê-la no original caíra no esquecimento. O dicionário está há anos na estante, bem a seu lado. *Nel mezzo del cammin di nostra vita/ mi ritrovai per una selva oscura/ ché la diritta via era smarrita.* O começo, ele ainda sabe recitar em italiano, e conhece de cor também a tradução. *No meio do caminho desta vida/ me descobri em uma selva escura,/ pois a direita via era perdida.* Talvez não seja tão inapropriado, ele pensa, e dá ao refugiado — distante meio mundo do caminho de sua vida — o primeiro volume em brochura, com sua capa vinho de tecido, de modo que Rufu, sentado à mesa enquanto Richard cozinha, começa a ler e só uma vez ergue os olhos: quando Richard pisa no pedal do lixo e a tampa se ergue. Rufu, então, se levanta por um instante, pisa também no pedal do lixo, a tampa se ergue e ele, o amargo, com seu rosto em geral distorcido pela dor, sorri e, depois, torna a se sentar e a ler. Quando Richard lhe diz que a comida está pronta, ele põe o livro de lado e agradece.

De onde você é, afinal?

Burkina Faso.

Richard já se esqueceu onde fica Burkina Faso. Na costa? Ou no interior do continente?

Rufu, de todo modo, é bem preto.

Me diz uma coisa, você conhece aquele homem que está sempre fazendo limpeza, aquele com — Richard se levanta e faz o movimento de quem está varrendo, porque não sabe como se diz "vassoura" em italiano.

Con una ramazza?

Isso. Um rapaz magro, de Gana.

Como ele se chama?

Não sei.

Não, não conheço.

Depois de comer, Rufu retira seu prato e quer lavar a louça.

Não, deixe disso.

Então Rufu calça os sapatos, e Richard também calça seus sapatos marrons, que são os mais confortáveis; a nota de dez euros segue em cima da mesinha, não, Rufu não a quer, tampouco agora.

Caso você tenha vontade de continuar com a leitura, basta me ligar. Vou dar meu número a você.

Richard digita seu nome e seu número de telefone no celular de Rufu e os dois saem juntos, dobram a primeira à esquerda, seguem pela rua tal, ladeiam a praça, e assim por diante, até avistarem o asilo.

À noitinha, Richard consulta o mapa da cidade para ver a distância até Spandau. É longe. Mesmo de carro, pelo menos quarenta e cinco minutos.

27.

Sua cabeça está quase explodindo de dor; Awad não quer pensar, mas precisa fazê-lo; trancado em sua cabeça, o pensamento, lá dentro, golpeia-lhe o crânio. Assim é desde as três e meia da madrugada; ele está zonzo de cansaço e, no entanto, tem de submeter a cabeça àquele pensar desvairado, não quer, mas tem de pensar, não quer, mas é obrigado a se lembrar, sente-se mal desde as três e meia da madrugada com aquele pensar e aquele lembrar-se que tomaram conta de sua cabeça, desde as três e meia da madrugada já está acordado; de início, sentou-se na beirada da cama, esperando que em algum momento aquilo cessasse e ele pudesse adormecer de novo. Por volta das sete e meia, começou a andar para um lado e para outro, sem parar, para lá e para cá, para lá e para cá; com isso, acordou seus companheiros de quarto, que desceram para o bilhar; agora são dez e meia, mas a perspectiva de ter alguma paz em sua cabeça segue sendo nenhuma. Então, batem na porta.

Pelo fato de a porta não ter se aberto de imediato depois da batida, Awad reconhece, ainda antes de vê-lo, que se trata daquele senhor gentil. Já não tinha contado tudo a ele?

Abre a porta, cumprimenta — *how are you, fine* — e lhe oferece um chá; tem na cabeça o pensamento na janela estilhaçada através da qual fugiu, tem na cabeça o sangue, e o senhor de mais idade senta-se e diz ter ainda umas poucas perguntas, se possível; Awad tem na cabeça o pensamento em seu pai e não consegue tirar da cabeça todos esses pensamentos, os estilhaços todos seguem ali enquanto ele ferve a água para o chá, os pensamentos fincados na cabeça feito um animal estilhaçado, se ao menos pudesse ter outra cabeça, mas, na guerra, tudo que há são golpes e tiros, golpes e tiros; na guerra tudo se estilhaça, na guerra o que se vê é a guerra e nada mais, e o senhor de mais idade de fato gostaria de saber o que ele, Awad, levaria na mudança para Spandau, que não acontecerá hoje, o que havia preparado para levar, como tinha dito no dia anterior, no que consistia sua bagagem. A mudança que não acontecerá hoje. Isto aqui, esta bolsa, diz Awad. Essa é sua bolsa?, o senhor mais velho pergunta, puxando seu bloco de anotações. E o que mais? Mais nada, Awad responde. E você pode me dizer o que tem aí na bolsa? Awad dita, e o senhor mais velho, que é muito gentil mas talvez seja louco também, anota tudo com muito cuidado em seu bloco de notas:

4 calças; 2 ainda da casa na Itália, e 2 da Caritas alemã
1 paletó que um amigo lhe deu na Itália
3 camisetas
3 pares de sapatos; 2 da Caritas e 1 que um alemão comprou
para ele
1 sandália
1 esponja
1 loção de manteiga de cacau

Awad diz "manteiga de coco".

Manteiga?, pergunta o visitante. Awad puxa da bolsa o frasco com a loção e mostra-o a Richard.

Ah.

Depois, enumera o restante do conteúdo:

1 *toalha*
1 *escova de dentes*
1 *Bíblia em inglês que Testemunhas de Jeová lhe deram de presente certa vez*

Você tem um pulôver?

Não, ele responde.

Um casaco de inverno?

Não, diz Awad.

A mudança que não acontecerá hoje.

O senhor mais velho estava vivo no dia em que espancaram o pai de Awad até a morte ou o mataram a tiros, e segue vivendo.

Agora, batem na porta e, no mesmo instante, ela se abre. É um monitor:

Me desculpe, ele diz ao senhor mais velho. E, a Awad: Oi, *how are you?* Estamos colhendo sangue para saber quem já foi infectado com catapora, você vem? E, de novo, ao visitante: Estamos examinando para ver quem já tem anticorpos no sangue, o senhor poderia talvez explicar isso a ele?

Awad diz: *I don't understand.*

Um exame de sangue, diz o monitor, mas não é obrigatório, só se você quiser fazer, Awad. Estamos lá em cima, no quarto 4015. E o monitor logo desaparece.

O senhor mais velho diz que um exame de sangue é uma boa coisa. Por causa da *sickness*.

Awad responde: Não vou lá.

O que seu pai teria aconselhado? Um dia, ele, Awad, vai ter uma mulher e um filho, e dará ao filho o nome de seu pai. Então, vai se dirigir ao filho chamando-o de *daddy*. E seu pai estará de novo todo dia com ele, transformado numa criança.

Para que serve esta loção?, pergunta agora o senhor mais velho, apanhando outra vez o frasco para ler as letrinhas pequenas no verso da embalagem.

Daddy. Que aspecto terá a cozinha onde ele vai cozinhar para o filho? Como será o banheiro onde ele vai mostrar ao filho como enxugar as costas com a toalha? E, depois, como se barbear. E em que cidade, em que país será isso? Na Itália? Na Alemanha? Na França? Na Suécia? Na Holanda? Na Suíça? Ou na Líbia? Na Líbia, onde se sentia em casa? Onde a guerra prossegue? E, na guerra, só se vê a guerra. Agora, ele precisa tomar cuidado para não começar a andar de um lado para outro de novo. Sabe que seus companheiros de quarto passam dias inteiros no bilhar porque não suportam quando ele começa a andar para lá e para cá. Precisa ter calma. Tem visita. Quando se quer chegar a alguma parte não se pode esconder nada. O que foi que o senhor mais velho acabou de perguntar? A loção que Awad lhe mostrou, ele ainda a tem na mão.

A luz aqui na Alemanha mancha a pele, Awad diz. Não faz bem para nós.

O senhor mais velho olha para o xadrez azul e branco da cortina, por trás da qual o céu cinzento pende como um feltro.

Manchas brancas e feias aparecem na pele, Awad diz, e contra isso manteiga de coco é a única coisa que ajuda.

O senhor mais velho olha involuntariamente para as próprias mãos, cheias de manchas marrons. E diz: A luz alemã me provoca outro tipo de mancha. Depois, depõe o frasco e mostra a mão. Awad estende sua mão escura ao lado da dele, e, em vários pontos, parece mesmo que alguém tentou raspar a cor.

Awad jamais vai se esquecer de como eram as mãos de seu pai. Onde estarão agora aquelas mãos? Debaixo da terra ou devoradas pelos cães, pelos pássaros?

E posso perguntar mais uma coisa? O visitante esfrega as mãos, como se assim pudesse simplesmente limpar as manchas senis.

Sim, pois não.

Na assembleia da semana passada, alguém disse que os chuveiros precisavam ser fechados. Isso é mesmo uma questão religiosa?

Então um alemão realmente não sabe que a aura de um homem vai do umbigo até os joelhos e que ninguém, a não ser sua esposa, pode ver um muçulmano adulto nu?

Não, diz o visitante, eu não sabia, mas é muito interessante. E, de novo, ele anota tudo cuidadosamente em seu bloco de notas.

Quando Awad chegou à Itália, no *Lager*, de início não pôde acreditar que os homens devessem urinar um ao lado do outro, sem vergonha nenhuma, como os animais.

Muito bem, diz o visitante, fechando seu bloco. Agora, você provavelmente deveria ir fazer aquele exame de sangue.

Por quê?

Você sabe o que é catapora?

Não, responde Awad.

Não viu os outros, os que estão doentes?

Não.

Aparecem umas espinhazinhas, elas coçam e são muito desagradáveis.

E isso mata?

Não, mas, ainda assim...

Por um momento, Awad fica muito feliz por seu pai lhe dizer o que fazer. Seu pai é severo, mas justo. E só quer o melhor para o filho.

Quando entram na sala dos monitores, um homem de pele preta já está sentado na cadeira no meio do cômodo. A monitora mais velha está desinfetando o ponto do braço onde pretende enfiar a agulha.

Awad pergunta: Por que não tem nenhum médico aqui?

Antes, também já fui médica.

Awad não sabe o que aquilo significa. Até o momento, aquela senhora tem sido monitora e ajudado no preenchimento dos formulários. Será que amanhã, não havendo outra pessoa para desempenhar o papel, ela trabalhará como juíza ou policial? E o senhor mais velho, de repente como vendedor ou motorista de caminhão? Que teatro curioso era aquele que os alemães estavam representando para eles? E por quê, afinal?

Sente-se, diz agora o senhor de mais idade, mostrando-lhe que a cadeira já está vazia e à sua espera. O que os alemães estão fazendo conosco?, Awad se pergunta e nota que o pânico está tomando conta dele; tomara, pensa, que consiga fugir antes que o agarrem. Eu já volto, ele diz, acena para o visitante, vira-se tão imperceptivelmente quanto possível, deixa a sala e desce bem devagar a escada, caminhando muito lentamente para seu quarto, que não há como trancar por dentro, mas Awad pelo menos fecha a porta e, lá dentro, posta-se muito quieto com as costas contra a parede. Sua respiração é rasa. Se alguém entrasse ali agora, ele estaria num ponto cego e isso era melhor do que nada. Somente depois de algum tempo, ele torna a se acalmar, quando nota que ninguém o seguiu. Depois, senta-se onde estivera sentado antes: na beirada da cama.

28.

Em algum momento, vão analisar caso a caso, não?, Richard pergunta depois que Tristão sai do quarto.

Sim, diz um dos monitores.

Já começaram?

Não.

E por que não?

Isso não sabemos, diz o monitor.

E os senhores vão cuidar dos homens até que o pedido de asilo seja aceito?

Primeiro, é preciso esclarecer se eles podem de fato solicitar asilo aqui na Alemanha.

O melro, o sabiá, o tentilhão e o estorninho haviam cometido o erro de fazer escala na Itália. Richard já tinha quase se esquecido disso.

Mas não formam um grupo que foi expulso da Líbia pela guerra, nas mesmas circunstâncias?

Sim, mas originalmente cada um chegou à Líbia de um país diferente.

Ah.

O senhor quer um café? A máquina está gargarejando de novo.

Do ponto de vista da física, é com certeza inteligente decompor um grupo em casos isolados, Richard pensa, e diz: Quero, sim, obrigado.

Nesse meio-tempo, os homens já receberam a segunda metade de seu dinheiro?

Não, porque a mudança para o novo alojamento ainda não aconteceu.

E, se me permite a pergunta, os senhores são todos cuidadores profissionais?

Richard apanha cubos de açúcar da embalagem e acrescenta leite ao café.

Não. De profissão, somos assistentes sociais ou, como a doutora, aposentados. Temos um contrato de apenas seis meses. Isso é parte do acordo da Oranienplatz. Nossa tarefa é ajudar os refugiados no trato com as autoridades.

E que autoridades são essas?

A médica depõe a seringa e aproxima-se da mesa do café:

As do Serviço de Estrangeiros, a autoridade distrital, o Serviço Social, às vezes um médico, às vezes um advogado.

Para os que cometeram alguma infração?

Não, para os que podem pagar um advogado.

E quanto custa, afinal?

Para questões de asilo, quatrocentos e cinquenta euros. Os advogados com frequência parcelam, mas, ainda assim, são cinquenta ou cem euros por mês.

Richard faz as contas: 357 euros menos 57 para a carteirinha mensal do transporte público são 300; menos 100 para a mãe em Gana, por exemplo, dá 200, e menos o advogado barato, 150. E, talvez, mais o dinheiro para o celular pré-pago. Para viver, não sobram nem 5 euros por dia.

São quantos monitores para esse grupo?

Doze de meio período.

Richard ouve a voz de Apolo: Nós recebemos dinheiro, mas prefiro trabalho. E a voz de Tristão: *Poco lavoro*. E a do pianista: Sim, eu quero trabalhar, mas não é permitido. Com seu protesto, os refugiados já deram emprego de meio período a pelo menos doze alemães, Richard pensa, e diz então:

Se me permitem mais uma pergunta, bem diferente...

Mas é claro, diz a ex-médica, tirando a luva de borracha e sentando-se.

Por que os homens pagam o preço cheio pela carteirinha mensal do transporte?

Porque não recebem os benefícios previstos na lei para os solicitantes de asilo.

E isso porque nem podem solicitar asilo?

Exatamente.

E é por isso, aliás, que recebem trezentos e cinquenta e sete euros, em vez de apenas trezentos, complementa o monitor responsável pela máquina de café.

Richard mexe seu café e não diz nada por alguns momentos. Depois, porém, recomeça:

Eles já recebiam esse dinheiro na Oranienplatz?

Não.

E do que viviam lá?

De doações.

Richard se lembra da caixa de papelão com a inscrição *Doações* que, na época, tinha visto na Oranienplatz, e dos dois homens à espera atrás dela.

E quando terminar a análise dos casos individuais?

Aí, vamos ver quem tem direito a alguma coisa e quem não.

Compreendo, diz Richard. Ele toma um gole de seu café de máquina, que tem ali o mesmo gosto que na sala de espera do contador especializado em imposto de renda ou na recepção de uma concessionária de automóveis ou de um tabelião.

O senhor acha que ele volta?, pergunta, apontando com a cabeça na direção da porta.

Acho que não, responde o monitor.

Já vieram muitos aqui, tirar sangue?

Bom...

Às vezes, eles são engraçados com essa história de sangue, diz outro ainda, que, sentado na penumbra sob o teto inclinado, ainda não havia dito nada.

A caminho lá de baixo, Richard lança de novo uma olhadela para o corredor vazio do primeiro andar. Não se vê pessoa alguma. Na porta, Apolo, de saída, está mostrando seu documento para o segurança. *Vsio v poriadkie*. Lá fora, Richard o alcança: Será que ele tinha tempo para ajudá-lo num trabalho de jardinagem no fim de semana?, pergunta. Claro, o trabalho seria remunerado. *Kein Problem*, Apolo responde em alemão.

Na quarta-feira, o pianista irá visitar Richard de novo, isso já está combinado, e com certeza logo Rufu, a lua de Wismar, irá visitá-lo também, para continuar lendo Dante. Quanto tempo fazia que o diretor do lar para idosos tinha dito a Richard que era melhor falar com os refugiados ali, no asilo, do que, por exemplo, na casa de Richard? "Estou só dizendo", havia dito então. Mas o que, afinal, quisera dizer? "Estou só dizendo." Com seis semanas de atraso, Richard começa agora, a caminho de casa, a se irritar com aquilo. E o morto continua lá, no fundo do lago, caso não tenha se dissolvido há muito tempo.

À noite, quando Richard se despe, pretendendo ir para a cama, põe-se a pensar se também ele tem uma aura, como Tristão havia nomeado aquilo hoje. Ao baixar a cabeça para contemplar o próprio corpo, pensa: Toda essa área do umbigo até o joelho ossudo já conheceu dias melhores. Até mesmo os pelos que crescem ali estão agora todos grisalhos. Será que um dia vai se deitar na cama com a etíope ou tomar um banho com ela? Vão pelo menos abraçar-se um dia, de pé em algum lugar? Ou vai ainda, quem sabe, abraçar alguma outra mulher? Despedir-se do desejo é provavelmente o mais difícil de aprender com a idade. Mas, se não aprendemos, parece-lhe, aí os desejos nos puxam tanto mais depressa para a cova, como pedras na barriga.

29.

No princípio, era um todo indiferenciado que tudo continha: o feminino e o masculino, o espaço e o tempo, o igual e o diverso. Esse todo desceu pelo vazio e mostrou-se, então, em diferentes configurações. O feminino é denso e corpóreo, ele contém a matéria primordial e surgiu primeiro; depois, o masculino juntou-se a ele, móvel e dotado de uma essência mais leve. Da mesma forma surgiram o espaço e o tempo. Mas todas essas manifestações determinam umas às outras, nenhuma delas é superior: elas se complementam e, em sua variedade, permanecem aquele mesmo todo, permanecem um corpo único. Exatamente assim são também os indivíduos na sociedade; eles são parte de uma totalidade viva — como os diversos órgãos de um corpo, desempenham funções diversas na sociedade, mas estão vinculados inseparavelmente uns aos outros. E, por fim, há também um corpo político, composto das diversas tribos. Os tuaregues dizem: Nos anos 1960, os franceses, fracionando a área tradicionalmente ocupada por eles, retalharam esse seu corpo político e o espalharam por cinco países diferentes.

Richard lê.

* * *

Começou sua leitura com Heródoto, que descreve os garamantes, os antepassados dos tuaregues, já no século V antes de Cristo. Os gregos teriam aprendido com os homens desse povo berbere a conduzir carros de guerra e, com suas mulheres, a poesia. Até hoje, antes do amanhecer, ainda noite escura, as mulheres mais velhas sentam-se ao ar livre e cantam:

Mesmo do rico e poderoso
A morte está próxima.
A morte é maior que o tempo, ela o envolve.
Agora mesmo lança suas flechas, e elas caem
No meio do rebanho.

Diz-se que, há mais de três mil anos, os antepassados dos tuaregues teriam saído da Síria atual, ou talvez até do Cáucaso, e chegado pelo Egito ao Norte da África, cuja totalidade era chamada de Líbia na Antiguidade e abrangia também as atuais Tunísia e Argélia. Dali, com o passar do tempo, seguiram mais para o oeste e para o sul, até Tombuctu, Agadez, Uagadugu.

Richard lê e, enquanto lê, de repente desloca-se para ele inclusive o panteão grego, que afinal é sua área de especialização, e ele de súbito reaprende o que significa que, para os gregos, o fim do mundo ficasse onde hoje se encontra o Marrocos, junto da cordilheira do Atlas; ali, Atlas separou o céu da terra, para que Urano não tornasse a se precipitar sobre Gaia e cometesse uma violência contra ela. As regiões que hoje se chamam Líbia, Tunísia e Argélia ficavam, na Antiguidade, *antes* do fim do mundo, eram, portanto, o mundo. Sobre as areias da Líbia erguia-se o filho de Gaia, o gigante Anteu, que extraía sua força do vínculo com a mãe — a Terra — e só foi vencido quando Héracles o ergueu e o segurou no ar até que se extinguisse seu vínculo com a mãe. A Atena dos olhos de coruja, que muitos estudiosos caracterizam inclusive como a *deusa negra*, cresceu ao lado do pai adotivo, Tritão, à margem do lago Tritonis, na atual Tunísia. As amazonas, que veneravam Atena acima de tudo e que, em sua origem, eram guerreiras berberes chamadas *amazighs*, dançavam à beira desse mesmo lago, de onde partiam para a luta, e falavam tamaxeque, a mesma língua daquele que, algumas semanas antes e ainda ignorante dessa circunstância mitológica, Richard chamou de Apolo — o refugiado do quarto 2019.

Richard lê.

Também Medusa — a górgona com cabelos de serpentes entrançados na cabeça e cujo olhar transformava em pedra todo aquele que a contemplasse —, diz-se, teria sido uma bela moça berbere da Líbia e uma guerreira vitoriosa. Somente depois que Poseidon, o deus do mar, dormiu com a bela justamente num templo de Atena na costa da Líbia foi que, revoltada, a deusa deu às amazonas sua aparência terrível e, mais tarde, o escudo espelhado a Perseu, aquele com que ele logrou escapar ao olhar mortal da górgona e, sem virar pedra, arrancar-lhe a cabeça. As gotas de sangue caídas na areia líbia quando da decapitação de Medusa teriam ainda se transformado em serpentes, Richard lê. Não, com certeza não é por acaso que ainda hoje os rebanhos e as barracas pertençam às mulheres dos tuaregues, que elas possam escolher os homens e se separar deles quando bem entenderem, que elas não portem véu mas os homens sim, que sejam as mulheres as primeiras na linha sucessória e que sejam ainda hoje famosas por sua poesia e por suas canções, bem como que sejam elas a ensinar aos filhos a escrita, e, aliás, a mesma escrita que já Heródoto viu com os próprios olhos.

Muito do que Richard lê nesse dia de novembro, poucas semanas depois de sua aposentadoria, ele soube quase a vida toda, mas somente hoje, graças ao pequeno acréscimo de saber adquirido, tudo torna a se misturar de uma forma diferente e nova. Com que frequência é necessário reaprender o que se sabe, redescobri-lo uma e outra vez, quantos disfarces é preciso arrancar até compreender de fato a essência das coisas? Uma só vida basta para tanto? A sua ou a de outra pessoa?

Quando ele observa o caminho que os berberes talvez tenham tomado — do Cáucaso, passando pela Anatólia e pelo Levante, até o Egito e a Líbia antiga; mais tarde, até o Níger atual e, dali, de volta para a Líbia de hoje e, atravessando o mar, até Roma e Berlim —, são três quartos quase completos de um círculo. O movimento dos seres humanos pelos continentes já dura milhares de anos e nunca houve uma pausa. Houve comércio, guerras, banimentos; em busca de água e alimento, as pessoas muitas vezes seguiram os animais que possuíam, fugiram da seca e das pragas, foram em busca de ouro, sal ou ferro, ou só na diáspora podiam manter-se fiéis a seu próprio Deus; houve decadência, transformação, reconstrução, colonização, houve tempos melhores e piores, mas nunca houve uma pausa. Para explicar a um aluno que ele nem sequer está falando de uma lei moral, e sim de uma lei da natureza, Richard teria de mostrar da janela as muitas folhas, por cujo surgimento ele tanto ansiara na primavera, jazendo agora na grama, enquanto os botões para a próxima primavera já estão a postos. Mas não há alunos ali para lhe fazer essa pergunta.

Richard lê.

Lê sobre as cidades perdidas dos garamantes, sobre os castelos levados pela areia e sobre os bem planejados sistemas subterrâneos de irrigação nos oásis outrora densamente povoados, no início das rotas comerciais que atravessavam o deserto a caminho do sul. Agora, depois da queda de Gaddafi, tinha finalmente sido comprovado por imagens de satélites que os habitantes originais da Líbia não eram ladrões à margem da civilização, diz a página do governo de transição na internet, e sim pessoas tecnologicamente à altura de seu tempo. A página já tem dois anos, Richard vê. Tem-se agora a esperança, informa ainda esse presente de dois anos de idade, de um recomeço para a pesquisa arqueológica líbia, criminosamente negligenciada sob o governo de Gaddafi. Logo será possível ao povo líbio confrontar-se pela primeira vez com os primórdios de sua história, reprimida há tanto tempo. No momento, diz a página, o professor à testa das pesquisas precisou sair do país em razão dos distúrbios, mas tão logo restituída a segurança na Líbia, ele dará início a suas investigações, financiadas por instituições europeias. Richard mora nesse futuro que já fez dois anos de idade e, por isso, sabe que, desde a queda de Gaddafi, a Líbia foi transformada num completo campo de batalha por milícias diversas, cujos objetivos ninguém mais entende. O povo líbio está há dois anos preocupado não com a investigação de suas raízes primordiais, pré-islâmicas, e sim exclusivamente com a própria sobrevivência. Gaddafi de fato destinara pouquíssimo dinheiro à pesquisa arqueológica em seu país, isso pode ter sido verdade, mas agora também os europeus tinham congelado suas verbas, e os pesquisadores provavelmente estavam fazia dois anos no exílio, ao passo que os castelos, as cidades e as aldeias dos garamantes eram pesquisados, quando muito, por caçadores de antiguidades uniformizados, roubando tudo que pudesse ser transformado em dinheiro. Na Líbia de hoje, os descendentes dos garamantes eram vistos como estrangeiros e, por isso, como todos os demais estrangeiros, tinham sido postos em barcos havia dois anos e despachados para a Europa. Quando se quer saber o que se pode chamar de progresso, que período de tempo se deve usar como medida?

Richard lê sem parar.

E por isso ainda não tinha almoçado quando o telefone toca e seus amigos sugerem uma caminhada. Logo, logo vai escurecer, Sylvia diz. E Detlef grita ao fundo: O Thomas também vem.

Mas o Thomas não precisa ficar em casa o fim de semana inteiro?

Não, a mulher está recebendo visita da prima.

O gordo Thomas, ex-professor de economia, hoje técnico de informática, enfia um cigarro na boca enquanto caminha.

Só restam seis, ele diz, sacudindo o maço antes de enfiá-lo no bolso do casaco. Parece ser o terceiro dos três maços que a mulher lhe destina por semana.

Mais, só na segunda, ele diz.

Os amigos assentem com um movimento da cabeça.

Richard, Thomas, Sylvia e Detlef moram a menos de dez minutos a pé um do outro, mas é provável que jamais se encontrassem se, como hoje, Sylvia não tivesse simplesmente ligado para Thomas e para ele.

E como vão os africanos?, Detlef pergunta.

Logo vão se mudar.

Que africanos?, Thomas pergunta, e ouve um resumo das histórias que Richard há pouco tempo contou aos outros dois. Richard conta também sobre a deusa Atena, sobre Medusa, Anteu e, por fim, sobre o combinado com Apolo.

Mas Apolo era de Delos, Thomas comenta. Ainda que sua área fosse história econômica, ele sempre teve de tudo o mais um conhecimento no mínimo tão bom quanto o de Richard.

Sim, sim, Richard confirma, mas estou falando do refugiado. Amanhã ele vem me ajudar, quero preparar o jardim para o inverno; o barco a remo, eu não consigo mais tirar sozinho da água. *Puxa o barco para a terra firme e o rodeia com pedras de todos os lados, contendo assim a fúria úmida dos ventos que sopram, e retira o tampão do fundo do barco, para que a chuva de Zeus não o apodreça.*

Os trabalhos e os dias, Thomas diz.

Os trabalhos e os dias, Richard repete. Thomas é o único de seus amigos que, como ele, ainda é capaz de recitar o velho Hesíodo de cor.

Se minhas costas colaborassem, eu ajudaria você, Detlef diz.

Eu sei, Richard diz.

Esse Apolo é tuaregue?, Thomas pergunta.

É.

Do Níger?

Sim.

Bom, então passa um contador Geiger nele antes de dizer *bom dia*.

Eu sei, Richard diz.

Mas por quê?, Sylvia pergunta.

Há tanto urânio no Níger como em quase nenhuma outra parte do mundo, Richard explica.

E enquanto passam por pinheiros e carvalhos, e enquanto vem correndo ao seu encontro o cachorro que sempre escapa dos donos, um velho casal — o cachorro se chama Cognac —, Richard conta a seus amigos Detlef e Sylvia, que provavelmente nem sequer sabem onde fica o Níger, sobre o conglomerado estatal francês Areva, que detém o monopólio das minas e joga seu lixo numa área que os tuaregues usavam como pastagem para seus camelos. E, claro, onde eles próprios vivem, Richard acrescenta.

No céu, alguns pássaros tentam formar um triângulo em seu voo em direção à África. A caixa de correio no terreno tomado pelo mato exibe pintura rosa desde que o proprietário alugou o bangalô a estudantes de Berlim.

Lá, Richard prossegue, contaminaram a água potável, os camelos se foram e as pessoas têm câncer sem saber por quê — mas a França e nós, aqui na Alemanha, seguimos tendo eletricidade.

"Nós, aqui na Alemanha", Detlef repete, e Richard não sabe bem se ele se espantou com o conteúdo da frase ou com o modo como Richard a formulou. Afinal, o país chamado Alemanha ficava, até pouco tempo, do outro lado do Muro. Bem…, Richard diz, como se quisesse se desculpar pela unificação verbal daqueles dois países falantes do alemão.

E, aliás, Thomas complementa, o lucro anual desse conglomerado é dez vezes maior do que a totalidade das receitas do Níger.

E como é que você sabe isso também?, Richard pergunta.

Bom, é o que se lê, Thomas responde, e apaga sua bituca na areia de Brandemburgo.

É terrível mesmo, Richard continua. Os tuaregues já se revoltaram em 1990; depois, houve um massacre e, então, restabeleceu-se a paz. Faz uns poucos anos, essa situação se repetiu.

Alguém nivelou com pedaços de tijolo e ladrilho as depressões no caminho de areia, com certeza para poupar os amortecedores do próprio carro.

E o único governo que quis mandar embora os franceses foi logo derrubado por um golpe, Thomas diz. Sabe-se lá de quem.

Vamos voltar?, Sylvia pergunta, como sempre faz quando a caminhada chega ao fim da fileira de casas. Eles fazem, então, uma curva pela floresta, que segue cheirando a cogumelos, embora os cogumelos provavelmente já tenham apodrecido há muito tempo.

E a Al-Qaeda também já ouviu falar no urânio, Richard diz.

A questão parece ser apenas se vão se aliar aos tuaregues contra o governo do Níger ou, na verdade, não.

É provável que uma coisa não exclua a outra, Detlef diz.

É, Richard concorda, o deserto com certeza é grande o bastante para várias frentes.

Sylvia diz que aquilo que o conglomerado está fazendo no Níger na verdade é exatamente o mesmo que Richard havia descrito antes: Héracles ergue Anteu do chão e somente a partir daí ele perde sua força.

Detlef pergunta se não é Areva que está escrito na camisa do FC Nürnberg.

Pode ser, Richard diz e, enquanto, conversando durante o caminho de volta, eles passam de novo pela casa onde mora a funcionária pública que, a cada pequena infração dos vizinhos, logo os ameaça com uma multa de dois mil euros; enquanto passam também pela propriedade do presidente do clube de pesca, que hasteou ali uma bandeira alemã, e, depois, pela área para banho, que permaneceu deserta durante todo o verão, Richard pensa, ao ver Sylvia enganchar o braço no do marido, Detlef, e Thomas lançar um olhar para o maço de cigarros, devolvendo-o então, com a testa franzida, ao bolso do casaco sem apanhar cigarro nenhum — nesse exato momento, Richard pensa que também eles quatro, incluindo ele próprio, pertencem a um mesmo corpo. São mão, joelho, nariz, boca, pés, olhos, cérebro, costelas, coração ou dentes. Tanto faz.

Como será quando Sylvia, que, sem mais, às vezes liga para ele, para Thomas ou para outros dois ou três amigos berlinenses, não estiver mais ali?

30.

O barco permaneceu o verão todo atracado junto do embarcadouro, mas, por causa do homem morto no interior do lago, Richard não o utilizou uma única vez. Duas ou três vezes nas últimas noites choveu muito e, desde então, ele está cheio de água; não falta muito para que afunde. Os dois homens puxam-no para a margem como a uma baleia bêbada, a fim de apoiá-lo no raso e subir no banco com os remos para deitar fora a água.

Me diga uma coisa, quando foi mesmo que você nasceu?, Richard pergunta.

Em 91, Apolo diz.

Foi o que Richard pensou.

E em que mês?

No dia 1º de janeiro.

Ou seja, oito meses depois do massacre que reprimiu a revolta dos tuaregues no Níger, aquela sobre a qual contara aos amigos no dia anterior. Isso é o que Richard pensa, mas não diz. O que diz é:

Bem a tempo para os fogos de artifício. Você teve sorte.

É a data que os italianos estabelecem, se você não tem documentos.

Compreendo, Richard diz.

E os dois põem-se por algum tempo a jogar fora a água.

Olhe só, Richard continua a seguir, eu vi na internet que vocês cavam poços bem fundos. Depois, usam um burro para puxar o balde com água. É isso mesmo?

É, Apolo responde. O burro precisa avançar até onde vai a corda que prende o balde. Depois, ele volta. Faz isso por três ou quatro horas todo dia.

Mas é bem trabalhoso.

Os animais precisam da água.

Por que não enrolam a corda com um suporte e uma manivela?

A areia não segura.

Então deve ser perigoso cavar poços.

Sim, muitos já foram soterrados.

Sobre cilindros de madeira, os pedaços do tronco de uma árvore derrubada que lhes servem de base, eles agora rolam o barco na grama até a borda do prado. Richard leu ontem que, por causa da enorme quantidade de água necessária para extrair o urânio da rocha, baixou muito o nível do lençol freático ao redor das minas.

Você conhece Arlit?

Claro. É minha região, Apolo diz.

Logo o mundo terá outra vez oportunidade de falar dos tuaregues, já que o ministro francês pensa em dar vigoroso impulso ao trabalho iniciado. Quando, mais cedo ou mais tarde, o plano de uma ferrovia no Saara for concretizado e o bufante corcel a vapor surgir como rival do lépido camelo, os filhos do deserto provavelmente terão experiências tristes. Vão querer deter a cultura, mas seus ataques serão rechaçados com o fogo certeiro dos pelotões e com aguardente, *até que, como os índios na América, abandonem sua terra aos civilizados.* Isso foi publicado na revista *Die Gartenlaube* em 1881, pouco depois da invenção do jornalismo. A ferrovia do Saara não deu em nada, mas, cem anos mais tarde, e com não menos desenvoltura, os franceses deram início à exploração do urânio em sua ex-colônia.

Cultura, Richard pensa. Progresso, pensa ele.

E diz: Escute, você tomba o barco por um lado, e eu seguro pelo outro.

Enquanto Richard segura o barco, Apolo apanha os pedaços cilíndricos de madeira para calçá-lo. Depois, baixam-no lentamente, agora de cabeça para baixo.

Mas você não trabalhou numa mina em Arlit, trabalhou?

Não, nós tínhamos camelos.

E você acompanhava a caravana?

Sim.

Que comércio faziam?

Vendíamos camelos na Líbia.

E a partir de que idade você começou a fazer isso?

A partir dos dez, mais ou menos. Daí em diante, os meninos passam a andar com os homens.

Por quanto tempo viaja uma caravana assim?

Uns dois ou três meses; às vezes, um ano.

Pelo meio do deserto?

É.

E como vocês encontram o caminho?

Nós conhecemos o caminho.

Sim, mas como?

O jovem tuaregue encolhe os ombros.

Nós conhecemos.

Richard gostaria de entender. Segue ali, ao lado do barco de cabeça para baixo e na companhia do rapaz que viajou três mil e quinhentos quilômetros para ajudá-lo no jardim.

Vocês se orientam pelas estrelas?

Sim.

E durante o dia, quando não tem estrela?

Os homens sabem o que acontece pelo caminho.

O que acontece quando?

Sempre.

Todas as vezes?

Sim.

Eles contam isso?

É.

Enquanto caminham?

Nós não caminhamos, vamos nos camelos.

Ah, certo.

De noite, contam as histórias.

E reconhecem o caminho pelas histórias?

Sim.

Reconhecem pela memória?

Sim.

Richard se cala. Claro que sempre soube que, por exemplo, a *Odisseia* e a *Ilíada*, antes que Homero — ou quem quer que tenha sido — as escrevesse, eram histórias transmitidas oralmente. Mas nunca a conexão entre espaço, tempo e poesia lhe ficou tão clara como nesse momento. Tendo um deserto como pano de fundo, via-se agora com toda a clareza, mas, em princípio, nunca foi diferente em parte alguma do mundo: sem a memória, o ser humano é apenas um pedaço de carne sobre um planeta.

Depois, rastelam o gramado, carregam a mobília do jardim do terraço para debaixo da cobertura estendida do barracão, esvaziam o bote de borracha que Richard não experimentou uma única vez nesse verão, levam pedaços de madeira da floresta para perto do local onde o fogo é aceso e desmontam a grelha. Então, Richard paga cinquenta euros ao refugiado que é exatamente como ele sempre imaginou Apolo.

31.

Na segunda-feira, Richard calça os sapatos pretos, que não são tão confortáveis mas combinam melhor com a calça cinza. Que histórias ele contaria sobre o caminho que percorre até o asilo? Que certa vez alguém se afogou no lago? Que ali na frente, naquela propriedade, alguém criava pavões anos atrás? Que a quilômetros de distância ouviam-se os gritos estranhos daquelas aves? Até o prédio amarelo de apartamentos, ele sempre ia passear com sua mãe, quando ela ainda estava viva, podia andar e ele ia buscá-la todo domingo — para almoçar, para um passeio ou para um café. No restaurante da praça, tinha comemorado as bodas de prata com a mulher, pouco depois de se mudarem para lá. A loja de esquina, que hoje vende pratos rápidos, antes era uma loja de ferramentas — até que, uma manhã, o proprietário se enforcou. Por que não quisera seguir vivendo, ninguém sabe. O prédio baixo onde, na época da RDA, ficava a cooperativa de consumo permaneceu muito tempo vazio; agora é uma filial de banco. E tem também o edifício recém-demolido, em cujo lugar agora se vê apenas a areia clara. E o indicador com a luz vermelha brilhando toda vez que alguém excede a velocidade permitida. Um dia, ao passar a pé ou de carro pelo prédio de tijolos, ele vai pensar: aqui ficavam alojados os africanos.

Também Richard vai ocupar um lugar na história deles? Talvez. E isso significa alguma coisa?

Mas agora ele já chegou ao asilo, um segurança abre a porta para ele, não por gentileza, e sim porque, como sempre, ela está trancada. Por dentro.

Richard descobre, então, que a aula de alemão, em sua forma habitual, foi cancelada, e, aliás, para sempre; a professora já foi embora, e os homens estão se aprontando, porque hoje às onze horas começa o curso oficial de alemão num centro de educação de adultos no bairro de Kreuzberg.

Ah, é?, diz.

Ele não tem nem o telefone dela.

Sinto muito pelo senhor, diz o segurança, e lhe oferece uma cadeira.

Obrigado, diz Richard, mas não se senta; simplesmente permanece em pé e nota, de súbito, o ar pesado à sua volta. O que vai fazer agora?

E segue ali, postado na entrada, quando os primeiros homens chegam para se reunir para a partida. Aparece o do tênis dourado, que ele ainda não tinha visto ali no asilo, e sim quando de sua primeira visita à Oranienplatz: Hermes. Está usando óculos de lentes bem grossas e os cabelos bem rentes à cabeça em tranças reluzentes. Aparecem também os dois bons amigos, Khalil e Mohamed, o primeiro com uma corrente de ouro falso em torno do pescoço, o segundo usando a calça tão baixa que suas nádegas e cueca estão visíveis não apenas em cima, mas praticamente em sua totalidade. Aparece Apolo, que delineou os olhos com lápis preto e amarrou um lenço na cabeça de tal forma que seus cabelos estão em pé, *come stai, tutto bene.* Aparece Raschid, com uma camiseta em que se vê um leopardo estampado, *everything good?* Também do quarto 2017, aparece Ithemba, o grandão, que, a despeito do novembro cinzento lá fora e da luz fluorescente que brilha na recepção, usa óculos de sol espelhado, *a real school, is more better.* Aparece Tristão, calçando o par de sapatos bons que, como Richard agora sabe, um alemão simpático certa vez comprou para ele, *how are you?* Também Tristão usa óculos de sol, mas ao contrário, com as lentes para trás. Aparece Osarobo, que Richard pela primeira vez vê recém-barbeado e que leva em torno do pescoço muitas correntes de diferentes comprimentos com pérolas e veste calça com bolsos gigantescos, assim como, de novo, seu casaco fino demais, só que dessa vez a meia altura, qual a estola de pele de uma diva, de modo que a gola alcança apenas seus cotovelos, *crazy, he?*, ele diz, e dá um sorrisinho ao descobrir Richard no meio da aglomeração. Aparece Zair, que esteve no mesmo barco que Raschid e hoje veste camisa branca, calça de terno e paletó; aparece Yaya, Richard o conhece da última aula de alemão, com uma camiseta onde se vê a Estátua da Liberdade, e seu amigo Moussa, com um lenço amarrado na cintura de um azul acinzentado idêntico ao das tatuagens em seu rosto. Aparece Abdusalam, hoje de cabeça bem erguida a despeito da vesguice. Aparecem Yussuf, o lavador de pratos do Mali, e Ali, do Chade, o futuro enfermeiro, ambos alunos avançados de Richard. Aparecem os três jogadores de bilhar, até agora sempre mudos e imóveis, Richard os vê pela primeira vez conversando entre si e rindo. Todos, aliás, conversam e riem, cumprimentam-se, o cheiro é de manteiga de cacau e de banho de chuveiro. Há muitos ali que Richard só conhece de vista, mas, bem lá atrás, ele vê enfim o magro do andar vazio a quem procurou por tanto tempo. Muito quieto, ele está postado à margem dos demais e sorri para Richard, por cima de todas as cabeças cheias de tranças, das cabeças dos seguranças e das cabeças dos monitores, que de repente ali estão também.

Então chega a hora da partida: a primeira excursão até uma escola de verdade, uma escola alemã, diretamente para o futuro. Um monitor pergunta se todos têm passagem, e somente então Richard percebe que ainda está faltando um: Rufu, a lua de Wismar. Sim, mas agora é tarde demais, precisamos ir, diz um monitor. Richard anota o nome da escola, e a procissão festiva põe-se em marcha: chefes e príncipes de olhar altivo, correntes de búzios em torno do pescoço, penas de pavão balançando sobre a cabeça, todos envoltos por vestes brilhantes, eles deixam o palácio reluzente; alegres trinados enchem o ar, o portão se abre como se por magia, antílopes domesticados e um unicórnio juntam-se à delegação, mas o fim do cortejo é composto de três elefantes brancos sobre cujos portentosos dorsos balançam, em assentos incrustados de pedras preciosas, os três monitores. Até o faustoso cortejo desaparecer no horizonte, veem-se os criados que abriram o portão para toda essa magnificência ainda com a testa na poeira do chão.

Sem precisar refletir longamente sobre o assunto, Richard bate na porta do quarto 2018, no segundo andar. Na placa da porta, que nunca ninguém lhe abriu antes, lê-se o nome *Heinz Kröppcke*. E se Rufu já não estiver vivo? E se, por estar sempre sozinho, nem sequer dão por sua falta? Richard empurra a maçaneta cuidadosamente para baixo, mas a porta de Heinz Kröppcke está trancada. Rufu!, Richard tenta a sorte e chama no corredor. Rufu! Ele segue adiante. Rufu! Então, uma porta se abre bem lá no fim, pouco antes da cozinha, onde recentemente Richard havia ajudado a professora a pregar o museu Bode, e, de fato, Rufu, a lua de Wismar, estica a cabeça para fora para espiar. Dante?, ele pergunta.

Não, Richard diz, hoje começam as aulas de alemão numa escola de verdade. Venha.

Rufu exibe um aspecto sério, como sempre. Faz que sim com a cabeça e diz: *Un attimo*, antes de fechar a porta e, cinco minutos mais tarde, reaparecer de casaco e boné.

Se, de carro, vão de fato chegar muito mais rápido, Richard não sabe, mas espera que sim. Somente depois da morte da mulher comprou um GPS, porque, antes disso, era sua mulher, Christel, que, sempre sentada no banco do passageiro com um mapa no colo, lhe dizia quando virar à direita ou à esquerda. Christel. O nome segue vivo; só a pessoa a quem ele pertence não mais. Agora, uma voz feminina, de uma mulher com a qual ele não é casado, é quem diz: Vire à direita, vire à esquerda. A primeira vez que essa mulher prestou-lhe um bom serviço foi numa viagem a Rügen; a segunda, numa viagem a Weimar.

Você sabe dirigir?, ele pergunta ao silente Rufu, sentado a seu lado.

Não.

Os três primeiros sinais vermelhos são necessários para que Richard digite o endereço; depois, a mulher no aparelhinho lhe diz: Assim que possível, dê meia-volta. Ela provavelmente ainda pensa que ele está voltando de Weimar.

Rufu estremece e pergunta: O que é isso?

Ela me diz por onde ir.

Ah, diz ele, franzindo a testa.

Em oitenta metros, siga em linha reta.

Para que você precisa disso?, Rufu pergunta, apontando para o aparelho de GPS.

Não conheço tão bem o oeste, Richard diz, e torna a se lembrar da conversa com Osarobo.

Siga em linha reta.

Você sabe que, durante quase trinta anos, um muro separou o oeste do leste de Berlim?

Não, Rufu responde.

Agora, Richard já conhece as dificuldades daquele diálogo, razão pela qual diz apenas:

Havia uma fronteira e não era permitido ir do leste para o oeste de Berlim. Às vezes, pessoas eram mortas a tiros na tentativa de atravessar essa fronteira.

Ah, *capisco*, não as queriam no oeste.

Não, não queriam deixar que saíssem do leste.

Okay.

Em duzentos metros, mantenha-se à direita, diz agora a voz feminina do aparelho, à qual o manual de instruções atribui inclusive um nome, do qual Richard não se lembra. Annemarie, talvez, ou Regina.

Mas, quando conseguiam sair, recebiam um passaporte no oeste?

Sim, sem problema nenhum. Como se sempre tivessem sido cidadãos dali.

Por quê?

Mantenha-se à direita.

Porque eram alemães. Irmãos e irmãs, diz Richard, e torna a se lembrar da multidão de berlinenses ocidentais e orientais, todos chorando, em meio à qual tivera de abrir caminho após a abertura do posto de fronteira.

Eram todos irmãos e irmãs?

Não, claro que não. Bom, alguns sim, mas não todos.

Okay, Rufu comenta, mas Richard vê que ele não entende de fato aquela história de oeste, leste, irmãos e irmãs e do tal muro que aparentemente havia ali.

O muro era tão alto quanto a cerca em Melilla?

Sim, mais ou menos, Richard diz.

Os espanhóis mandaram um amigo meu de volta para o Marrocos imediatamente, Rufu conta. Embora ele tivesse conseguido pular a cerca. O irmão dele morava na Espanha. Mas ainda assim.

O irmão era espanhol?

Não.

Então, está vendo?

Vendo o quê?

Sim, o que Rufu haveria de ver? Annemarie ou Regina tampouco tem nesse momento uma resposta para dar. Ela diz apenas: Virar à frente.

Richard pensa se deve explicar a Rufu que atrás das árvores fica o monumento aos soviéticos, mas decide não fazê-lo. Como explicar em italiano o que já é difícil de entender em alemão, ou seja, que, ali, um soldado soviético carrega nos braços uma criança alemã como sinal de um recomeço depois da última batalha da Segunda Guerra Mundial, na qual oitenta mil soldados soviéticos tombaram para libertar Berlim, que nem sequer queria ser libertada? E que os soldados soviéticos foram heróis? Isso, por um lado. Richard não sabe como se diz *estupro* em italiano.

Quinhentos metros mais adiante, atravessam a linha invisível no asfalto que antes marcava a fronteira, e logo a seguir ultrapassam uma torre de vigia que se ergue bem no meio de um parque como relíquia daquela época, na área onde, antes, erguiam-se barreiras e minas ocultavam-se na areia.

Richard tampouco toca nesse assunto.

É um pouco, ele pensa, como se Rufu estivesse doente ou ouvisse mal e ele, Richard, fosse o visitante que não se esforça para dizer as frases que poderiam dar início a uma conversa. Haveria muito a explicar. São muitas as lacunas.

Seja como for, pouco depois Annemarie ou Regina se faz ouvir outra vez: Vire à esquerda.

Lá fora, vê-se agora uma igreja, um ponto de táxi, um velho posto do corpo de bombeiros restaurado, edificações do século retrasado.

Rufu comenta: Isto é bonito.

Como assim, você nunca esteve aqui? A Oranienplatz não é tão longe assim.

O metrô viaja debaixo da terra, a gente não vê onde está.

Compreendo.

Sotto terra, diz Rufu. *Sotto terra*.

Chegam bem a tempo à escola; no corredor, os monitores conversam com o diretor sobre o cronograma. Ao ver Richard e Rufu, um deles aponta com o indicador para uma porta. E, de fato, lá estão os africanos, sentados às mesas de uma sala grande. Um questionário deve ser preenchido, a fim de que a professora que vai dividi-los saiba quais deles sabem ler e escrever e conhecem o alfabeto latino. Confessar que não se sabe escrever é algo que, neste mundo que pressupõe esse saber, não parece a Richard menos íntimo do que despir-se diante do médico; ele quer logo partir, mas Tristão lhe pergunta então se precisa preencher determinada linha. E Osarobo não tem caneta. Além disso, a professora, já de alguma idade, entende muito mal o inglês africano. Depois, o senhor poderia me ajudar a recolher os questionários? É por causa dos nomes. Sim, claro. Assim, Richard senta-se num canto, enquanto os homens, muito quietos, tentam preencher o questionário da melhor forma possível, e a professora mais velha, sentada à sua mesa, organiza em silêncio seus papéis.

Por fim, terminam todos. Raschid se oferece: *I can help you.* Afinal, ele conhece todo mundo. Juntamente com Richard, vai de mesa em mesa, e Richard anota e busca, em cada caso, esclarecer o que é nome e o que é sobrenome: este é Awad Issa, de Gana; este é Salla Alhacen, do Níger; este é Ithemba Awad, da Nigéria; este é Yussuf Idrissu, do Mali; este é Moussa Adam, de Burkina Faso; este é Mohamed Ibrahim, e assim por diante. Os sobrenomes vêm do nome do pai, e pode ser, portanto, que Idrissu seja o nome de um refugiado e o sobrenome de outro. Para completar a confusão, muitos dos homens dizem primeiro o sobrenome, como é hábito no campo, no sul da Alemanha, e também entre os austríacos. Richard ainda se lembra muito bem do Möstl Toni, proprietário de uma taberna perto de Viena em que ele e sua mulher entraram e de onde por anos a fio passaram a encomendar seu Riesling. Christel. Mas, por fim, a lista está completa, e Richard agora sabe, embora a rigor não seja absolutamente da sua conta, que cinco dentre um total de cerca de quarenta homens não sabem ler nem escrever no alfabeto latino, entre eles Hermes, o míope do tênis dourado, Khalil, o melhor amigo de Mohamed, cuja corrente brilhante com certeza não é de ouro, e Abdusalam, o cantor.

Para a viagem de volta, Raschid, é claro, destina a si próprio uma vaga no carro de Richard. Quem, afinal, alguma vez já ouviu falar num lançador de raios que vai para casa de trem? Abdusalam se junta ao grupo; Richard remove algumas garrafas vazias do banco traseiro para o porta-malas, e, como atrás há espaço para três, Raschid acena rapidinho para que Ithemba, o grandão, também venha, mas ele precisa abaixar a cabeça — *car is more better than S-Bahn!* Enquanto os três nigerianos, rindo e se empurrando, se apertam no banco de trás, Rufu, a lua de Wismar, já está sentado, sério e silente, em seu lugar: na frente, ao lado de Richard. Nessa viagem de volta, Richard descobre que Raschid sabe dirigir não apenas carros, mas também escavadeiras, mas que sua carteira de motorista não é reconhecida na Alemanha, porque ele não possui nem título de residência nem documento comprovando sua identidade. Abdusalam começa a cantar, e Richard conta que existe também uma canção alemã sobre viagens como aquela, uma canção que começa: *Meu carro está lotado, lotado de africanos!* Claro que ele sabe que a versão original não fala de africanos, e sim de mulheres, jovens ou velhas — mas *Afrikaner* se encaixa perfeitamente no número de sílabas. Num sinal vermelho, enquanto canta a plenos pulmões e, logo atrás, os homens gritam e batem palmas — até mesmo Rufu balança a cabeça no ritmo da canção —, Richard olha por acaso para o carro a seu lado, no qual vê uma jovem família: pai, mãe, dois filhos — todas as cabeças voltadas para o carro de Richard, todos mudos e perplexos diante de tantos mouros animados e de um branco evidentemente enlouquecido. Quando o sinal muda para verde e Richard avança cantando o refrão, *Eia, cocheiro!*, ele ainda ouve o concerto de buzinas que principia atrás do carro da família, congelada naquele seu espanto.

32.

No dia seguinte, Richard arruma uma coisa ou outra e, depois, leva o lixo para fora; são quase onze e meia da manhã, ele troca a roupa de cama e procura uma fita métrica no barracão. A hora do almoço com certeza não é uma boa hora para ir até os homens, de modo que ele resolve ainda passar o aspirador de pó e, já que começou, termina por limpar cozinha e banheiro; assim, estará tudo limpo e arrumado caso, amanhã, o pianista venha visitá-lo. Antes mesmo que perceba, a noite já vai caindo: futebol, um talk show em que um não deixa o outro falar, uma perseguição automobilística, um caminhão em chamas, duas pessoas que se beijam, as notícias da noite, a previsão do tempo. Só pouco antes de ir para a cama, ele vai procurar *etíope* e *professora de idiomas* na internet, mas claro que sabe, ainda ao digitar, que isso é uma criancice.

Na manhã seguinte, o telefone de Richard toca às onze e dez; é Osarobo, que está em alguma esquina nas proximidades e não se lembra mais como ir dali até a casa dele. Richard pede: Leia para mim o que está escrito na placa de rua onde você está. Depois, diz: Vou buscar você. O que será que fariam os outros na mesma situação? Hermes, Khalil ou Abdusalam, que não sabem ler nem uma placa de rua nem o nome, por exemplo, de uma estação do metrô?

Osarobo está postado na esquina, e Richard vê de longe que ele não faz a menor ideia da direção da qual virão buscá-lo. Na verdade, está parado ali feito um cego, Richard pensa. Eu não sou mesmo inteligente, Osarobo diz depois do cumprimento e bate na própria cabeça com os nós dos dedos. O gesto lembra Richard de como lá atrás, no café, Osarobo havia puxado a pele preta do dorso das mãos. Isso não tem nada a ver com inteligência, Richard responde. *Life is crazy.* O que vai pela cabeça de Osarobo, em vez da lembrança de umas poucas ruas dos arredores da cidade, disso Richard agora já faz mais ou menos uma ideia.

A escala, dó maior, como passar os dedos por cima do polegar, como passar o polegar por baixo dos dedos e, depois, tentar tocar uma linha bem simples do baixo. Explicar o que são as notas, que cada tecla possui um correspondente no papel e, volta e meia, sair da sala para não fazer nada de especial, apenas aproveitar a oportunidade oferecida por alguém que, vivo, produz alguns ruídos — nesse caso, notas — capazes de transformar o tempo que passa no interior da casa em algo como um dia a dia. Hoje tem sopa de abóbora com pão, Osarobo torna a comer pouco e a beber apenas água da torneira; depois, Richard leva uma segunda cadeira para a sala de estar e a posiciona ao lado da escrivaninha; sente-se, diz, senta-se ele também e agora mostra ao rapaz num vídeo como, por exemplo, uma pianista extraordinária toca seu instrumento; espantado, Osarobo balança a cabeça. Está espantado com Chopin? Ou com a beleza da jovem mulher que, antes ainda de terminar de executar a peça frenética, sorri ela própria com o que consegue fazer? Quer ouvir outro pianista? Sim, com prazer. Alguém que não tira nem o relógio de pulso para tocar e, no entanto, sabe tanto de Schubert, isso não é maravilhoso? Sim. E, para terminar, tem ainda um terceiro, obrigatório. *No problem.* Sentado num banquinho baixo, ele observa os próprios dedos enquanto toca. Por um bom tempo, o velho e o rapaz ficam sentados à escrivaninha, um ao lado do outro, vendo e ouvindo aquelas três pessoas contarem com teclas pretas e brancas algo que não tem absolutamente nada a ver com a cor das teclas.

Fazia muito tempo que Richard não ouvia música na companhia de outra pessoa. Havia muito tempo que ninguém se interessava por aquelas gravações que o entusiasmam. Então, duas ou três horas já se passaram outra vez, e Osarobo diz: Acho que vou indo. *Okay.* Richard retira de um cabide e lhe entrega o casaco fino demais.

Você agora encontra sozinho o caminho de volta até o asilo? *No problem.*

Richard o observa para ver se ele pega de fato o caminho certo; depois, volta para casa. Como será para um jovem assim, do Níger, ouvir pela primeira vez na vida os tímpanos e trompetes de Bach? Ele torna a se sentar diante do computador e compra dois ingressos para o *Oratório de Natal* na catedral.

33.

Quando, no dia seguinte, torna a aparecer no asilo, Richard fica sabendo pelo segurança que a epidemia de catapora finalmente terminou: os homens têm o dia todo para empacotar suas coisas e, amanhã, vão efetivamente se mudar para Spandau.

Alguns africanos aproximam-se naquele exato momento, dizem *how are you* a Richard de passagem e vão apanhar no quartinho onde, algum tempo antes, ele estivera sentado com Raschid em meio a pilhas de cadeiras as caixas de papelão dobradas, prontas para embalar a mudança.

Eu vou, tu vais, ele vai.

Nesse dia, Richard dá um passeio em torno do lago, duas horas e meia de caminhada. Depois da breve visita ao prédio vermelho de tijolos, ele não voltou para casa de imediato, mas virou à direita na sua rua. Talvez esse passeio circular seja capaz de cingir alguma coisa? O lago? O homem que se afogou? Sim, porque ele circunda também o homem que jaz no fundo do lago ou já se dissolveu nele. Circunda os cardumes de peixes que habitam as águas do lago e circunda as profundezas que sabe existirem mas que jamais verá, porque ocultas pela água que as preenche; Richard circunda os mergulhões e os cisnes, cujos ninhos vão aos poucos se tornando visíveis entre os juncos pálidos. E sua caminhada contorna também as casas junto da água e as propriedades à beira das quais os embarcadouros estendem-se feitos línguas rumo ao vazio. Caminha tendo à direita os campos e a floresta e, à esquerda, as casas. Caminha sem parar, e talvez veja em seu caminhar uma ou outra vizinha a erguer brevemente os olhos e olhar para fora pela janela da cozinha, ou talvez um ou outro vizinho a podar a folhagem ou, em cima de uma escada, a reforçar o papelão alcatroado que cobre o barracão. Mas, em sua caminhada, Richard descreve também um círculo em torno daqueles que não podem vê-lo: dos cães que dormem no interior das casas, das crianças sentadas diante da televisão ou ainda de algum beberrão perdido a arrumar as garrafas vazias no porão.

Spandau.

Mas é possível que lá seja até melhor para eles, diz Sylvia à noite por telefone, e que a mudança seja um sinal de que agora vão ser aceitos. Seja como for, o alojamento em Spandau é, como você diz, efetivamente um lar para solicitantes de asilo.

Eu não sei, Richard diz.

Com certeza o governo de Berlim quer ver tudo em ordem para o Natal.

Pode ser, Richard diz.

Vou passar o telefone para o Detlef.

Sim, sim.

Quem sabe não nos sentamos de novo para um carteado, o que acha?, Detlef pergunta.

Boa ideia.

Na sexta?

Sexta está bem, Richard concorda.

A Spandau, agora a gente chega bem mais rápido, desde que terminaram o novo trecho da via expressa.

Eu sei.

Você vai ver, não é tão longe quando a gente conhece o caminho.

Um dos rapazes esteve aqui comigo ontem, sabe? Mas ele ainda nem sabia da mudança.

Talvez esteja feliz.

Pode bem ser, diz Richard.

34.

Raschid tem agora um quarto individual e, por isso, está sentado no quarto de Ithemba, Zair e mais um, que no momento dorme na última cama. Três camas, três cadeiras, uma mesa, um armário, um lavatório, um aparelho de televisão e uma geladeira.

It's normal here, diz Raschid. *We're happy.*

Normal? O que você quer dizer com isso?, Richard pergunta.

Tem crianças, Raschid responde. Estamos felizes. Faz tanto tempo que não vemos crianças em torno de nós, família nenhuma.

Zair pergunta a Richard: Quantos filhos você tem? E quantos netos?

Nenhum.

Mesmo? Você não tem filhos?, Zair pergunta.

Richard encolhe os ombros.

Lamento por você, Zair diz, num tom que é como se houvesse morrido alguém. Ele claramente parte do pressuposto de que apenas uma grande infelicidade pode fazer com que um homem tão velho quanto Richard não possua nenhum descendente.

Minha mulher e eu decidimos assim.

É mesmo?, pergunta Zair. Depois, ele se cala, mas Richard vê em seu rosto que ele não compreende como alguém pode, por vontade própria, decidir-se a morrer solitário.

Ithemba, o grandão, que esteve brevemente lá fora e agora retorna, coloca um prato grande de comida fumegante diante de Richard: carne, inhame, espinafre. E apanha no armário uma embalagem de suco de fruta.

Richard ainda se lembra muito bem de sua conta dos cinco euros por dia. Está comovido, mas é incapaz de suportar a si próprio quando se sente comovido. Na Alemanha, os africanos gostam das máquinas automáticas que vendem passagens; nos safáris, os alemães gostam da hospitalidade dos mouros.

Isto não é muito para uma pessoa só?, ele pergunta, ainda que sem grande esperança de que essa hospitalidade que faz dele um idiota comovido termine de repente.

Não, não, coma, *more is more better*, é comida africana de verdade: fufu.

Richard pusera-se a caminho como quem vai visitar uma prisão, mas agora está sentado ali, no lar para solicitantes de asilo em Spandau, almoçando. A comida é saborosa; lá fora, no pátio, ouvem-se as crianças correndo e brincando — romenas, sírias, sérvias, afegãs e também umas poucas africanas. Na despedida, Raschid o acompanha até a saída, como quem recebe visita em casa.

It's normal here, ele disse.

Nas duas semanas seguintes, Raschid arruma trabalho como *volunteers* para sua gente. Sem remuneração, eles varrem as folhas nos parques de Berlim, fazem limpeza nos jardins de infância e nas escolas, lavam pratos num centro comunitário. Ficamos felizes quando temos alguma coisa para fazer, Raschid diz.

Ainda assim, a cada vez que visita a casa de dois andares, Richard sempre pensa consigo: Nenhum desesperado tem como se suicidar pulando de um edifício de dois andares. A enfermaria para pacientes terminais no Charité, onde sua mãe morreu, oferecia a mais bela das vistas no último andar, mas tinha também janelas que não se abriam.

As autoridades do Serviço de Estrangeiros dão início às primeiras entrevistas para esclarecer os casos particulares.

Prezado senhor XXX: o senhor foi registrado como "Participante do Acordo de Oranienplatz" com o número XXX.

Richard pensa naqueles três quartos de página.

Para verificação de sua situação de residência, solicitamos que, munido deste documento, o senhor se apresente em XXX, às XXX horas, na sala de espera C 06 de nossos escritórios.

O que é *Totensonntag?*, Khalil pergunta a Richard no domingo em questão.

Mas por que você pergunta?, Richard quer saber. Naquela mesma manhã, ele estivera no cemitério de Pankow, onde estavam enterrados seus pais.

O clube aonde sempre vamos estava fechado ontem à noite.

Que tipo de clube é esse?

É aonde vamos dançar, podemos entrar sem pagar. Ontem, uma placa na entrada dizia *Totensonntag*.

É proibido dançar nesse dia, Richard explica, e não tem cinema também.

Por quê?

É o domingo em que lembramos as pessoas que morreram, o domingo dos mortos.

Ah, entendi.

E logo o rosto do jovem que queria ter ido dançar na noite anterior se transforma no rosto do jovem que enfrentou uma fuga por mar e não sabe se seus pais estão vivos. O dia em que seriam empurrados para o barco foi o dia em que separaram Khalil de seus pais, Raschid contara a Richard recentemente. Segundo Raschid, Khalil não sabia se os pais tinham ficado lá, se haviam sido mortos a tiros ou se também tinham sido obrigados a subir num barco; não sabia a que país teriam chegado, se é que haviam chegado a algum lugar.

Nos últimos tempos, Richard vivia lendo sobre barcos de refugiados que soçobravam no Mediterrâneo. Corpos de refugiados africanos eram agora lançados quase todo dia nas praias italianas. Onde são enterrados? Quem sabe seus nomes? Quem avisa as famílias que eles não conseguiram chegar à Europa — e que nunca mais vão voltar? Na internet, um certo *TantoFaz* escreve: *Tenho pena só das forças de resgate! Por que eles têm de se empenhar para tirar tantos mortos da água?* Outro, chamado *DeusAbate*, escreve: *De todo modo, o planeta já está lotado muito além da conta. Antes, a própria natureza cuidava disso (gripe, peste etc.).* E justamente na porção da Alemanha onde, até vinte e cinco anos atrás, o *internacionalismo proletário* provia o slogan para incontáveis cartazes, agora lê-se na propaganda eleitoral de um partido cada vez mais popular: *Lieber Geld für die Oma — als für Sinti und Roma.** Sempre que lê manifestações como essa, Richard só consegue pensar num poema de Brecht em que, depois da guerra, berlinenses arrancam a carne dos ossos de um cavalo desfalecido, *ainda vivia, não havia terminado de morrer.*

---

* Ao pé da letra: Melhor dar dinheiro para a vovó do que para os "ciganos" (sinti e rom). (N. T.)

Enquanto o despedaçam vivo, o cavalo preocupa-se com seus assassinos: *Que frieza/ deve ter se apossado dessa gente!/ Quem os trata tão malevolente/ que cada um se torne assim desprezível?/ Ajudem-nos, portanto!/ E o façam com presteza!* Mas por qual guerra haviam passado os de agora?

Eu os vi se afogando, Osarobo disse há pouco tempo. Estava sentado ao piano, as mãos ainda sobre os joelhos, balançando a cabeça como se não quisesse nem pudesse acreditar. Referia-se aos amigos que tinham morrido durante sua própria travessia? Atormentava-o a lembrança? Não, tinha visto apenas um relato televisivo sobre um naufrágio atual. Apenas isso. Tinha visto pessoas se afogando e se reconhecera nelas, a si próprio, a seus amigos e aos que iam sentados a seu lado.

Cerca de cem anos atrás, o jovem revolucionário Eugen Leviné, em seu último discurso diante do tribunal, pouco antes do fuzilamento, caracterizou a si próprio e a seus camaradas comunistas como *mortos em férias*. O acaso é a única diferença entre os refugiados que hoje se afogam no mar entre a África e a Europa e aqueles que não se afogam. Nesse sentido, cada um dos refugiados africanos ali, Richard pensa, é ao mesmo tempo um vivo e um morto.

De manhã, antes de seguir para Spandau, Richard cobriu o túmulo de seus pais com ramos verdes de abeto, como faz todo ano no domingo anterior ao primeiro domingo do Advento. Para ele e para sua mãe, as visitas ao cemitério eram parte do cotidiano desde a infância; apenas o pai nunca os acompanhava. Ainda criança, ele ajudava a mãe a *rastelar cuidadosamente* o caminho de areia que conduzia ao túmulo dos avós; depois, já mais forte, ia encher de água os regadores na fonte do cemitério, ou carregava os sacos com terra para as flores desde a floricultura do cemitério até o túmulo A xiv/0058. Na primavera, sua mãe plantava amores-perfeitos; no verão, begônias; no outono, cortava as flores secas e, no *Totensonntag*, depositava sobre o túmulo um arranjo invernal. Em algum momento, também o marido, o pai de Richard, foi enterrado ali, e, poucos anos mais tarde, ela própria. Agora, Richard apara sozinho a sebe de buxo que circunda o túmulo, com a mesma tesoura que sua mãe usava para tanto; rastela com o mesmo ancinho de ferro que empunhava quando criança a mesma areia defronte, arranca da terra as flores secas e raízes antes do inverno e, no *Totensonntag*, deposita ali o adorno natalício para os pais. Ele sabe que a mãe preferia chamar aquela data de *Domingo da Eternidade* ou, por vezes, *Dia do Juízo Final*. Por isso, quando criança sempre tinha medo daquele dia, porque acreditava que, num novembro de um ano qualquer, seria sua vez de submeter-se àquele julgamento eterno. Com a mãe, sentava-se na igreja e, enquanto badalavam os sinos, ouvia o pastor ler os nomes dos membros mortos da comunidade, e também o seu nome poderia estar ali a qualquer momento; ficava sentado na igreja com todas as demais pessoas até que se extinguisse o som dos sinos: *Ouçamos o desvanecer dos sinos, lembrando-nos a todos que também nossa carne um dia será pó.*

Ramos verdes de abeto no último domingo antes do Advento, acender uma vela sobre o túmulo que o vento logo vai apagar e, depois, a quietude do inverno; poucas semanas mais tarde, somente o buxo seguirá verde sob a neve — tudo isso, há quase sessenta anos exatamente igual. Dispor de um local para ser enterrado no qual jazem três gerações também é, pode-se dizer, um luxo, mas esse pensamento só ocorreu a Richard nas últimas semanas. Durante a maior parte da vida, ele abrigou num canto remoto da alma a esperança de que as pessoas na África lamentassem menos por seus mortos, porque lá as mortes acontecem desde sempre em enormes quantidades. Agora, aquele canto remoto da alma abriga, em vez dessa esperança, a vergonha por ele ter feito pouco-caso disso durante a maior parte da vida.

35.

Para o Advento, as lojas por toda a cidade resgataram há semanas as árvores de Natal de seus estoques e as posicionaram no mesmo lugar do ano anterior, já adornadas e prontas com suas bolas e fitas. Por toda parte, veem-se coroas, correntes de luzes e as pirâmides natalinas a girar. Quando, em casa, Richard vai buscar uma cerveja no porão, ele lê a palavra "Advento", na caligrafia de sua mulher, escrita nas duas ou três caixas de papelão guardadas no pé da estante.

Richard empresta a Rufu, a lua de Wismar, o primeiro volume de seu Dante.

A sopa de peixe de Ithemba também está muito boa. *I'm a little bit fine.*

E assim chega o primeiro domingo do Advento.

A cada visita, Raschid acompanha Richard até a saída, como se estivesse em casa; uma vez, encontram ali uma mulher de cabelos curtos, que Raschid cumprimenta com um aperto de mão: Ela é deputada, ele diz a Richard, e, a ela, que Richard é um *supporter*. Os funcionários do Serviço de Estrangeiros, a deputada diz a Richard a meia-voz e em alemão, tinham recebido instruções bem lá de cima para aplicar o máximo rigor na decisão sobre cada caso. Ela estava preocupada. Richard se pergunta se ela vai contar aquilo a Raschid também. Mas talvez seja apenas um boato.

A Apolo, Richard diz: Você sabe, independentemente da situação na Líbia, você, como tuaregue, é membro de uma minoria perseguida em seu país, o Níger — diga isso quando for entrevistado. Quando eu for entrevistado, vou contar minha história. Sim, Richard diz, mas pode também mencionar a rebelião. Vou contar minha história como ela foi. Compreendo, diz Richard. Se tiver de ir embora daqui, posso ir, Apolo diz. Não tenho família para alimentar. Sou livre; já vivi seis meses na rua na Itália.

Richard pensa consigo que, na Alemanha, já ouviu muitas vezes a palavra "liberdade" em contextos bem diferentes.

Chega o segundo domingo do Advento.

Chuvisca.

Nunca pensei que carne de cabra fosse tão saborosa, Richard diz a Ithemba, o cozinheiro, sentado outra vez diante de um prato bem cheio.

Um ou outro já o cumprimenta em alemão: *Guten Tag, wie geht es?* E Richard responde: *Gut.*

Tristão pede a Richard que ligue para seu advogado e pergunte como está seu caso. Richard telefona para o advogado, que diz:

O homem chegou via Itália.

Sim, Richard confirma.

Bem, diz ele, isso é um problema.

Eu sei, Richard diz.

E nasceu em Gana.

Sim, Richard confirma.

Gana é considerado um país seguro, o que não melhora a situação.

Mas ele cresceu na Líbia, Richard complementa.

Infelizmente, isso não importa neste caso, informa o advogado. Erros de procedimento cometidos pelas autoridades competentes vão lhe dar ainda algum tempo, mas, depois, é de prever que será difícil.

Khalil, que não sabe onde seus pais estão, desenhou as etapas de sua fuga num bloco de anotações, porque ainda não sabe escrever muito bem. Richard vê um barco que se parece com uma lua crescente muito fina e, debaixo dele, muita água.

Outro refugiado, Zani — trata-se do mais velho, com o olho estropiado, que, quando da primeira visita de Richard à Oranienplatz, estava sentado no encosto do banco de praça alemão —, mostra a Richard cópias de artigos de jornal: *Massacre*, Richard lê ao folheá-los, *massacre, massacre*. Isso foi na minha cidade natal, ele diz, por isso fugi para a Líbia; não foi fácil conseguir os artigos aqui, mas vou precisar apresentar uma prova na entrevista, não é?

Ao longo de todo o Advento, Richard sabe que o regulamento Dublin II só estabelece de quem é a competência, mas ele não diz nada.

36.

Apesar do frio, os homens sentam-se com frequência nos bancos do pátio e ficam observando as crianças; às vezes, jogam futebol com elas.

No dia em que ficam sabendo pelas notícias que mais nenhum refugiado na Alemanha pode ser detido para eventual deportação, ficam fora de si, sem que Richard compreenda por quê. Ithemba, o cozinheiro, agita seus braços compridos, Zair e Tristão discutem, mas Raschid, o lançador de raios, permanece estranhamente quieto, sentado à mesa como um colosso mudo. Quando Richard lhe pergunta o que está havendo, ele responde: Sim; as pessoas não seriam mais detidas para eventual deportação, era verdade, mas aquilo deixava claro também que, fundamentalmente, a prática da deportação iria prosseguir.

Eles de fato não nos querem aqui, diz. Realmente não nos querem aqui, ele repete, e balança a cabeça.

Depois, levanta-se para, despedindo-se de Richard, acompanhá-lo até lá fora.

Quando pela primeira vez a temperatura cai abaixo de zero, Tristão diz: Fico muito feliz de ter uma casa para dormir, porque, no inverno passado, algumas de nossas barracas despencaram sob o peso da neve.

Em outro dia, estão todos sentados em volta de um laptop para assistir a um filme em que um homem do campo usa as orelhas compridas de seus cordeiros para cobrir-lhes os olhos antes do abate e, dessa forma, os tranquiliza. Sem resistir, os cordeiros deixam então que os apanhem e deitem, aguardando em perfeita calma o seu fim.

Quando a menina afegã do quarto defronte passa, Ithemba lhe dá um doce de presente.

Duas ou três vezes, Richard vai buscar Osarobo para a prática do piano e, uma vez, leva Tristão para varrer as folhas: duas horas de trabalho, vinte euros. *Work, work.*

Anne, a fotógrafa amiga de Richard, conta-lhe por telefone que a cuidadora de sua mãe vai passar o Natal na Polônia com a família — e que ninguém responde ao anúncio que ela deixou na escola de enfermagem. Sozinha, não consigo mais erguer minha mãe, ela diz. Richard dita a ela o número do telefone de Ali, seu aluno avançado que quer se tornar enfermeiro — caso algum país europeu o permita.

O tempo agora passa de forma diferente, desde que as cartas do Serviço de Estrangeiros começaram a chegar e que cada um dos homens ou espera por sua entrevista ou já passou por ela. Certa vez, Richard tenta dar início a uma de suas conversas e pergunta: Afinal, como são enterrados os corpos no deserto? Mas, como se a pergunta marcasse o início de uma encenação cujo diretor permanece invisível, nesse exato momento começa a tocar uma sirene de alarme. E ela não para mais de uivar. A sirene, ela própria uma tortura, é talvez o aviso alertando para tortura iminente? Para um bombardeio? Estão em chamas os prédios entre a Oberbaumbrücke e a Alexanderplatz? Quando Richard ainda era um bebê, a mãe esteve com ele num porão berlinense para se proteger das bombas. Será que Richard se lembra do medo do bebê que ele foi ou do medo que a mãe sentiu? Não é nada, diz o lançador de raios, eles fazem isso de vez em quando. É só uma simulação, explica Zair, a quem, ainda deitado em sua cama, o alarme acordou. Richard tapa os ouvidos, mas isso não ajuda em nada. É uma sirene assassina. Talvez seja mesmo um incêndio? Ele corre para o corredor, uma mulher roliça arrasta-se naquele momento em direção à cozinha. Está cheirando queimado? É um incêndio? Mas, como Richard está com os ouvidos tapados, ele não consegue entender a resposta da mulher roliça, que encolhe os ombros, segue adiante e desaparece na cozinha, onde dez fogões alinham-se lado a lado. Na cozinha, nada está pegando fogo, a mulher roliça abre a torneira e põe-se a manusear panelas. A sirene grita, uiva sem cessar. Richard avança já num galope mais ligeiro rumo à entrada da casa, mas, justamente no momento em que a alcança, o alarme cessa de repente. Era de fato um incêndio? Não, diz o homem na recepção, só uma simulação. Alguém sempre deixa o fogão ligado na cozinha, isso não é possível, eles precisam aprender. Então, outro empregado da casa atravessa correndo o pátio e grita para o colega: O sujeito cortou o cabo do alarme! Um instante mais tarde, surge Yaya com seu amigo da tatuagem azul no rosto, Moussa, saem agitados da casa. Yaya gesticula, grita alguma coisa. Rapidamente, um grupo se forma em torno dele. O empregado da casa berra para o grupo: Ele está expulso daqui! Vai ser proibido de entrar nesta casa! Destruiu deliberadamente o alarme — quem é que vai pagar por isso?

Afinal, como são enterrados os corpos no deserto?

Embora não possa dizê-lo, Richard está feliz por Yaya ter simplesmente cortado o fio daquele alarme alto e assassino. "Assassino" é a palavra correta. Um bebê se lembra da guerra? Tristão disse: Estávamos sentados nas barracas quando as bombas europeias caíram sobre Trípoli e tínhamos medo que uma delas nos atingisse. Agora, no pátio, o empregado da casa e Yaya, que cortou o fio do alarme, gritam um com o outro.

Quando Richard retorna ao quarto onde acabara de tentar iniciar uma conversa, Ithemba está pondo água para o chá e Zair segue deitado na cama. O dia ainda mal começou numa manhã como essa, e, a não ser que se durma a metade do tempo, ele pode ser bem longo.

37.

Na semana anterior ao terceiro domingo do Advento, Richard já conhece bastante bem o caminho desde a periferia de Berlim até o lar para solicitantes de asilo em Spandau.

Bananas-da-terra fritas na panela também são uma iguaria. *Is more better.* Elas podem ser compradas em qualquer *afroshop*, e tem uma bem perto dali, Ithemba explica.

Visita após visita, Raschid acompanha Richard até a saída.

Nesse meio-tempo, Anne se encontrou com Ali, o estudante avançado de alemão, e o apresentou à mãe dela. De início, ela conta por telefone, minha mãe teve medo dele, porque ele é preto, mas vai ficar tudo bem. Richard diz: Ele fala alemão excepcionalmente bem, você não acha? Sim, Anne concorda, e não podemos esquecer que ela é de outra geração, bem diferente. Richard apenas assente com a cabeça, o que ela naturalmente não pode ver por telefone. Eu realmente não teria sabido o que fazer com minha mãe no Natal, diz ela ainda, obrigada. *No problem*, ele diz.

Quando, no fim de semana, Richard retorna ao lar para solicitantes de asilo, levando num envelope vermelho o ingresso para o *Oratório de Natal* no domingo, Osarobo não está na casa.

Onde ele está?

Na Itália. Foi renovar seus documentos.

De repente, Richard se lembra do que, alguns dias antes, Raschid havia dito sobre as deportações: Eles de fato não nos querem aqui. Realmente não nos querem aqui. E se agora o pianista nunca mais voltar? E se lhe acontecer alguma coisa? Richard liga para o número de Osarobo, mas ninguém atende. Em casa, tem um presente de Natal para lhe dar: um teclado que se pode enrolar. Cabe até mesmo numa mochila pequena, ele havia pensado, e, em caso de necessidade, pode-se inclusive ganhar uns poucos euros com ele na rua. Mas que ideia mais mesquinha, Richard pensa agora, parado ali com o envelope vermelho na mão. *Exultai, regozijai-vos.* Ou será que dar um piano de enrolar para seu próprio filho, tivesse ele algum, teria significado um projeto para o futuro? Um futuro por 65,90 euros? Quando ocorreu essa transição que fez dele, com suas grandes esperanças para a humanidade, alguém que dá esmolas? Por certo, não logo após a queda do Muro, mas em algum momento posterior; em algum momento de sua caminhada ele se dobrou e agora tenta, com pequenos gestos aqui e ali, como se diz, praticar um bem ou outro sempre que possível. Será que realmente perdeu por completo toda esperança?

38.

Sinto falta de meus lugares.

Estou por minha própria conta.

Só Deus pode me julgar.

Por meio de um serviço gratuito, aqueles que possuem um telefone conectado à internet enviam notícias, fotos e mensagens de voz um ao outro, Richard agora sabe. Escolhem uma foto de perfil e, no chamado *status*, informam como vão indo no momento. Alguns alteram diariamente esse status, outros o mantêm igual por semanas ou meses.

Tenho saudade dos tempos com meu melhor amigo, Bassa.

Não se preocupe com o que os outros pensam de você.

Estou na escola.

Há algum tempo, Richard começou a anotar essas frases. Às vezes, quando um dos homens se apaixona por uma moça berlinense que não quer se casar com ele de jeito nenhum, lê-se apenas:

Eu só quero estar com você.

Outras vezes, porém, escrevem coisas como:

Permaneça fiel a você mesmo.
Ou:
O erro está na escolha.

Posso perguntar uma coisa?, Richard diz a Apolo na semana anterior ao quarto domingo do Advento.

Mas claro.

Como é que você tem dinheiro para um celular tão caro e para o acesso à internet?

Não tenho família. Não tenho ninguém para quem precise mandar dinheiro.

Sobre a geladeira, Richard vê ainda o mesmo prato coberto com papel laminado. Dois dias antes, ele já estava ali e, para responder à pergunta de Richard, Apolo levantara o papel prateado, a fim de mostrar o que fizera. No prato, havia uma espécie de cuscuz, uma porção rasa da qual só um quarto tinha sido consumido. Richard só pôde pensar nas porções imensas que Ithemba sempre lhe servia quando ele vinha de visita.

Isso aí basta para alguns dias, Apolo havia dito.

Só este prato?

É. Quando se come mais, a gente fica como um bebê.

Um bebê?

Sim, fica muito mimado.

Entendo.

Nunca se sabe o que vem pela frente. Pode ser que, de novo, a gente tenha de passar fome ou não tenha nada para beber. Aí, é preciso ter a capacidade de suportar isso.

Na televisão, Richard viu certa vez uma matéria sobre uma menina judia em Berlim, na época do nazismo, que já sabia que seria deportada para o Leste e, por isso, com uma temperatura de doze graus negativos, ia à escola com sapatos comuns, em vez de botas: *Quero me fortalecer para suportar a Polônia*, ela escreveu numa carta aos pais. Foi nisso que Richard não pôde evitar de pensar quando Apolo, dois dias atrás, lhe mostrou o prato com a porção rasa, da qual ele só havia comido um quarto; e é nisso que torna a pensar ao ver que o prato continua ali, o prato do qual Apolo consome por dia apenas o equivalente a quinze minutos do mostrador de um relógio.

Não tenho família. Não tenho ninguém para quem precise mandar dinheiro.

De resto, Richard nunca tinha visto Apolo beber outra coisa senão água. Água da torneira, água sem gás. Nenhum dos homens bebe álcool, nunca. Nenhum deles fuma. Nenhum tem casa própria ou mesmo uma cama própria; sua roupa vem de postos de doação, não há carros, aparelhos de som, ninguém é membro de clube nenhum, não fazem excursões nem viagens. Não têm mulher nem filhos. Nem perspectiva alguma de terem mulher ou filhos. De fato, a única coisa que todos os refugiados possuem é um celular; o de alguns tem a tela estilhaçada, outros têm um modelo novo, alguns têm acesso à internet, outros não — mas todos eles têm um celular. *Broke the memory*, Tristão havia dito ao contar para Richard como os soldados, na Líbia, tinham quebrado o cartão de memória dos telefones celulares de todos os prisioneiros.

Entendo, Richard diz.

Pode ser, Tristão lhe conta, que o amigo de seu pai ainda esteja vivo e tenha se refugiado em Burkina Faso. Um conhecido tinha lhe enviado uma mensagem. O nome de fato era o mesmo, e agora ele tinha a esperança de que o conhecido conseguisse para ele o número do telefone daquele homem. Burkina Faso. Se o amigo do pai ainda estivesse vivo... — Tristão diz, mas para no meio da frase.

Raschid diz: Faz treze anos que não vejo minha mãe, só de vez em quando, quando telefonamos via Facebook. Ela tem computador? Ela, não, mas um dos vizinhos, sim. Nesses telefonemas, Raschid senta-se de um jeito que a mãe não possa ver a cicatriz sobre seu olho. Como vai você, rapaz? Bem. Às vezes, acontece também de eu não atender quando ela chama, diz Raschid — afinal, nada muda aqui há dois anos, o que vou dizer a ela?

Raschid conta que há dois anos está tentando encontrar os pais de Khalil pelo Facebook. Faz pouco tempo, conta, ele esteve outra vez comigo no quarto e chorou. Richard só consegue pensar no desenho de Khalil: um barco, fino como uma lua crescente, e muita, muita água debaixo dele.

A cada visita, Richard nota que os homens se sentem mais em casa em sua estreita rede sem fio do que em qualquer um dos países nos quais esperam por um futuro. Uma rede de números e senhas estende-se através dos continentes e substitui para eles não apenas aquilo que perderam para sempre, mas também o recomeço impossível. Aquilo que lhes pertence é invisível, feito de ar.

Raschid me reconheceu por meu telefone, diz o magro, cujo celular é feito de material barato, colado com fita adesiva e é cor-de-rosa, um telefone descartado de menina. Trouxe de Lampedusa há quase três anos, ele diz, erguendo-o no ar. Mas agora tem algum mau contato de vez em quando. Na agenda, tem números de telefone italianos, finlandeses, suecos, franceses, belgas — dos amigos africanos que, como ele, vagam pela Europa. Alguns vêm de Gana também, outros são de pessoas que trabalharam no mesmo canteiro de obras na Líbia onde ele trabalhou, ou que fizeram a travessia no mesmo barco que ele, pessoas que conheceu em Lampedusa, no campo, em alguma estação de trem ou em algum abrigo da Caritas. São todos amigos que, por não ter trabalho, tampouco têm casa e, portanto, endereço; não estão registrados em parte alguma, e seus nomes e sobrenomes figuram nos documentos provisórios de identidade em letras latinas e numa grafia apenas aproximada.

Como eu iria reencontrá-los sem seu número de telefone?

O homem magro, que hoje não segura a vassoura, apoia-se na porta para o terraço. O retângulo preto do vidro às suas costas oculta aquilo que, à luz do dia, é muito naturalmente chamado de jardim.

Meu melhor amigo e eu, ele diz, decidimos seguir cada um o seu caminho ao chegar à Europa. Pensamos: talvez pelo menos um de nós tenha sorte e possa então, mais tarde, ajudar o outro.

Richard pensa nos contos de Grimm, que lia com tanto gosto quando criança. Nos irmãos que são enviados pelo pai para tentar a sorte na vida, encontrar a bela filha de um rei, resolver tarefas e fazerem-se merecedores de sua herança. Nos que seguem a flecha que cada um deles atirou na direção de um dos quatro pontos cardeais; nos príncipes que se separam numa encruzilhada; ou nos que o pai senta num cavalo — o mais velho, num cavalo preto; o do meio, num vermelho; o caçula, num cavalo branco — para que provem seu valor. Um dia, então, eles voltam para casa com cabeças de dragão e ouro na bagagem, tornaram-se homens, trazem à sua frente na sela a noiva. Ou não voltam, encantados por algum feitiço, à espera de serem redimidos por um dos irmãos e, até lá, transformados num animal na floresta desconhecida, ou transformados em pedra, sem língua ou despedaçados no caldeirão de uma bruxa. Nesses contos, o mundo era sempre aquele que havia principiado numa encruzilhada, numa bifurcação do caminho: dali, a história conduzia ao norte, ao sul, ao leste ou ao oeste. A salvação nunca falhava. Quando a espada enferrujar, vocês saberão que estou em apuros. Um príncipe não precisa de passaporte. Nem faz tanto tempo assim, Richard pensa, toda essa história de emigração e da busca da própria sorte era uma história alemã.

39.

Assim como, no começo, quando os homens ainda moravam perto dele na periferia da cidade, Richard considerava seus telefones celulares talvez o mais modesto dos luxos, mas ainda assim um luxo, agora ele não entendia lá muito bem por que cada refugiado precisava de uma carteirinha mensal para o transporte público. Alguém que não tem trabalho nem dinheiro para ir a um museu? Por que não iam, por exemplo, passear ao redor do lago? E, se precisavam ir à cidade, por que não viajar de graça, sem pagar? De fato, *schwarzfahren*, como se diz em alemão,* por que os pretos não o faziam, ele se perguntava no começo, e ainda por cima com um sorrisinho silente nos lábios, um sorriso que às vezes percebia em si desde que se aposentara. Nesse meio-tempo, aprendeu: nesses poucos meses de processo decisório, nos quais o governo de Berlim paga aulas de alemão aos refugiados e

---

* Em alemão, empregado como advérbio, o adjetivo *schwarz* (preto) designa também atividade ilegal ou escusa, como estar ilegalmente no país ou viajar sem pagar a passagem. (N. T.)

as autoridades determinam as datas em que eles devem obrigatoriamente se apresentar, o Estado tem de providenciar também as passagens para o transporte público. Mas apenas durante esse período, e não além dele, naturalmente.

Não damos nada de presente, reza a lei, férrea.

E se um deles, o magro, por exemplo, pega os cinquenta e sete euros e, em vez de comprar passagens com esse dinheiro, o envia para a mãe em Gana?

Quando um homem preto que está aqui ilegalmente (*schwarz*, como se diz) viaja de ônibus, metrô ou trem sem pagar e é flagrado pela primeira vez, ele, como todos que o fazem, precisará pagar uma multa de quarenta euros, diz a lei. Se flagrado uma segunda vez, determina a lei, aí aplica-se já uma pena, que poderá ser quitada com prisão ou com o pagamento de uma multa calculada em *diárias*, ou seja, de acordo com quanto o delinquente ganha por dia. Para os mais pobres dos pobres-diabos, ela com frequência é de apenas dez euros. Sessenta diárias de dez euros, por exemplo, depois de ele ser flagrado pela terceira vez, para um alemão — que prefere pagar a ir para a cadeia — seria uma punição branda. Sim, porque apenas a partir de noventa diárias a sanção é considerada um antecedente criminal. Para um estrangeiro, porém, uma punição de cinquenta diárias já constitui motivo para expulsão, com o que, evidentemente, ele perde todo e qualquer direito a asilo. Assim, a pouca monta de uma punição pecuniária não significa de forma alguma um alívio para o estrangeiro, uma vez que, no momento em que ele é punido, por exemplo, com sessenta diárias — por menores que sejam —, seu pedido de asilo estará decidido de uma vez por todas.

Tudo isso a lei sabe.

Depois de observar por semanas como os homens passam seus dias, Richard sabe que nem mesmo a carteirinha mensal para o transporte público constitui artigo de luxo numa vida como essa.

A gente telefona para os amigos, os homens lhe disseram, e combina de se encontrar.

Richard se lembra de que, quando da desocupação da Oranienplatz, o grupo de refugiados havia sido repartido entre três abrigos distintos, sendo o asilo na periferia apenas um deles. Os outros homens tinham ido para Friedrichshain e Wedding — amigos que tinham vivido um ano e meio nas barracas da Oranienplatz, com ou sem neve, com ou sem comida quente todo dia e, depois de um ataque alemão ao caminhão sanitário, dispondo apenas de quatro, em vez de oito, toaletes para quatrocentas e setenta e seis pessoas. Além das listas de espera para os chuveiros num prédio da Assistência Social e dos ninhos de rato debaixo das barracas.

E o que vocês fazem quando se encontram?

Cozinhamos juntos. Conversamos. Ou vamos à Alexanderplatz, onde agora tem a feira.

A feira de Natal?

Isso.

Vocês andam na montanha-russa ou no carrossel?

Não, eles respondem. É caro demais. Mas a feira é bonita.

Na foto de perfil de um deles pode-se ver como ele e alguns amigos, ao lado de uma barraca de salsicha, aquecem as mãos em torno de uma fogueira.

No verão, às vezes íamos ao campo de futebol, se tinha gente jogando. Mas, em geral, vamos para a Oranienplatz. A barraca ainda está lá.

Os homens referem-se à barraca de informações, cuja permanência na praça foi parte do acordo com o governo. Nesse meio-tempo, berlinenses xenófobos já puseram fogo nela três vezes, e três vezes ela foi reconstruída.

E o que fazem na praça?

Ficamos por ali, conversando.

A Oranienplatz, vou honrá-la para sempre, Tristão havia dito lá atrás, no começo daquelas conversas com Richard.

Ao abrir o jornal dois dias antes do Natal, Richard se lembra de que, do chamado *acordo*, constava também que seriam decididos em Berlim os casos daqueles que, desconhecendo as leis europeias, haviam solicitado asilo em alguma outra parte da Alemanha. Isso para que o grupo pudesse ficar junto em Berlim.

Na medida do possível, estava escrito.

E, naturalmente, apenas quando a lei permitisse.

A lei férrea.

Mas a lei infelizmente acabou por não permitir. Dois dias antes do Natal, ela se ergue com ossos rangentes. Richard lê no jornal: no começo do ano, aqueles cuja solicitação de asilo foi feita em Magdeburgo, num abrigo de contêineres na periferia de Hamburgo ou numa aldeia das montanhas da Baviera devem retornar para lá.

Mesmo Richard, que só conhece essa lei há poucas semanas, sabe o que isso significa. Significa que alguns dos homens devem retornar a Magdeburgo, Hamburgo ou à aldeia nas montanhas da Baviera apenas para, logo em seguida, serem informados de que, por terem entrado pela Itália, só poderão viver e trabalhar na Itália. Em dois ou três meses no máximo, Richard calcula, as impressões digitais do melro, do sabiá, do tentilhão e do estorninho serão encontradas e analisadas. Por mais dois ou três meses, eles poderão permanecer em Magdeburgo, na aldeia nas montanhas da Baviera ou no contêiner da periferia de Hamburgo como solicitantes legais de asilo, com um salário mensal de trezentos euros; depois disso, precisarão voltar para sempre e inapelavelmente para a Itália.

Juntem rapazes e moças e despachem todos para o lugar de onde vieram, demanda a voz do povo na internet.

Faz de fato grande diferença se, ao longo dos dois ou três meses em que seu caso será examinado — na verdade, não se trata de um caso, e sim de uma vida —, um refugiado vai ficar num lar qualquer, longe dos amigos, ou em Berlim, na companhia deles?

Ao que tudo indica, sim.

Sim, porque esses sujeitos, esses negros doidos, dizem que não aceitam o dinheiro como prêmio pela mudança de cidade, que agradecem, mas renunciam aos dois ou três pagamentos de trezentos euros. Simplesmente abrem mão do dinheiro, porque certamente o têm de sobra. Afinal, são todos traficantes de drogas, todos da máfia africana.

Ao que tudo indica, de fato faz diferença se o grupo permanece junto em Berlim ou se, depois da primeira divisão em três grandes grupos, ele segue aos poucos se subdividindo sem cessar.

Por que outra razão as autoridades teriam despertado a lei férrea de seu sono?

Ao que tudo indica, faz diferença.

Um amigo, um bom amigo é o que há de melhor neste mundo. Os homens de fato dizem que preferem ficar sem o dinheiro e, se necessário, até mesmo ilegalmente em Berlim. Mas como grupo.

Criminosos, infratores, escreve a nação na internet.

Metade do sexteto masculino que, em 1930, na época da crise econômica, cantava uma famosa canção sobre *um amigo, um bom amigo*, revelou-se depois, era de origem judia. Três dos cantores só se salvaram graças à fuga para a América, os outros três foram acolhidos na Câmara de Cultura do Reich. Dali em diante, acabou-se a amizade.

Querelantes que formaram um bando apenas para arrumar encrenca, diz a política em Berlim, que diz também: não haverá exceções. E ainda: nada de precedentes, ou, três dias depois, serão mais duzentos na praça.

De quatro em quatro anos, elege-se o prefeito em Berlim.

Mas nós não queremos uma solução apenas para nós, diz Raschid, e sim para todos os refugiados na Europa. Por isso nosso acampamento na praça era um *acampamento de protesto*. A lei não pode ficar como está.

Agora, porém, a lei escancara sua bocarra e ri sem que sua risada produza um único som.

E, depois de rir por tempo suficiente essa sua risada sinistra, ou seja, depois de examinar a fundo todas as possibilidades, a férrea lei alemã determina:

O único motivo relevante para a transferência de um caso individual para outro estado da federação, para Berlim, por exemplo, é o reagrupamento familiar.

Uma família, no entanto, nem um único desses homens possui, minha bela e querida lei. Eles têm apenas uns poucos amigos.

Amigos não são família, a lei responde, e começa a ranger os dentes.

Cara lei, o que você pretende? O que vai acontecer?

Adivinhe só.

Hoje a lei vai jantar mão, joelho, nariz, boca, pés, olhos, cérebro, costelas, coração ou dentes. Tanto faz.

40.

Detlef e Sylvia vão passar o Natal com o filho de Detlef na casa de Marion, a mãe dele, e com o atual marido dela, em Potsdam. Vocês querem se reunir todos debaixo da árvore de Natal?, Richard pergunta. A primeira mulher, a segunda, o filho do primeiro relacionamento e os dois maridos? Ah, diz Sylvia, tudo isso já faz tanto tempo, e já que o Markus vem da China para Berlim...

Peter, o arqueólogo, prometeu à namorada de vinte anos ir visitar os pais dela pela primeira vez, em Bamberg. São cinco anos mais novos que eu, ele diz. Bom, então..., Richard comenta. Mas dizem que Bamberg é muito bonita. Com certeza, diz Peter.

Monika, a germanista, e seu marido bigodudo, Jörg, reservaram passagens de avião para Florença, porque a nora não quis convidá-los para o Natal. Imagine você, nem mesmo os biscoitos que eu mesma fiz ela aceitou, mas depois dei a lata em segredo para a menina. Antes, os dois sempre viajavam de férias com Richard e Christel, mas, desde que Richard passou a viver sozinho, não o chamaram mais, talvez porque viajar com dois homens seja demais para Monika.

Anne, a fotógrafa, abriga já há vários dias o aluno avançado de Richard, Ali, em sua casa, porque a cuidadora polonesa viajou para junto da família, na Polônia, ainda antes do quarto domingo do Advento.

E como estão as coisas?, Richard quer saber.

Imagine só, a vida toda ele nunca teve um quarto só para si.

Isso nem posso imaginar, ele diz. E no mais? Ele está sendo de ajuda?

Juntos, erguemos minha mãe direitinho. Ele está aprendendo muito comigo.

Compreendo, Richard diz.

É simpático, ela diz, de verdade. Só minha mãe ainda sente medo dele.

É a maldita criação nazista, Richard diz.

Provavelmente.

Essas coisas voltam com força na velhice.

Pode ser. E ele se esforça. Imagine que ele a beijou na testa, porque viu que eu faço isso.

E sua mãe gritou?

Bom… Eu expliquei para ele que, aqui na Alemanha, só a filha pode fazer isso.

Richard se lembra ainda de como se sentiu da primeira vez que viajou para os Estados Unidos a trabalho. *How're you doin'?* Estou bem, obrigado, e você? Mas antes ainda de ele concluir sua resposta gentil, o vendedor ou o porteiro ou o garçom já tinha se afastado fazia tempo. No caixa do supermercado, as compras eram embaladas em incontáveis sacolas, e o caixa olhava para ele com estranheza pelo fato de ele ajudar a empacotar as mercadorias. A água da torneira era intragável. E as janelas só subiam vinte centímetros, não se podia abri-las de fato. No começo de abril, os novos gramados eram desenrolados diante das grandes mansões e, de uma hora para outra, tudo ficava verde. Passados dois ou três dias, Richard ficou confuso de tanta estranheza. Ele sabia como cuidar de uma avó africana? De uma *nana*?

O Natal anterior, com Andreas, o leitor de Hölderlin, ele passou muito bem. Sem árvore, sem ganso, sentaram-se um ao lado do outro, beberam uísque e assistiram a *Some Like It Hot*. O filme, é impossível cansar de ver, nisso sempre concordaram. Este ano, Andreas partiu no começo de dezembro para um balneário, onde fica até o fim de janeiro. Richard sabia que ele iria, mas só agora, em 23/12, ao ver vazia a seção de congelados no supermercado, torna-se de súbito claro que ele será o único de todos os amigos a passar a véspera de Natal completamente sozinho.

Tão logo ele liga, tão logo Raschid diz *no problem*, e Richard, *fine*, lá está ele no corredor, amarrando os sapatos e olhando para o relógio. Tomara que ainda encontre uma loja aberta para comprar uma árvore de Natal, tomara que ainda encontre um ganso numa casa de produtos orgânicos, tão caro que ninguém tenha querido levar. A árvore não precisa ser grande, mas ele precisa de uma árvore, um abeto de verdade na sua sala de estar, o que um nigeriano como Raschid com certeza nunca viu na vida. No fim, o abeto não é tão pequeno, mas ganso, não encontrou em lugar nenhum, embora tenha ao menos encontrado um par de coxas já prontas e embaladas, molho inclusive, almôndegas de pão para acompanhar, juntamente com um vidro de repolho: *um pouquinho de vinagre por cima, dois cravos e vai parecer que foi feito em casa* — ano após ano, assim dizia sua mulher todo Natal, enquanto ela viveu. A árvore precisa ser montada ainda na noite do dia 23, *ela precisa de tempo para se expandir*, era o que Richard, por sua vez, dizia todo Natal, até cinco anos atrás. Os xingamentos quando a árvore, embora ele já a tivesse afilado com o machado, não se encaixa de imediato no suporte pesado de ferro fundido, o engatinhar para debaixo dela a fim de girar o tronco de tal forma que os ramos mais longos apontem para o outro lado e permitam a passagem desimpedida até a porta do terraço, ir buscar as caixas no porão, com a caligrafia de Christel ainda e sempre no papelão — *Advento* —, cinco anos após a morte dela; distribuir os anjos pela casa, os quebra-nozes, as estrelas — todas essas tarefas ele ainda conhece bem, são tarefas terrivelmente familiares, que ele, em condições normais, nunca mais teria repetido. Quanto mais aguardará no escuro de sua memória sem jamais ser resgatado do depósito até que, em algum momento, a loja seja fechada em definitivo?

Para que amanhã Richard possa explicar ao forasteiro o que o *Advento* afinal significa, ele enfia quatro velas vermelhas na coroa de vidro que há cinco anos repousa sobre a mesa de sua sala de estar, embora o quarto domingo do Advento já tenha passado. Então, na manhã do dia 24, ele enfeita a árvore e, por fim, enquanto as coxas de ganso assam no fogão, monta a grande pirâmide natalina do Erzgebirge; uma vez postada sobre a mesa, a altura da hélice o sobrepuja em dez centímetros. Os anjinhos de madeira ficam no patamar mais alto; no do meio, estão Maria, José, bois e vacas, asnos, cordeiros, pastores, os reis magos e, naturalmente, a manjedoura contendo o Jesus minúsculo. O disco maior da pirâmide, o que fica abaixo de todos e há de ser "subterrâneo", abriga a capela dos mineradores. Se não se equilibra cuidadosamente o peso de todos os elementos, um anjo oscilante é capaz de derrubar tudo, inclusive os mineradores; em contrapartida, um minerador cujo tambor é uns poucos gramas mais pesado que a flauta transversal de seu colega do lado contrário pode fazer tombar não apenas os colegas, mas também Maria, José e, por fim, até mesmo as hostes celestiais; sim, um desajeitado pode pôr abaixo as figuras sobre as plataformas leves, passando pela Sagrada Família, de cima para baixo, ou, da mesma forma, de baixo para cima, cordeiros tombam sobre o Menino Jesus, Maria mergulha mina adentro, seu virginal vestido azul-claro precipitando-se da beirada sobre o confuso amontoado para o qual já resvalaram um trombeteiro do Erzgebirge, um tamboreiro, um tamboreiro-mor, os instrumentos enroscam-se nas auréolas de dois ou três anjinhos bochechudos caídos do céu, e tudo isso apenas porque Richard talvez tenha se distraído por um instante, ou porque suas mãos são bem maiores do que as de sua falecida mulher, que era quem sempre montava a pirâmide, e, por isso mesmo, esbarram em algum lugar, ou simplesmente porque ele calculou mal o peso das figuras.

41.

O mundo parece ter se esvaziado durante a tarde, pouco antes da noite de Natal. No caminho do lar para refugiados até a periferia da cidade, Raschid olha pela janela do carro e pergunta: Estes campos aqui, eles pertencem ao governo, ao *government*? Não, acho que não, Richard responde. *Junkerland in Bauernhand* — a terra da aristocracia para as mãos dos camponeses. Ele poderia explicar o que havia sido a reforma agrária, mas o que aconteceu com as Cooperativas de Produção Agrícola depois de 1989, ele próprio não sabe. É possível, sem mais, transformar um coletivo socialista numa sociedade de responsabilidade limitada? A economia planejada tem semelhanças com um conglomerado? Isso ele precisa perguntar na próxima oportunidade a seu amigo Thomas, o professor de economia. Quando o portão de metal da propriedade de Richard começa a se abrir automaticamente, Raschid diz: Eram portões assim que eu construía — esse era meu trabalho. E, quando vê o lago, pergunta: Há quanto tempo ele está aí? Richard não entende a pergunta. Ora, quando foi que fizeram? E quem há de ter *feito* o lago? Bem, o governo — *the government*. Não, Richard diz, o lago existe há alguns milhões de anos, desde a última era glacial. Alguns milhões de anos? É mesmo?, Raschid pergunta, e balança a cabeça, incrédulo.

Então, Richard, o ateu, cuja mãe era protestante, está com seu convidado muçulmano diante da árvore de Natal iluminada, pagã, na qual só se veem velas de cera autêntica, como sempre foi a regra com Richard e sua mulher. O Coro da Igreja de São Tomás canta, as coxas de ganso estão no forno, as almôndegas de pão na panela vão logo subir e o repolho está borbulhando, juntamente com o vinagre e o cravo. Como Richard não tem um presente para lhe dar, cabe agora ao convidado encontrar e experimentar um casaco de inverno do guarda-roupa; lá está um que sempre ficou grande demais em Richard mas que serve no lançador de raios e do qual ele gosta. *Thank you, I really appreciate that.* Como é mais prático, sentam-se na cozinha para comer, ainda que não seja tão solene — *no, what do you think, I like it, it's nice here, very nice! But what about the burning candles on the tree?*, Raschid pergunta. Não tenha medo; depois de queimar até o fim, elas se apagam sozinhas, Richard explica, como se essa invenção do Ocidente lhe fosse desde sempre coisa perfeitamente natural. Raschid parece gostar da comida. Tem repolho na Nigéria? Depois, como se através de um museu natalício, ele conduz o convidado de um cômodo a outro, de um anjo a outro, explica-lhe o significado da estrela, o que é uma coroa do Advento e, por fim, acende as velas da pirâmide natalina, que está ao lado da televisão. Raschid claramente mal pode acreditar que apenas o calor das velas move aquela maravilha; ele olha debaixo da mesinha sobre a qual ela foi montada, procura uma tomada, um fio. Richard explica o princípio do ar quente que sobe e das hastes inclinadas da hélice que fazem o todo girar. Raschid fica um bom tempo observando os mineiros, os animais, os pastores, os três reis magos, a Virgem Maria, o menino na manjedoura, José e, lá em cima, os anjos que giram sem parar diante dele.

You know, no Alcorão Jesus também é um profeta.

Eu sei, sei, sim, diz Richard, lembrando-se dos cinco pilares do Islã.

E um deles é preto, Raschid comenta, apontando para um dos três reis magos.

Sim, Gaspar, Richard confirma.

Foi você quem construiu esta pirâmide?, Raschid quer saber.

Não, Richard responde, e, apagando as velas, explica a Raschid o que há de tão especial no artesanato em madeira do Erzgebirge.

Depois, para respirar um pouco de ar fresco, passam um tempo no terraço, lá fora.

Richard se lembra então de como, alguns anos atrás, sua mulher certa vez pôs o ganso assado para esfriar ali fora, numa mesa diante da janela, porque a assadeira não cabia no refrigerador. Quando, depois, quis esquentá-lo de novo, a assadeira e o ganso haviam desaparecido. Havia agora, pois, de fato, no meio da Alemanha — ele pensou na época, alguns anos após a reunificação —, gente pobre a ponto de roubar o jantar comemorativo dos outros. Também o assado dos vizinhos, duas casas adiante, tinha desaparecido. As pegadas dos ladrões podiam ser vistas claramente na neve, mas, naturalmente, nem ele nem os vizinhos deram queixa na polícia.

Este ano, o Natal não terá neve, a temperatura está vários graus acima de zero; ontem chuviscou, mas hoje o céu noturno está claro e veem-se já as primeiras estrelas.

Meu filho tinha quase três, e minha filha, cinco anos, diz Raschid.

Ainda estão lá?, Richard pergunta.

Bem no começo, Raschid prossegue, quando cheguei a Agadez depois de fugir de Kaduna e pretendia seguir dali para a Líbia, eu não sabia nem sequer como dizer "serralheiro" em árabe ou inglês, ele diz. E sou serralheiro.

Vamos entrar?, Richard sugere.

Em Trípoli, também tínhamos uma sala de estar, um salão como este aqui, além de três dormitórios, corredor, banheiro e cozinha, Raschid conta quando, já na sala, sentam-se no sofá. A pirâmide natalina está parada. Como Raschid não quis beber cerveja, Richard fez um bule de chá de menta para os dois e acendeu as quatro velas vermelhas, embora o Advento já tenha passado.

Para o café da manhã, sempre tinha inhame, bananas-da--terra ou ovos.

Às oito, saíamos de casa, eu levava as crianças para a escola: Ahmed, quase três anos, e Amina, cinco anos de idade. De casa até a escola, era mais ou menos a distância da Oranienplatz até Wedding. Minha mulher trabalhava em outro bairro.

Minha firma ficava perto da escola. Dois prédios, não eram rebocados por fora, mas por dentro sim. E um pátio. Era quase tão grande quanto a firma que eu tinha em Kaduna. O aluguel era quinhentos dinares, uns trezentos euros.

Ao meio-dia e meia ou à uma, quando a escola acabava, as crianças vinham até a empresa. Ahmed e Amina. Tiravam o uniforme da escola e vestiam roupas normais para ir brincar ali na firma, até chegar a hora de ir para casa. Eu sempre tomava cuidado para que não brincassem na oficina em si, para evitar o pó de metal nos olhos.

Às vezes, minha mulher vinha nos buscar à tarde; outras vezes, nos encontrávamos só em casa.

O jantar, era sempre eu quem fazia. O menino podia comer do meu prato. Depois, as crianças iam para a cama. E, por volta das dez e meia, nós também. De vez em quando, o menino ainda vinha até nosso quarto de noite. Ele sempre sonhava muito. Ahmed. Então eu deixava ele dormir comigo, e minha mulher passava o resto da noite no quarto das crianças, com nossa filha. Amina.

O chá de menta provavelmente já está gelado. Richard permanece sentado, muito quieto, enquanto ouve com atenção; nem de longe lhe passa pela cabeça apanhar sua xícara. Ele sabe que a história que Raschid lhe conta é algo como um presente.

Antes, já tinha havido distúrbios uma vez; ficamos em casa cinco dias seguidos, sem sair.

Mas, naquele dia, tudo estava normal, de início. Terminei um grande portão de metal para uma entrada de veículos. Levo dois dias para fazer um portão desse tipo. No começo da tarde, vieram buscá-lo, e eu recebi a terceira prestação: quinhentos dinares. As crianças estavam brincando comigo no pátio.

Então, minha mulher me ligou do trabalho, alguma coisa estava acontecendo, ela estava com medo de ir sozinha para casa. Eu disse: Vou te buscar. Não sabia que já tinham bloqueado quarteirões do bairro onde ficava minha firma. Não conseguimos mais passar. Os soldados levaram a mim, meus filhos e três empregados pretos para seu campo. Ahmed tinha então quase três anos, Amina, cinco.

Alguns dos fragmentos de frases que Richard agora ouve, ele já os ouviu da boca de Tristão: mortos nas ruas, por toda parte. Sangue por toda parte. Barracas. Não apenas homens, mu-

248

lheres também, crianças, bebês, velhos. *Broke the memory*. Os soldados, conta Raschid, me tomaram o dinheiro que eu tinha recebido pelo portão e até os trocados que eu levava no bolso da calça. Eu ainda estava vestindo as roupas de trabalho. Na verdade, tinha conta num banco líbio. Talvez ainda exista até hoje. O número é 2074.

Richard olha para as velas vermelhas ainda acesas e faz que sim com a cabeça, embora assentir não faça aqui o menor sentido.

Passamos cinco dias nas barracas, os europeus bombardearam, e tínhamos medo de que os bombardeiros confundissem o campo em que estávamos presos com um depósito de armas. Sobretudo as crianças sentiam um medo terrível, e eu não sabia como explicar por que sua mãe não estava lá.

Cinco dias mais tarde, fomos obrigados a subir no barco. Oitocentas pessoas no total. Zair também estava. *The Europeans bomb us — so we'll bomb them with blacks*, Gaddafi disse. Vamos bombardear a Europa com pretos.

Raschid parece muito cansado. Tão cansado que Richard pergunta se ele quer se deitar.

Não, não, ele diz. Muitas vezes, não consigo dormir à noite, mas está tudo bem.

Alguém pulou do barco e tentou nadar de volta até a margem. Atiraram nele ainda na água.

A comida e a bebida que tínhamos no barco deram para os primeiros sete dias. Não tínhamos muito, de todo modo, mas nós, adultos, por fim paramos completamente de comer e beber para dar todo o restante às crianças.

Então a bússola pifou.

Durante três dias, seguimos adiante sem nem saber em que direção. Uma noite, o capitão não viu algumas boias, e o barco raspou nas rochas. O motor quebrou. Todos entraram em pânico.

O barco chacoalhou violentamente por dois dias, para um lado e para outro. Não conseguíamos mais direcioná-lo, nem saberíamos para onde.

No total, foram cinco dias sem comer nem beber. Estávamos todos muito mal. Alguns morreram. E os que continuavam vivos já não tinham forças. Eu estava muito fraco. Muito fraco. Só via tudo embaçado.

Mas então, de repente, apareceu o barco de resgate.

Houve tumulto. As pessoas do barco queriam nos ajudar, jogaram comida e garrafas de água para nós; todo mundo tentava apanhar alguma coisa, e nosso barco começou a balançar.

Até que, de súbito, virou.

Simplesmente virou.

De um momento para outro.

Foi tão rápido.

Em cinco minutos, não mais do que isso, em apenas cinco minutos, centenas, centenas de pessoas estavam mortas. Aquelas ao lado das quais eu havia estado pouco antes. Gente com quem eu tinha acabado de conversar.

Cut, Richard pensa. *Cut*.

Eu não sei nadar, mas, sei lá como, segurei-me num cabo.

Às vezes, estava na superfície; outras vezes, debaixo d'água.

Debaixo d'água foi que vi os cadáveres todos.

Por um tempo, Raschid não diz mais nada. Richard tampouco precisa perguntar alguma coisa. As velas do Advento seguem acesas. A pirâmide natalina permanece escura e imóvel.

De quinhentas e cinquenta a oitocentas pessoas, aproximadamente, se afogaram. A maioria não sabia nadar, e as pessoas que estavam no convés inferior não conseguiram sair depressa o bastante; tudo ali se inundou de imediato. Os pescadores vieram nos ajudar com seus cúteres, mas aí muitos já estavam mortos. E os barcos salva-vidas maiores não tinham como se aproximar mais, por causa dos rochedos. Os pescadores nos puxaram para seus barcos. Todos choravam e gritavam. Nós e os pescadores também. Um menino foi salvo, mas seus pais e irmão se afogaram. Muita gente procurava o marido ou a mulher. Todos choravam e gritavam.

Mesmo depois de uma semana em terra, eu acordava no meio da noite, acreditando estar debaixo d'água. No dia em que não pude ir buscá-la no trabalho, em Trípoli, minha mulher se salvou num escritório das Nações Unidas. Tive de contar a ela por telefone o que havia acontecido. Eu estava numa cabine telefônica em Agrigento. Há um ano, ela se separou de mim. Hoje, está morando em Kaduna com o novo marido. Está grávida de novo.

Ainda hoje, às vezes imagino que um de nossos filhos vai entrar de repente pela porta.

Depois de uma pausa relativamente longa, em que os dois homens ficam olhando fixo para a tela preta da televisão, como se houvesse o que ver ali, Richard diz:

Você poderia me fazer um desenho do portão que terminou naquele dia?

Mas claro, diz Raschid, *you know, this is my work*.

E, enquanto ele começa a desenhar as primeiras linhas no bloquinho quadriculado que Richard foi buscar na escrivaninha, Raschid diz:

You know — the measurement is always the first thing to do. Tirar as medidas é a primeira coisa que a gente faz.

Depois, desenha, corrige, segue desenhando, até que Richard consegue reconhecer nitidamente que aspecto tinha o último portão que Raschid fez em sua vida como serralheiro, e que por certo até hoje segue vedando alguma propriedade líbia.

And in the end I put the design in the middle. Se você pudesse me ver trabalhando, diz Raschid, o serralheiro que Richard sempre chamou de o lançador de raios — com toda a razão, ele nota agora —, se você pudesse me ver trabalhando, veria um Raschid completamente diferente. *A complete other Raschid.* Você sabe, ele diz, trabalhar, para mim, é tão natural quanto respirar.

42.

Ainda antes da véspera de Ano-Novo, a cuidadora polonesa retorna a Berlim e ao trabalho na casa de Anne.

Ela teria gostado de passar mais alguns dias com a família na Polônia, mas, você sabe, minha mãe e Ali...

Sim, uma pena, Richard diz.

Na verdade, o Natal foi bom, Anne diz. Vou mandar uma foto.

À noite, em seu computador, Richard então vê a foto. À esquerda, ao lado da árvore de Natal, a mãe nonagenária de Anne sentada na cadeira de rodas com uma manta sobre os joelhos, a cabeça inclinada de tal forma que quase se poderia acreditar que, através das lentes grossas do óculos, ela está olhando para Ali, sentado à direita da árvore, encorajando-o com os olhos. Ali sorri. A atmosfera tem um aspecto pacífico, uma composição natalina com o rei preto do Oriente, tão pacífica como todas as fotos de festas natalinas dos alemães de raça pura, das quais tampouco se depreende o que as pessoas calavam antes ou depois do clique, ou por que motivo brigavam.

No e-mail, Anne escreve que, tendo perguntado certa vez a

Ali como ele falava alemão tão bem, recebeu dele a resposta: A língua alemã é minha ponte para este país. E, de fato, tinha dito *minha ponte para este país*, ela escreve a Richard. É incrível como ele é talentoso, ela escreve. Fossem outras as circunstâncias, provavelmente estaria estudando medicina há muito tempo.

Na semana entre Natal e Ano-Novo, Monika e Jörg voltam da Itália. Convidam Richard, Detlef e Sylvia para um café, a fim de mostrar as fotos e contar de Florença. Falam do campanário de Giotto, do belo *David* de Michelangelo, dos presépios montados nas igrejas por toda parte: Paisagens inteiras, como as de ferromodelismo! Contam da comida: Um restaurante com quarenta tipos diferentes de muçarela de búfala! E falam da festa de Natal em si, preparada maravilhosamente pelo hotel. E dá muito menos trabalho! Guirlandas de luzes adornando trechos inteiros de ruas: Dá até tontura só de olhar! Árvores de Natal gigantescas, enfeitadas com tanta imaginação! Mas dizem também: Tantos africanos. Por todo lugar. Alugamos um carro para ir a Arezzo, eles contam, Jörg queria de todo jeito ver os afrescos de Piero della Francesca, uma bela viagem pela Toscana, pensamos, e pegamos uma estradinha secundária, tinha até neve no chão. Mas sabem de uma coisa? No meio do nada, vemos mulheres pretas na beira da estrada — africanas! —, oferecendo-se. No meio da paisagem, por onde nem sequer passam carros. Calçando botas e vestindo casacos bem curtos. Ficam ali, no frio, na neve, e são muitas! De certo modo, uma coisa sinistra.

Richard também conheceu recentemente alguns refugiados que estão tentando se virar aqui, diz Sylvia, enquanto passa o tablet com a foto para o marido.

Ah, é mesmo?, responde o bigodudo Jörg.

E Monika acrescenta: Você precisa tomar cuidado, porque elas muitas vezes transmitem doenças, hepatite, tifo e aids. Pelo menos foi o que ouvi.

São homens, Sylvia diz.

Ah, entendo, Monika replica.

Richard não diz nada, apenas contempla a tela que Detlef acabou de lhe passar. Na foto, veem-se figuras femininas, cada uma delas postada sozinha como se sobre um tabuleiro de xadrez numa extensa superfície nevada, esperando à beira da estrada ou no alto das colinas suavemente onduladas.

E em parte alguma se vê algum cliente, Monika diz.

Na foto seguinte, surgem já os afrescos de Arezzo: uma mulher de pé atrás de outra, ajoelhada, um comprido manto branco preso ao vestido; a pergunta que faz à outra só se deixa ler pelo gesto que faz com a mão.

Nunca pensei que um dia iria visitar essa igreja, assim, sem mais, Jörg diz.

Isso é que é ter, de fato, liberdade para viajar, Monika, sua mulher, completa.

Na semana entre Natal e Ano-Novo, também o arqueólogo retorna da visita à família da namorada de vinte anos. Sentado com Richard no sofá, segurando um copo de uísque, ele diz: Venha passar o réveillon conosco na casa da amiga de Marie, senão vou ser o único velho por lá.

E que tal a família dela?

Foi difícil, ele diz. Me acham um pervertido, creio.

Bom, é a filha deles.

De todo modo, o pai é ciumento, Peter diz; e a mãe talvez me quisesse para ela.

Que bom que estão longe, então.

Com certeza. Peter bebe mais um gole.

O principal é que vocês dois se entendem bem.

Tem razão. E então, você vem conosco para o réveillon?

Tudo bem, diz Richard.

Na semana entre Natal e Ano-Novo, também Osarobo volta finalmente da Itália.

Richard o convida para ir a sua casa, toca *Leise rieselt der Schnee* ao piano para ele e canta também, o melhor que pode. "*Still schweigt Kummer und Harm*", ele canta, e depois traduz para Osarobo: "Ausentes a preocupação e a infelicidade". O Natal deve ser uma festa da alegria, diz.

Okay, diz Osarobo.

E como foi na Itália?

Bem…

Em que cidade você esteve mesmo?

Milano.

Legal, diz Richard.

Bem… No metrô, Osarobo conta, os italianos se levantam e vão se sentar em outro lugar, quando me sento do lado deles.

Richard se lembra de Osarobo já ter lhe contado isso da primeira vez que se encontraram.

Pensam que sou algum criminoso. Pensam isso de todo preto.

Nisso, não acredito.

Mas é. Não faz diferença se somos ou não.

Mas é claro que faz diferença, diz Richard. Pelo menos você conseguiu seus documentos?

Sim, posso ir buscá-los daqui a dois meses.

Como? Então vai precisar ir de novo?

Sim.

E quanto custa isso?

A passagem de ônibus custa cem euros.

Ou seja, ida e volta duzentos euros?

Isso. Osarobo toca algumas notas agudas. E oitenta euros pela *marca da bollo*, acrescenta.

Para o documento?

Sim. *Plim, plim, plim.* E, além disso, preciso de um endereço italiano.

O que significa isso?

Tem gente que te fornece o endereço. O que custa mais duzentos euros.

Pessoas que cobram de vocês por isso?

Algum *African guy* que tenha um quarto. Mas aí posso morar lá também. Até a data estabelecida. Existem controles.

Richard gostaria muito de saber se a lei da oferta e da procura é uma lei natural.

Isso quer dizer, ele diz a Osarobo, de novo erguendo a voz, que, somando tudo, são necessários seiscentos e oitenta euros para a viagem de ida e volta, o endereço e as taxas?

É.

E, enquanto isso, você come o quê?

Osarobo encolhe os ombros.

Isso é mais do que dois meses do que você recebe aqui para viver.

O *permesso* já expirou na primavera passada. Mas eu não tinha dinheiro.

Que *permesso* é esse?

É o documento principal, o *permesso di soggiorno*, a permissão de residência no país.

E é mesmo necessário?

Sem ele, você não tem documento de identidade. E, sem o *permesso*, não tem seguro de saúde.

O seguro de vocês é italiano?

Sim.

Compreendo. E você morou no quarto do *African guy*?

Até a data estabelecida.

E depois?

Bem..., diz Osarobo, tocando algumas notas graves no piano, *life is crazy*.

Dormiu na rua?

Osarobo não responde. *Plim, plim, plim*. Na tradição musical ocidental, quintas paralelas são proibidas há seiscentos anos.

Somente agora ocorre a Richard que ele ainda tem um presente de Natal para o futuro músico de rua: o teclado de enrolar, já ia se esquecendo.

I appreciate that very much.

Eles desenrolam o teclado na mesa da cozinha, ligam-no na tomada e experimentam diversos sons: bateria e corne-inglês, saxofone ou harpa.

E funciona com pilhas também, Richard diz.

Oh, very good.

E, nestas teclas aqui, Richard diz, você pode escolher um ritmo: chá-chá-chá, por exemplo, ou tango.

Somente na pausa entre a valsa e a marcha, ele ouve a campainha: Sylvia e Detlef haviam tido espontaneamente, dizem eles, a ideia de fazer uma visita.

O que está acontecendo aqui? Um chá dançante?

Estes são Sylvia e Detlef, Richard diz a Osarobo ao entrar com eles na cozinha. Meus amigos mais antigos. E este é Osarobo.

Osarobo se levanta e estende a mão aos dois, mas seu olhar oscila de um lado para outro; é como se preferisse estar em outro lugar, onde dois estranhos não entram de repente pela porta.

Pode continuar tocando, Richard diz. Enquanto isso, vamos nos sentar na sala, conversar um pouco e, depois, levo você para casa.

Não, não, Osarobo diz, *it's okay*. Eu pego o trem.

Você tem a carteirinha?

Osarobo faz que não com a cabeça.

Enquanto Osarobo calça os sapatos na entrada, Richard vai apanhar sessenta euros em sua carteira. A carteirinha mensal mais barata para o transporte público custa cinquenta e sete euros — para aqueles que não precisam pegar nem ônibus nem trem antes das dez da manhã. Os desempregados que recebem auxílio governamental e os solicitantes de asilo em geral têm um desconto, mas não esses refugiados, ou seja, aqueles que não podem nem solicitar asilo. Richard põe as duas cédulas na mão de Osarobo e lhe dá a bolsa com o teclado de enrolar.

Você conhece o caminho?

Sim, sim. Osarobo olha para o chão e diz: *God bless you*.

Tudo bem.

E como foi o *Oratório de Natal?*, Richard pergunta a seus amigos ao voltar para a sala de estar. Tinha dado a eles os dois ingressos depois da decepção com a súbita partida de Osarobo para a Itália.

Ah, foi muito bonito, Sylvia diz.

A ária do eco, elas cantaram muito bem, Detlef diz, a segunda cantora ficou de pé ao lado do coro, sobre um pequeno balcão.

Bela ideia, Richard diz.

43.

Um dia antes da véspera de Ano-Novo, começou a nevar. De presente para Raschid, Apolo e Ithemba, que fazem aniversário, os três, em 1º de janeiro, como Richard agora sabe, ele comprou pulôveres de inverno de diferentes cores. Quando, levando a grande sacola de compras, Richard atravessa pesadamente o caminho da entrada até o edifício para além do pátio, reconhece na figura sentada no banco, em pleno frio, o magro. *How are you? Good.* Não está frio demais para ficar sentado num banco aqui fora? Estava esperando você. Richard não vê o magro há semanas; como é que ele sabia que justo hoje o encontraria atravessando o pátio? Tanto faz.

Can I show you something?

Claro.

O magro retira do bolso superior de seu casaco uma intimação policial: *Para verificação de identidade.*

O que aconteceu?, Richard pergunta.

Anteontem, na Alexanderplatz, me pararam, pediram documentos e me disseram que a pessoa na foto não sou eu.

De fato, o homem na foto tem aspecto bem diferente, mas talvez o magro nem sempre tenha sido tão magro quanto agora. Richard lê o nome: Karon Anubo.

Você se chama mesmo Karon?

Sim, ele responde.

Na intimação, está escrito: *Distrito Policial de Mitte, Berlim, sala 104, sra. Lübcke. 2ª a 6ª a qq horário, das 9 às 16h.*

Eu levo você de carro, diz Richard.

Como sempre acontece quando da primeira neve do ano, o trânsito está congestionado na cidade — bondes parados de portas abertas em algum ponto dos trilhos, motoristas gritando uns com os outros. Vez por outra, ouve-se o som agudo de um silvo e, logo em seguida, um rojão que explode, porque alguns não conseguem esperar até a passagem do ano. Levando Karon, Richard precisa de uma hora e meia para atravessar Berlim, de Spandau até o distrito policial de Mitte. *Vire à direita, vire à esquerda, siga em frente depois da rotatória, segunda saída.*

Obrigado por me trazer, Karon diz, ou eu precisaria comprar passagem.

Você não tem a carteirinha mensal?

Normally I send one hundred and fifty euros to my mom, my sister and my brothers. Mas este mês enviei cinquenta euros a mais, porque meu irmão, trabalhando no campo, se cortou com a foice e precisou ir para o hospital.

Sinto muito. Mas ninguém mais poderia ajudar?

Culture, responde o magro.

Cultura?

Significa que esse é o costume: o primogênito deve cuidar da família.

Por causa da mulher, Richard, na qualidade de familiar, havia ido uma vez a um encontro dos Alcoólicos Anônimos. Também lá as pessoas contavam histórias assim, que sempre começavam simples mas terminavam complicadas. Tinha ouvido a história do hamster que, havendo escapado, se recusava a sair de trás do armário na parede, o qual precisou, então, ser desmontado por completo. E o que havia na última estante, lá embaixo, onde ninguém mais olhava fazia anos, por trás da roupa branca? Inúmeras garrafas vazias escondidas ali na época do vício. E, de súbito, lá estava outra vez a vontade de beber.

Os efeitos não são diretos, e sim indiretos, Richard pensa consigo, como tem pensado com frequência nos últimos tempos.

Quantos anos tem seu irmão?

Treze, diz o magro.

Distrito Policial de Mitte, a intimação diz: *2ª a 6ª a qq horário, das 9 às 16h*. Eles chegam ali numa terça-feira, às 15h25. Mas hoje a sra. Lübcke não está, diz a mulher por trás do vidro. Por que não? Está trabalhando fora. Mas aqui está escrito *2ª a 6ª a qq horário, das 9 às 16h*. Richard se irrita de tal forma que pronuncia o "qq" abreviado, exatamente como está escrito, bradando-o através dos furinhos no vidro. Eu já disse ao senhor que a sra. Lübcke não está. E agora? Os senhores precisam voltar outra hora, lamento. E se o sr. Anubo tivesse vindo sozinho? Desde Spandau? Ida e volta, zonas A e B? Sinto muitíssimo. A funcionária da polícia não sente coisa nenhuma, menos ainda *muitíssimo* — isso Richard pode ver. Mas, de todo modo, não é possível falar com a sra. Lübcke nesse momento.

Quando chegam de volta a Spandau, já escureceu. Agora, Richard não se sente mais disposto a festejar antecipadamente o aniversário dos três; ainda no caminho de volta decidiu postergar a entrega dos pulôveres para o novo ano. Antes de o magro desembarcar diante do lar para solicitantes de asilo, ficam sentados por alguns minutos dentro do carro, conversando.

Se, depois da entrevista, eu não puder ficar na Alemanha, Karon pergunta, para onde vou? Onde é que vou encontrar trabalho na Itália? Como vou sustentar minha mãe e meus irmãos? Onde vou encontrar um lugar neste mundo em que eu possa me deitar para dormir em paz? O problema é enorme, Karon diz. Não tenho mulher nem filhos, ele diz, sou pequeno. Mas o problema é enorme, tem mulher e muitos, muitos filhos.

Nos últimos tempos, Richard ouviu com frequência pessoas dizerem que os africanos precisam resolver seus problemas na África. Ouviu-as dizer que a Alemanha acolher tantos refugiados de guerra já era um ato de grande generosidade. E, de um só fôlego, acrescentam: mas não podemos alimentar a África toda. E mais: os que se refugiam da pobreza e os falsos solicitantes de asilo tomam o lugar dos verdadeiros refugiados de guerra nos lares para os solicitantes de asilo, ou seja, dos refugiados de guerra que chegam diretamente à Alemanha.

Melhor é resolver os problemas na África. Por um momento, Richard põe-se a imaginar que aspecto teria, afinal, uma lista de tarefas para aqueles homens que tinha conhecido nos últimos meses.

De sua própria lista, por exemplo, constariam:

- *Chamar técnico para consertar o lava-louças*
- *Marcar consulta no urologista*
- *Ler o relógio de luz*

Mas a de Karon, por sua vez, conteria:

- *Abolir a corrupção, o nepotismo e o trabalho infantil em Gana*

E a de Apolo:

- *Entrar na Justiça contra o conglomerado (francês) Areva*
- *Implantar um novo governo no Níger que não se deixe subornar nem chantagear por investidores estrangeiros*
- *Fundar o Estado tuaregue independente do Azauade (discutir com Yussuf)*

A de Raschid incluiria:

- *Reconciliar cristãos e muçulmanos na Nigéria*
- *Convencer o Boko Haram a depor as armas*

Por fim, Hermes, o analfabeto de tênis dourado, e Ali, o futuro enfermeiro, haveriam de se ocupar conjuntamente das seguintes tarefas:

- *Proibir a exportação de armas para o Chade (Estados Unidos e China)*
- *Proibir a exploração de petróleo no Chade e sua exportação (Estados Unidos e China)*

Me diga uma coisa, Richard pergunta a Karon: que tamanho precisaria ter uma propriedade em Gana para sustentar sua família?

Karon pensa por um momento e diz então: Mais ou menos um terço da Oranienplatz.

E quanto custaria isso?

Karon pensa mais um pouco e responde: Acho que algo entre dois mil e três mil euros.

Ainda no verão, há um ano e meio, Richard quase comprou uma prancha de surfe (1495 euros), mas, antes que conseguisse se decidir, já o outono havia chegado, e, no último verão, depois que o homem se afogou no lago e não emergiu mais, naturalmente nenhuma ideia lhe parecia mais distante do que a de querer comprar uma prancha de surfe. A compra de um robô para aspirar o pó (799 euros) seria, pelo contrário, uma boa ideia, e ele poderia também fazer bom uso de um projetor (1167 euros) para as noitadas de cinema com seu amigo Andreas, que logo estará de volta do balneário. Se Christel ainda estivesse viva, talvez tivessem comprado juntos, de Natal, uma nova câmera de vídeo (1545 euros) ou um tablet com espaço suficiente de armazenamento (709 euros), mais fácil de levar numa viagem do que um computador — mas essas eram coisas às quais ele podia perfeitamente renunciar. Por outro lado, seguia de pé seu plano de, na primavera, finalmente comprar um daqueles tratorzinhos para cortar a grama (de 999 a 2999 euros).

Ou, pelo menos, seguia de pé até cinco minutos atrás.

São quantas pessoas mesmo na sua família?

Minha mãe, minha irmã e dois irmãos mais novos.

Quatro, portanto?

Sim.

O que eles plantariam num terreno assim?

Banana-da-terra, mandioca.

E isso os tornaria independentes?

Uma parte da colheita, minha mãe venderia ou trocaria por outras coisas de que precisa. O resto seria para alimentar a família.

O que você me diz de eu comprar uma propriedade assim para sua família?

Richard esperava ver agora um africano talvez incrédulo de início; depois, perplexo de tanto entusiasmo, mas, por fim, um africano absolutamente feliz, dando pulos de alívio, a abraçá-lo ou, no mínimo, explodindo em lágrimas de tanta comoção.

Nada disso aconteceu.

Karon permanece tranquilo e muito sério, parece mesmo refletir com afinco.

Pelo menos, você não precisaria mais se preocupar com sua família.

Karon segue em silêncio.

Qual o problema?

Leva um ano até a primeira colheita.

Ele tem razão.

Mas, nesse momento, Richard compreende outra coisa: que as preocupações já consumiram Karon de tal forma que ele tem medo até de ter esperança.

44.

E então chega o novo ano. As amigas de vinte anos da namorada de vinte anos de Peter dançaram, beberam, conversaram sobre cortes de cabelo, sobre o novo filme que está passando no International, sobre o bigode de uma cantora pop, sobre bandas das quais Richard nunca ouviu falar, mas também sobre Richard Wagner, Harry Potter, Kierkegaard, Virginia Woolf, homens bonitos e sobre o novo centro comercial na Alexanderplatz. Deram beijos de língua em alguns dos convidados presentes; depois, já em horário avançado, brigaram, uma das moças explodiu em lágrimas pouco antes da meia-noite e precisou ser consolada e abraçada pela melhor amiga; um dos rapazes bebeu demais, tropeçou ao sair para a sacada, caiu, sangrou e precisou, nos estertores do ano velho, de um band-aid atravessado sobre o nariz. Quanto tempo faz que Richard foi jovem assim? Seu amigo Peter fez boa figura, dançou com a namorada — que responde pelo belo nome de Marie — "We Are the Champions", do Queen, e Richard se perguntou se Marie gostava de fato da música ou se era simplesmente simpática a ponto de tê-la escolhido porque ela lembrava o namorado mais de trinta anos mais velho de sua própria juventude.

Enquanto à meia-noite em ponto estouram as rolhas de champanhe, convidados se abraçam, rojões espocam e estrelinhas giram, Richard, postado ali, pergunta-se apenas o que aquilo na verdade representa: o começo de um novo ano. Até hoje, ele nunca compreendeu direito o que é que se vai no instante decisivo, enquanto a outra coisa, que ainda não se tem como conhecer, se aproxima de repente. No passado, ele às vezes tentava, à meia-noite, se concentrar no futuro, que parecia ter surgido naquele momento. Mas como se concentrar em algo que ainda não se conhece? Quem vai morrer? Quem vai nascer? Quanto mais velho, mais agradecido ficou pelo fato de, como às demais pessoas, não lhe ser dado saber o que virá.

O primeiro dia desse novo ano é uma quarta-feira. A maioria dos funcionários do Serviço de Estrangeiros berlinense teve, portanto, a oportunidade de, na passagem do ano velho para o novo, transformar dois dias de folga em quase uma semana inteira de férias. Somente na segunda-feira, 6 de janeiro, eles retornam a seus escritórios e giram o ano em seus carimbos um número adiante, folheiam pastas e documentos, digitam uma coisa ou outra e, na terça-feira, enviam algumas cartas. Na quarta, dia 8, chegam a Spandau, Friedrichshain e Wedding as listas dos primeiros cento e oito nomes daqueles que, na sexta-feira de manhã, dia 10, vão ter de deixar seus alojamentos atuais para voltar, por exemplo, para Magdeburgo, para um contêiner na periferia de Hamburgo ou para uma aldeia nas montanhas da Baviera onde, cerca de dois anos antes, por desconhecimento das regulamentações europeias e alemãs, tinham solicitado asilo mais ou menos por acaso. E de onde, dois anos atrás, partiram para Berlim, a fim de protestar contra a lei que lhes proíbe a construção de uma existência autônoma e até mesmo a mudança de uma cidade para outra dentro da Alemanha durante o procedimento relativo à concessão ou não de asilo. A lei segue sendo a lei e terá agora, na sexta-feira a partir das oito horas da manhã, seu grande momento. É certo que não é permitido transportar à força os homens cujos nomes constam da lista para essa ou aquela localidade distante que lhes cabe, mas a evacuação dos quartos em que moram nos lares berlinenses passa a ser, por lei, uma questão de polícia.

Raschid fotografou a lista e a envia a Richard na quinta-feira. Dos moradores de Spandau, doze constam da lista, entre eles o cantor Abdusalam, que é vesgo e está aprendendo a escrever, além de Zair, que esteve com Raschid no barco que virou e sobreviveu porque, enquanto o barco virava, subiu pela lateral até a base da embarcação. E tem mais um nome na lista que Richard realmente não quer ver ali: Osarobo. Só agora ele compreende por que a nomeação dos refugiados era uma condição importante imposta pelo governo antes da conclusão do acordo, porque, claro, só quando um nome é conhecido ele pode ser incluído numa tal lista. Listas só existem quando se sabem os nomes. Na noite de quinta para sexta, ele tem um sono intranquilo e acorda já antes das cinco da manhã. Para onde há de ir Osarobo agora?

Quando, pouco antes das oito, Richard chega a Spandau, ele já encontra vinte caminhões da polícia, em parte diante do lar para os solicitantes de asilo, em parte nos estacionamentos das proximidades. A entrada do lar foi fechada com cercas de metal. Alguns dos moradores, entre eles umas poucas mulheres e crianças, espalham-se pela calçada em frente às cercas. Não, ele não pode entrar no prédio agora, dizem os guardas, e quem ele está procurando? Raschid, Richard diz, e aponta para o lançador de raios, que vê falando e gesticulando no pátio no meio de um grupo de refugiados. Não, hoje toda e qualquer visita é impossível, dizem-lhe, mas nesse exato momento Raschid o descobre e começa a se agitar ao notar que não dão passagem a seu visitante. Afinal, não está numa prisão! Não é um criminoso! Não podem impedir que seu amigo vá até ele! Agora, policiais desembarcam dos caminhões mais à frente portando equipamento completo: uniformes de combate, capacetes com viseiras abaixadas, cassetetes, revólveres. *Em agitação turbulenta estava a assembleia e a terra gemeu sob o peso dos homens.* Em quatro fileiras, posicionam-se diante do portão do lar para solicitantes de asilo. Richard se pergunta se são mesmo necessários quarenta homens fortemente armados para tirar doze refugiados africanos de um lar como esse, e isso para nem falar nos outros cento e cinquenta policiais, mais ou menos, que aguardam por um sinal nos demais veículos. Amanhã, isto ele já sabe, os jornais vão dizer quanto custou a operação, e o povo dos contadores atribuirá esses custos, na condição de dívida, àqueles que são objeto do transporte, como já foi a praxe em outros tempos em que a Alemanha mandou transportar pessoas.

Portanto, uma fronteira, Richard pensa, pode de repente fazer-se visível, pode de súbito surgir num lugar onde antes nunca houve fronteira nenhuma. As batalhas que, nos últimos anos, foram travadas nas fronteiras da Líbia, do Marrocos ou do Níger têm lugar agora em Spandau, Berlim. Onde, antes, só havia uma casa qualquer, uma calçada, um cotidiano berlinense, grassa de repente uma fronteira assim, brota imprevista como uma doença.

Na festa de Ano-Novo, enquanto os dois, Richard e Peter, detinham-se na sacada da amiga de Marie contemplando a escuridão do ano velho, que logo se tornaria a escuridão de um novo ano, Peter contou-lhe que, para os incas, o centro do universo não era um ponto, e sim uma linha onde as duas metades do universo se encontravam. Era isso, uma tal linha, que Richard estava vendo ali, na entrada do lar para solicitantes de asilo? Aqueles dois grupos de homens confrontando-se seriam talvez as duas metades de um universo, na verdade parte de uma coisa só, mas fadados inevitavelmente a apartar-se? O fosso entre eles de fato não tinha fundo e, por isso, desencadeava turbulências tão violentas? Corria entre o preto e o branco? Ou entre o pobre e o rico? Entre o estranho e o amigo? Ou entre aqueles cujos pais estavam mortos e aqueles cujos pais ainda viviam? Entre os de cabelos encrespados e os de cabelos lisos? Ou entre aqueles que chamavam sua comida de *fufu* e aqueles que a chamavam de *gulache*? Entre os que gostavam de vestir camisetas amarelas, vermelhas e verdes e os que preferiam usar gravata? Ou entre os que gostavam de beber água e os que preferiam cerveja? Entre uma língua e outra? Afinal, quantas fronteiras havia num único universo? Em outras palavras, qual era a fronteira real, a fronteira decisiva? Talvez aquela entre mortos e vivos? Aquela entre o céu estrelado e o monte de terra em torno do qual ele gira dia após dia? Entre um dia e outro? Ou entre os sapos e os passarinhos? Entre água e terra? Entre o ar no qual se ouvia a música e o ar sem música? Entre o preto de uma sombra e o preto do carvão? Entre o trevo de três folhas e o de quatro? Entre o pelo e a escama? Ou, multiplicadas por milhões, as fronteiras entre interior e exterior que se contemplam quando se toma um único homem, um único animal ou uma única planta como o universo? Richard se dava bem com seus órgãos, selara a paz com a carne crua em seu interior que o mantinha vivo, a ele e a seus pensamentos sobre a beleza de Helena ou sobre a melhor maneira de cortar cebola.

Na verdade, quando se consideram todas essas fronteiras possíveis, a diferença entre uma pessoa e outra parece a Richard ridiculamente pequena; talvez nem se abra fosso nenhum na entrada do lar para solicitantes de asilo em Berlim, talvez não haja, nesse plano do universo, diferença alguma nem duas metades, porque, afinal de contas, trata-se apenas de um par de pigmentos no material que todos os homens em todas as línguas chamam de *pele*; a violência que se mostra ali naquele momento não seria então, de forma alguma, presságio de uma tempestade no centro de um universo, mas estaria baseada apenas num mal-entendido absurdo que divide a humanidade e a impede de perceber com clareza quão mais longa é a respiração de um planeta em comparação com aquela de cada um de seus habitantes. Vistam calça e paletó doados ou um pulôver de marca, um vestido caro, barato ou um uniforme e capacete com viseira, estão todos sempre nus por baixo da roupa e terão, nos bons tempos, se alegrado umas poucas vezes com o sol ou o vento, com a neve ou a água, terão talvez comido ou bebido alguma coisa boa, terão amado alguém e, quem sabe, sido correspondidos nesse amor antes de morrer. Tudo que cresce e flui neste mundo é mais do que suficiente para todos e, no entanto, trava-se ali — Richard pode ver pelos vinte caminhões — uma evidente luta pela sobrevivência. Estaria a polícia de fato sendo empregada em favor daqueles alemães que são tão pobres que, em suas festas, só podem servir gansos roubados? Não é bem assim, Richard pensa; do contrário, ele já teria visto vinte caminhões e policiais plenamente equipados diante desse ou daquele banco, levando consigo os gerentes responsáveis pela malversação de bilhões. Sim, ele pensa, o que se passa ali se parece com teatro, e é teatro — um front artificial a ocultar outro, real. A uma deixa, o público clama por sacrifícios e, a uma deixa, os gladiadores levam sua vida real para a arena. Teriam outra vez esquecido, e precisamente em Berlim, que uma fronteira não apenas se define pelo tamanho do adversário, mas o cria também?

Para ele, já chega, Raschid agora grita; vai pôr fogo em tudo, vai pôr a casa abaixo, explodi-la, arrebentar a mobília, derrubar o telhado, chutar as portas — algo assim é o que Raschid grita no pátio enquanto, postado do lado de fora, Richard ouve o diretor da casa discutir baixinho com sua assistente se era chegada a hora de excluir dali aquele homem raivoso. Em seguida, põe-se em marcha o cortejo dos quarenta policiais em trajes marciais. Em sua marcha uniforme, porém, eles não tomam a direção de Raschid, mas viram antes e desaparecem rapidamente no prédio da frente, onde, como Richard sabe, não há refugiados, mas somente os escritórios da administração. Poucos minutos depois, retornam na mesma marcha uniforme e voltam a se postar diante do portão, no mesmo lugar de onde haviam saído. Onde está Raschid?, pergunta agora a Richard a deputada que estivera na casa recentemente. Ele ainda nem tinha notado a presença dela ali, a seu lado. Sabe tão pouco quanto ela aonde teria ido o revoltado; como uma esponja, a unidade especial apagara o quadro, e agora não se vê mais o lançador de raios. Não faço ideia, ele diz. Ele tem uma cardiopatia grave, diz a deputada, estou preocupada. Richard então se lembra de que, lá atrás, na assembleia no asilo, Raschid usava uma fita no pulso onde se lia *Charité*. Admirara-se com aquilo, mas terminara por julgar possível que existisse uma organização humanitária que, assim como o grande hospital berlinense, se chamasse *Charité*, ou seja, "caridade". Ele está em tratamento aqui em Berlim?, pergunta. Sim, diz a mulher, deveria ter sido operado três meses atrás, mas fugiu da sala do pré-operatório para ir cuidar de sua gente. Desde então, espera uma nova data.

Nós poderíamos ligar para ele, Richard sugere.

A rede não está funcionando direito desde hoje cedo, informa a deputada. Eu já tentei.

Que rede?

A que todos os refugiados usam para telefonar.

Justo hoje? Mas isso é estranho, diz Richard.

Sim, é bem estranho, concorda a deputada.

E então surge de repente Yussuf, o lavador de pratos que é aluno avançado de alemão de Richard. Yussuf sai correndo do prédio; Richard não o vê há bastante tempo. Ele grita algo numa língua africana, depois em francês, depois em italiano, algumas palavras num alemão ruim — *malditos sejam, deixem-nos em paz!* — e esmurra todo aquele que tenta falar com ele, Richard inclusive, que vai tentar acalmá-lo. *Já basta!*, ele grita, girando feito Rumpelstichen para, em seguida, dirigir-se, agitado, aos policiais, que, no entanto, não se deixam perturbar, apenas erguem contra ele sua parede de escudos. Richard se lembra do orgulho de Yussuf ao aprender a palavra *Tellerwäscher*, lavador de pratos, e também de ele ter dito que gostaria de ser engenheiro. Agora, é apenas um desvairado a quem, se não se acalmar, vão meter numa camisa de força e levar embora dali.

Em algum momento, também Raschid reaparece no pátio. Já não está furioso nem grita; parece apenas esgotado. Sair dali, é claro que ele pode, dizem os guardas, de modo que ele se encaminha para onde estão Richard e a deputada.

It's really bad, diz, dia ruim hoje, muito ruim, mas estende a mão aos dois e, apesar de tudo, não se esquece de perguntar-lhes *how are you*.

Good, Richard responde devidamente.

Good, diz também a deputada.

Estão nos tratando como criminosos. Mas o que foi que fizemos?

Richard encolhe os ombros.

Raschid puxa seu celular do bolso da calça e digita alguns números.

O telefone segue sem funcionar.

É, nós também já notamos.

Vocês vão à manifestação, mais tarde? Vamos caminhar da Oranienplatz até a sede do governo.

Richard e a deputada assentem.

Então, Raschid vai até Yussuf, no pátio. Ele segue falando à parede de policiais encouraçados e, ao fazê-lo, espeta-lhes também o indicador, como se suas viseiras ocultassem alunos muito teimosos. Raschid lhe dá umas batidinhas amistosas nos ombros, *it's okay*, diz, *it's okay*. Yussuf torna a chutar a cerca de metal montada ali hoje cedo, afasta-se xingando ainda algumas vezes por sobre os ombros os encouraçados e torna a entrar no prédio.

Mas ele está na lista?, Richard pergunta ao lançador de raios, quando ele volta.

Não, mas se estressa com isso tudo. Rufu também já esteve na psiquiatria durante o Natal.

Deus do céu, Richard diz.

Pois é. Agora, já saiu, mas não está bem.

O que ele tem?

Não consegue mais comer. Não pode ou não quer mais abrir a boca.

Richard nota como o pânico o assalta por um breve momento. Não havia mais salvação possível ali?

Onde estão os doze da lista, afinal?, a deputada pergunta.

Alguns partiram ontem mesmo, os outros já vêm.

Vão deixar o lar voluntariamente?, Richard pergunta.

E vão lutar de novo? Essas são pessoas que fugiram da guerra.

Então, saem alguns homens, mochilas nas costas, uma sacola ou um par de sacos plásticos na mão. Passam pelos muitos caminhões da polícia em direção ao ponto de ônibus. Osarobo não está entre eles, Zair também não. Como despedida, Abdusalam, o cantor, estende a mão a Richard e à deputada e dá um abraço em Raschid, antes de se juntar aos outros. A lista foi atendida.

45.

Em princípio, manifestações de protesto são permitidas na Alemanha. Mas há três questões importantes:

1. Quem as solicita?
2. Qual o trajeto?
3. Qual a palavra de ordem?

O solicitante precisa possuir um documento de identidade alemão. Esse raras vezes será o caso entre refugiados de guerra vindos da Líbia. Um simpatizante alemão, um sujeito alto e careca em algum ponto lá atrás, fornece sua identidade para a solicitação. Para onde os senhores pretendem ir? Raschid responde: Para a sede do governo do estado. Passam-se dez minutos, um e outro vêm dizer a Raschid que aquilo não tem sentido, que não tem mais ninguém nos escritórios do governo numa sexta-feira à tarde. A deputada vem lhe dizer que, segundo ouviu, não há a menor possibilidade de entrarem no edifício, podem chegar no máximo até o espaço defronte. O chefe de operações vem e diz: Mas, se os senhores pretendem ir agora até o Portão de Brandemburgo, é necessário interditar outro trecho, completamente diferente. Raschid: Portão de Brandemburgo, como assim? Foi o que disse o solicitante, o careca lá atrás. Que careca? Eu nunca o vi na vida. Mais dez minutos se passam. Se não podemos ir até a sede do governo, Raschid diz, então vamos até a embaixada americana. Como é que é?, pergunta o chefe de operações. Sim, até a embaixada americana. Ah. Raschid vai lá para trás e discute com o careca. Outros dez minutos se passam. O careca vai até o chefe de operações e diz: Eu retiro minha solicitação. Se ninguém tem um documento de identidade e um endereço, o chefe de operações declara então, a manifestação não pode acontecer. Richard diz: Aqui está minha identidade. Chega outro policial, tão baixinho que parece um anão ao lado de Raschid, e pergunta: Qual a palavra de ordem da manifestação? Queremos partir agora mesmo, Raschid grita sobre as cabeças de todos. O anão que perguntou sobre a palavra de ordem, ele não vê nem ouve. Qual a palavra de ordem?, o anão torna a perguntar. Queremos partir! Essa é a palavra de ordem? Não, Richard diz. Raschid grita: Não queremos mais esperar! É essa a palavra de ordem?, o anão pergunta. Não, diz Richard. Anão: Sem uma palavra de ordem, não é possível solicitar a manifestação, e sem a solicitação não podemos dar início à interdição. Richard: Ainda nem sequer começaram a interditar? Anão: Não, sem a palavra de ordem, não é possível. Mais dez minutos se passam. Sem pensar muito, Richard então diz: A palavra de ordem é *O mundo entre amigos*. Somente depois de dizer essas palavras, Richard se dá conta de que aquele havia sido o lema do Festival Mundial da Juventude de 1973. Ou da Copa do Mundo de 2006? O chefe de operações vem até Richard e diz: O senhor é quem, agora, está solicitando a manifestação? Sim, Richard responde. O senhor não pode passar defronte da embaixada americana, isso está claro? Por que não?, Richard pergunta. Zona de interdição, diz o chefe de operações, absolutamente normal. E, ao anão, ele pergunta ainda:

278

E como fica a palavra de ordem? *O mundo entre amigos*, responde o anão. Ótimo, diz o chefe de operações, então leva ainda pelo menos trinta minutos até que o trecho seja interditado. Raschid pergunta: *What's he saying?* E Richard traduz: Partimos em cinco minutos. *Good*, diz Raschid, convocando os seus, vários dos quais agora discutem acaloradamente com a polícia. Enquanto isso, o chefe de operações foi até seu carro de chefe, do outro lado da rua, e fala agora pelo rádio. *We start!*, Raschid grita, *we start!* Não, não é assim, os senhores precisam esperar, grita o chefe de operações, que volta correndo. Richard, que traduziu errado para tranquilizar Raschid, vê que seu truque está produzindo o efeito contrário. O chefe de operações torna a gritar: Não é assim! — e, de novo, se afasta. Os policiais formam uma bela fileira cerrada que nenhum manifestante é capaz de atravessar; atrás deles, seguem passando os carros pela rua que, cem anos atrás, já foi uma ponte. Raschid grita para o chefe de operações: *God will punish you!* O chefe de operações, que claramente — e por sorte — não entende inglês, apenas resmunga para si mesmo: Mas acabo de dizer a eles que o trecho precisa, antes, ser liberado. Richard pensa consigo que, se um dos africanos não perder a paciência daqui a pouco, já será quase um milagre. *God will punish you!* Mas talvez a polícia nem deseje milagre algum. A deputada diz que Raschid tem de fato uma cardiopatia grave, estou preocupada, e Richard vai até Raschid e diz: Não fale em Deus, Raschid, ou ainda vão pensar que você é terrorista. Mas Raschid não lhe dá ouvidos e grita para os policiais lá do outro lado: *We are no criminals!* Logo, logo partimos, diz Richard, mas o lançador de raios está tão ocupado lançando raios que nem ouve: *Change the law!* Se isso continuar assim por muito tempo, ele vai ter um troço na nossa frente, diz a deputada. Richard vê um dos africanos erguer as mãos e dizer a um policial que deseja empurrá-lo um pouco para trás: *Don't touch me!* Vê também um dos policiais do grupo de negociação ouvindo amigavelmente e assentindo para um africano que o xinga, como aprendeu a fazer no treinamento para negociador. E vê ainda um dos jovens simpatizantes erguer um cartaz que ele próprio fez e que diz: *Viva os gays e as lésbicas do Quênia!* Nesse momento, já se passou uma hora e meia do horário planejado para o início da manifestação. A deputada, assim como Richard, vê agora como de repente um ou outro africano na frente de Raschid começa a empurrar e a agitar os punhos — Apolo, por exemplo, ou Tristão ou Ithemba, o grandão —, todos eles tendo se comportado pacificamente até o momento. Eles gritam: *We want to stay!* Ou: *We are no criminals!* Ou: *Give us a place!* Só depois de algum tempo Richard e a deputada compreendem que os amigos estão tentando substituir Raschid pelo menos por alguns minutos. Afinal, alguém precisa tomar a frente, agitar os punhos e gritar, a fim de que a manifestação não saia dos trilhos enquanto a polícia segue postergando seu início. Raschid poderá então descansar alguns minutos atrás da linha de frente. *Um amigo, um bom amigo é o que há de melhor neste mundo.* Duas horas e meia depois do horário anunciado, o cortejo enfim se põe em movimento. Richard, o professor emérito de línguas clássicas que pela primeira vez na vida solicitou autorização para uma manifestação e forneceu-lhe uma palavra de ordem, fica muito contente ao ver que os homens marcham pacificamente, e que a polícia, que os manteve em xeque por tanto tempo, de repente cerra fileiras e precede os manifestantes, assegurando-lhes o trajeto. Um transeunte que vê passar o cortejo há de pensar que a polícia e os refugiados sempre estiveram plenamente de acordo. Richard acompanha os manifestantes ao longo dos duzentos metros até a Moritzplatz e, dali, embarca no metrô e segue para casa.

46.

De noite, ouve no noticiário que os refugiados do grupo da Oranienplatz abrigados em Friedrichshain teriam ocupado, desde as oito horas da noite anterior, o último andar de seu edifício em protesto contra a expulsão deles de Berlim; alguns teriam subido até o telhado e estariam ameaçando se jogar dali. Todos os demais andares do edifício teriam sido esvaziados e isolados.

Quando, na manhã seguinte, Richard chega ao lar em Spandau, encontra apenas Raschid em seu quarto. Deitado na cama, ele faz sinal para que Richard entre: *How are you?* Sim, os outros estavam em Friedrichshain para dar apoio aos amigos, mas ele não tinha mais como. Raschid ergue um saco plástico transparente cheio de caixas de remédios.

Você conhece os que estão no telhado?, Richard pergunta.

Claro, Raschid responde, estávamos todos juntos na Oranienplatz. Eles não têm nada a perder.

E no que vai dar isso tudo?

I don't know. Nos últimos dois meses, tentei três vezes falar pessoalmente com o secretário do Interior. De homem para homem. *Three times.*

E?

Estava em reunião ou não estava lá. Chegamos mesmo a solicitar por escrito uma reunião, mas ele nunca respondeu.

Dar um chá de cadeira num lançador de raios é, com certeza, o apogeu da diplomacia, Richard pensa. Um pai assassinado e dois filhos afogados não são páreo para um diploma em economia e outro em ciências sociais; um grupo de refugiados não é um povo, e um líder que se empenha pelos seus não é nenhum chefe de Estado. O que há de prático numa lei é que ela não foi feita pessoalmente por ninguém e, portanto, ninguém é pessoalmente responsável por ela. Um político que hoje em dia queira modificar alguma coisa numa lei pode, naturalmente, tentar fazê-lo; mas outro, que não queira mudar nada, se sai igualmente bem — e é bem possível que com mais elegância.

Ontem, talvez devêssemos ter feito uma manifestação de protesto aqui também, em Spandau, Richard diz.

Nós pensamos nisso, diz Raschid. Mas aqui tem as crianças.

Compreendo, diz Richard. E não diz mais nada por um longo tempo.

No silêncio que se instala, os olhos de Raschid se fecham, ele adormece.

Richard ainda permanece ali por algum tempo, ao lado dele, da mesma forma como, anos antes, ficava sentado ao lado da mãe, que ainda respirava.

Em algum momento, ele se levanta, sai e fecha a porta em silêncio.

Está a caminho de casa quando Anne liga para ele e diz: Você já está sabendo dos homens no telhado, protestando? Já, Richard responde. Um dos refugiados, ela prossegue, fez xixi lá de cima, está todo mundo muito revoltado com isso, você viu? Não, diz Richard.

* * *

É bonito quando, no inverno, começa a cheirar a neve. Neve fresca, que se amontoa sobre as folhas mofadas. Abrir o portão do jardim e respirar fundo — assim ele faz há vinte anos quando chega em casa. Há vinte anos já era inverno nesse jardim, ele já cheirava assim, Richard abria dessa mesma forma o portão do jardim, entrava e tornava a fechá-lo.

Ele sabe que é das poucas pessoas neste mundo que podem escolher a realidade da qual participar.

No dia seguinte, assim ele lê no jornal, cortam a energia elétrica e a água dos ocupantes do telhado. Richard vê uma foto que mostra um homem ali de braços abertos; parece um espantalho. O gelo e a neve tornaram o telhado escorregadio e a situação, precária, diz a legenda. Richard se pergunta se a velocidade com que se permite que as pessoas pereçam tem algo a ver com a reputação de um país. Por que o salto de um refugiado de um telhado seria tão pior para o prestígio de um país do que deixar que ele se acabe lentamente numa vida miserável? É provável que porque, num momento assim, com certeza vai haver um fotógrafo ali para pressionar o disparador de sua câmera. Ou será que o escândalo consiste no fato de esses homens quererem eles mesmos decidir sobre a própria morte, em vez de permitir que sua vida, tornada impossível, continue sendo gerida por um país que não os quer? A questão do poder sobre a própria vida segue sendo primordialmente uma questão de poder? E não uma questão que diz respeito à vida? *As pedradas e flechas da fortuna atroz/ Ou tomar armas contra as vagas de aflições/ E, ao afrontá-las, dar-lhes fim.*

* * *

Um dos maiores jornais alemães publica na internet um artigo espirituoso sobre os refugiados no telhado: em Berlim, diz, sempre acontece alguma coisa. Richard lê: Onde termina o protesto e começa a chantagem? Por um breve momento, entende mal a pergunta e crê que *chantagem* refere-se aí à tática da polícia de obrigar os ocupantes do telhado a deixar o prédio mediante o corte da energia e da água. Logo, porém, torna-se claro para ele que aqueles que põem a própria vida em risco é que estão sendo chamados de chantagistas. Os leitores do jornal elogiam o artigo e, nos comentários, reclamam que só os refugiados têm o privilégio de, de pé num telhado, ameaçar suicidar-se. E, naturalmente, o de fazer xixi lá de cima.

Mal chegou à Alemanha, e a PRIMEIRÍSSIMA COISA que faz é xixi de um telhado!

PRIMEIRÍSSIMA?, Richard pensa. Bom, isso depois de três anos de fuga e espera.

Alguma vez, os senhores já viram os cavalheiros desse "teatro dos refugiados", ou seus apoiadores, trabalharem regularmente em alguma parte ou fazer algo de valor? Eu, pelo menos, nunca vi.

Proibi-los de trabalhar e, ao mesmo tempo, acusá-los de ociosidade é, assim pensa Richard, um exercício ousado já do ponto de vista lógico.

O artigo desse jornal importante — o *órgão central*, por assim dizer, da nova Alemanha — descreve também a vida e as ações dos simpatizantes, que ergueram um acampamento de solidariedade diante do edifício: eles cantam, dançam, pedem pelos refugiados. Os homens naquele telhado invernal seriam, a rigor, apenas vítimas desses simpatizantes, instrumentalizados em prol dos objetivos políticos destes últimos; faltam-lhes apenas inteligência e visão para reconhecê-lo. Richard se lembra do jovem com o cartaz que tinha visto na manifestação: *Viva os gays e as lésbicas do Quênia!* De fato, tanto Richard como os demais leitores desse importante jornal alemão — sentados à mesa do café da manhã numa casa quentinha, tendo diante de si torradas, chá, suco de laranja, mel e queijo — veem um futuro verdadeiramente sombrio recobrindo a Alemanha, Richard vê de fato esse futuro sombrio, caso esse simpatizante, com o auxílio dos refugiados fazendo xixi de cima do telhado numa mistura de arrogância juvenil e cegueira política, venha a conquistar a chancelaria com um golpe de Estado!

47·

Vem a calhar que uma mensagem de Karon interrompa aquela sua leitura desagradável.

Hi, escreve o magro, *how are you?*

Richard responde: *Fine, how are you?*

Revela-se então que o magro foi convocado pelas autoridades distritais.

Richard pergunta: Você tem alguém para te acompanhar?

Karon responde: *I have no body.*

E escreve assim mesmo: *no body*, "não tenho corpo", em vez de *nobody*, "ninguém". De novo, Richard pensa involuntariamente nos *mortos em férias*. Muitas vezes já pensou que todos aqueles homens que conheceu ali poderiam perfeitamente estar no fundo do Mediterrâneo. E, ao contrário, que todos os alemães mortos no chamado *Terceiro Reich* seguem habitando a Alemanha na qualidade de espíritos; todos os que faltam, bem como seus filhos não nascidos e os filhos de seus filhos, Richard pensa às vezes, caminham a seu lado na rua, indo para o trabalho ou à casa de amigos, sentados invisíveis nos cafés, passeiam, vão às compras, visitam parques e teatros. Eu vou, tu vais, ele vai. A linha divisória entre espíritos e homens sempre lhe pareceu muito tênue, ele não sabe por quê; talvez porque, no passado, ele próprio, ainda bebê, poderia facilmente ter se perdido nas perturbações da guerra e resvalado para o reino dos mortos.

Um pouco mais tarde, enquanto aguarda a chamada para a sala 3086 sentado sozinho com Karon num longo corredor da autoridade distrital, Richard pergunta: E como a gente faz para comprar uma propriedade em Gana?

Karon espera até não mais ouvir os passos da funcionária que, de salto alto, carregando uma pilha de pastas debaixo do braço, acaba de sair de uma das muitas portas e caminha pelo corredor.

Na aldeia, diz, todo mundo sabe a quem pertence uma propriedade e mesmo, talvez, a quem pertencia antes, porque lá todo mundo conhece todo mundo desde o nascimento. O *king* precisa aprovar a venda.

O *king*?

Sim, Karon confirma. Depois, é preciso que três testemunhas estejam presentes na assinatura do contrato. Quando seus filhos crescem, essas testemunhas contam a eles a quem a propriedade pertence. Mais tarde, então, quando morrerem os pais, os filhos saberão de quem é a propriedade.

Ou seja, a condição de testemunha é, digamos, herdada?

Isso, diz Karon.

E como é que se sabe o tamanho exato da propriedade?

Basta dizer: daquela árvore ali até aquela pedra ou aquela casa ou até o rio. Isso as testemunhas podem guardar de cabeça.

Pergunte, então, se há uma propriedade na sua aldeia com o tamanho apropriado para sua família, Richard pede.

Em seguida, abre-se a porta da sala 3086 e um funcionário chama: Anubo, Karon?

Dois dias depois, Richard recebe de seu amigo Karon a foto de uma propriedade: muito verde, terra barrenta aqui e ali, umas poucas árvores ao fundo. Em primeiro plano, uma placa com algo escrito em carvão: *Plot for sale*. O preço: doze mil cedis ganeses, e dois números de telefone logo abaixo. O velho contrato de compra e venda, do qual Karon envia também uma foto, não ocupa nem três quartos de uma página — mais ou menos como o acordo do governo de Berlim com o grupo da Oranienplatz. *Sharing common boundaries with the properties of Kwame Boateng, Alhassan Kingsley and Sarwo Mkambo*. Essa propriedade existe mesmo? Onde fica essa aldeia, afinal? E quanto vale um cedi?

Três dos quatro signatários do contrato de compra e venda anterior mergulharam os dedos em tinta roxa e assinaram com sua impressão digital.

Richard ainda se lembra bem de como ele e sua mulher, alguns anos após a queda do Muro, decidiram enfim comprar seu imóvel, que, durante todo o tempo da RDA, lhes havia sido arrendado. Um ou outro de seus vizinhos já estava envolvido num processo judicial com o chamado *proprietário original*, ou seja, aquele a cuja família a propriedade em questão pertencera até sua fuga da *zona* de ocupação russa. Como logo ficou claro a todos os cidadãos da RDA, a legislação da Alemanha unificada retornou ao ponto em que, por último, o leste havia tido uma organização capitalista, isto é, a 1945. Do ponto de vista do direito de propriedade, era compreensível que assim fosse. Afinal, os anos entre 1945 e 1990 tinham sido, naquela parte da Alemanha, apenas uma tentativa malsucedida de criar outras relações de propriedade. Agora, retomavam-se os registros de imóveis de 1945 e simplesmente se dava sequência a eles a partir dali; quando inevitável, abria-se um processo para tratar do período intermediário, que infelizmente não podia ser reconhecido. No jargão da informática, havia uma palavra para esse procedimento: *undo* — um termo que fascinava Richard desde seu primeiro curso sobre tecnologia da informação. *Undo* — como se fosse possível fazer retornar o tempo passado, desfazer experiências, como se fosse possível decidir o que deveria e o que não deveria ser esquecido, programar o que teria e o que não teria consequências. Até o chamado ano da *Wende*, 1989, Richard e sua mulher nunca tinham ouvido falar em *registro de imóveis*. Por sorte, o proprietário anterior de seu imóvel atual não havia fugido para o Ocidente nem antes nem depois da construção do Muro, ficara no leste e se alegrava agora de a venda da propriedade a seu arrendatário de tantos anos ter dado certo, ajudando, assim, a financiar o ocaso de sua vida naquele país desconhecido que, nesse meio-tempo, tornara-se o seu próprio. Richard e sua mulher haviam precisado de um empréstimo, para o qual tiveram de apresentar comprovantes de renda; para a transferência do dinheiro, fora necessária a abertura de uma conta fiduciária, e para avaliar se o contrato estava em ordem, consultaram um tabelião. Tudo isso levara várias semanas, e mesmo depois da *transferência de posse*, como se chamava, surgiram ainda muitas contas a acertar, contas relacionadas à venda e que, antes de mais nada, precisavam ser pagas para que o contrato tivesse validade legal.

Agora, portanto, Richard preparava-se para, pela segunda vez na vida, adquirir uma propriedade, e dessa vez em Gana. Dez mil metros quadrados por três mil euros, uma propriedade localizada numa aldeia da região de Ashanti, fértil e chuvosa —

para os padrões da periferia berlinense, um verdadeiro presente. Quanto tempo levaria até que uma propriedade tão distante passasse de fato às mãos do novo proprietário? Assim como, anos antes, Richard esperara que o banco aprovasse o crédito na soma solicitada, agora esperava que um *king* ganês desse sua aprovação para a venda. Ele o imagina como um chefe tribal de lança na mão e tornozeleiras feitas de chocalho, mas sabe muito bem: se é de fato poderoso, com certeza veste camisa do Barcelona.

O *king* diz sim. Por isso, num cinzento dia berlinense de meados de janeiro, Richard pega o trem para o centro da cidade com três mil euros em cédulas de cem no bolso de dentro do casaco de inverno — o pagamento deve ser em espécie, Karon havia dito. Ao lado deste, ele caminha pela neve derretida de um trecho da rua, o sinal está vermelho para os pedestres, torna-se verde, carros buzinam, segue nevando, uma lotérica, uma loja de celulares baratos, uma pequena casa de *döner kebab*; depois, contornando mais duas esquinas, Karon bate na porta de uma loja cujas persianas estão abaixadas, a porta se abre e, ao abrir-se, toca um sino que com certeza é do tempo em que ali funcionava um açougue ou uma padaria. Em seguida, os dois entram, mas o que ali é dentro ou fora? A sala está enevoada ou enfumaçada, de modo que só aos poucos Richard consegue ver alguma coisa. Por toda a volta, tranças amarradas a estacas, frutas estranhas empilham-se sobre tigelas de madeira, algumas com espinhos, algumas de casca transparente, outras que se parecem com ovos e outras, ainda, que parecem carne. As frutas parecem arranjadas como se em torno de um altar, mas, no meio da sala, uma africana de cabelos desgrenhados está sentada num banquinho de três pernas tendo à sua frente, no chão de linóleo, uma fenda da qual sobem vapores. Abriram um abrigo contra bombas lá embaixo? Homens e mulheres jovens apoiam-se silentes nas paredes revestidas de tecidos coloridos e abanam com palmas grandes e secas a mulher sentada; ou será que apenas afastam o vapor que sobe da fenda, a fim de que se possa ver alguma coisa? Karon se dirige a um dos homens, enquanto a mulher de cabelos desgrenhados mantém os olhos sempre semicerrados e balança-se para a frente e para trás; depois, Karon traduz para Richard o que o homem acaba de lhe explicar: Richard deve entregar o dinheiro a ela.

Richard pergunta: E como faço isso?

Just like this, Karon responde, ponha o dinheiro no colo dela.

Richard retira o envelope com as cédulas do bolso interno do casaco e o deposita no colo da mulher; de olhos sempre semicerrados, ela o apanha e, do jeito que o recebeu, sem contar o dinheiro, estica o braço e deixa o envelope cair pela fenda.

O dinheiro!, Richard exclama, fazendo ainda menção de apanhar o envelope, mas Karon o detém, dizendo:

No problem.

Vão me dar pelo menos um recibo?

E então a mulher começa a rir, de modo que se podem ver seus muitos dentes pontudos e revestidos de ouro. Também ao rir, porém, ela mantém os olhos semicerrados e não olha para Richard.

Um dos jovens rapazes retira então um chiclete do bolso da calça, desembrulha-o do papel que o envolve e enfia o chiclete na boca; no verso do papel amassado, escreve um número longo e outro curto e estende o papel a Karon.

Que números são esses?, Richard pergunta.

Isso é tudo, Karon diz, podemos ir.

Ali, portanto, Karon sabe bem onde está, por um momento deixa de ser o refugiado para ser um homem como os outros. Em seguida, torna a soar o sino que já soava no pós-guerra ber-

linense, quando uma dona de casa alemã deixava o estabelecimento depois das compras; ele soa agora também, depois de Richard ter comprado uma propriedade em Gana.

E agora?, Richard pergunta.
Agora vou ligar para minha mãe para dizer os números a ela.
E depois?
Depois, ela vai ligar para o primeiro número, em Tepa, pa-
ra avisar que vai buscar o dinheiro.
E depois?
Aí, ela vai fazer uma viagem de uma hora até Mim e, de lá,
mais uma hora de lotação até Tepa. Pode ser que ela precise es-
perar até juntar um número suficiente de passageiros. No todo,
ela talvez precise de umas três horas. Depois, vai usar o segundo
número para receber o dinheiro.
E depois?
Depois, vai pegar o lotação de volta, de Tepa para Mim. E,
de lá, vai voltar para sua aldeia.
Vai atravessar Gana com três mil euros na bolsa?
Sim, não existem bancos por perto.
Ah. E depois?
Depois vai reunir suas três testemunhas e avisar o homem
que está vendendo a propriedade. Em seguida, vai até a casa de-
le para lhe entregar o dinheiro.
E depois?
Depois, assinam o contrato, e a propriedade será nossa.

Richard e Karon passam então três horas sentados num café, esperando até que uma velha senhora numa aldeia de Gana
encontre alguém para levá-la a Mim, que, em Mim, ela arrume

um lugar num lotação até Tepa e que, em Tepa, encontre o estabelecimento no qual, depois de dizer um número de cinco dígitos, vão lhe pagar doze mil cedis ganeses. Portanto, pelo buraco no linóleo, a mulher de cabelos desgrenhados provavelmente não jogou o dinheiro num porão a salvo de bombas, e sim, pelo caminho mais curto, atravessou-o pela crosta redonda da Terra diretamente até Gana. Richard se lembra do artigo que leu sobre a hipótese do chamado *buraco de minhoca*, que postula que uma minhoca que atravessa uma maçã comendo-a por dentro alcançará determinado ponto da superfície da fruta em bem menos tempo do que uma minhoca que a circunde por fora.

O que você vai querer?

Não sei, responde Karon, nunca estive num café.

Nunca esteve antes num café?

Não, Karon responde. Uma vez, na Itália, eu me sentei num restaurante, porque precisava esperar. Trouxeram-me um cardápio, que eu ainda não conseguia ler naquela época. Aí, me levantei e fui-me embora.

O estabelecimento em Tepa estava fechado, mas tem outro, onde, de início, não havia ninguém; depois, sim, e quando tudo deu certo, Karon aproximou seu celular de Richard, que disse: *Hello.* Uma senhora de idade em Gana respondeu: *How are you!*

É a única frase que minha mãe sabe em inglês, Karon diz. Ela está muito feliz e queria agradecer-lhe pessoalmente.

Na mesma noite, Richard recebe uma foto do novo contrato de compra e venda. Nele está escrito que Karon seria agora o proprietário de um terreno em Gana. A transferência de posse, a mãe a assinou em nome do primogênito com o polegar. Do momento em que, pela manhã, Richard enfiou o dinheiro no bolso interno do casaco e embarcou no trem até o momento em que seu amigo Karon tornou-se proprietário de um pedaço de terra capaz de garantir a sobrevivência de sua família não se passaram mais do que catorze horas.

Na manhã seguinte, Karon envia-lhe um SMS: *Hi richard. i just want to see how are you doing, richard. I don't no how to thanks you. only God no my heart but anyway wat I can say is may God protect you. always Good morning. karon*

Sempre bom dia, Richard pensa. Mais do que isso não se pode desejar.

48.

Agora, então, Richard finalmente se põe a caminho da cidade para ver o que está acontecendo em Friedrichshain. Há uma semana, os refugiados ocupam o último andar e o telhado do edifício. Até agora, nenhuma organização humanitária recebeu permissão para entrar e levar comida e bebida aos homens. Há muitos simpatizantes ali, pessoas de pele branca e de pele preta, jovens e velhas, mulheres e homens. Até onde Richard consegue ver, não há, no momento, ninguém cantando, dançando ou orando. Vários pulam de um pé para o outro, mas não por diversão, e sim porque sentem muito frio. Tristão, Yaya, Moussa e Apolo, assim como Khalil, Mohamed, Zair e Ithemba, o grandão, estão postados bem perto da área isolada em torno do fogo que sai de um barril, aquecendo as mãos. No telhado, não se vê ninguém. Os policiais estão diante das grades que isolam a rua; transeuntes passam pela estreita faixa de calçada que resta, murmurando imprecações, não se sabe ao certo se dirigidas aos refugiados, responsáveis por aquele aborrecimento, ou se à presença superdimensionada da polícia. Sim, Zair diz, a rede telefônica voltou a funcionar, mas, desde ontem, os celulares dos ocupantes estão sem bateria, porque não há energia elétrica para carregá-las. Então vocês estão sem contato nenhum com os homens? Sim. E logo não terão mais o que beber, porque cortaram a água, diz Tristão. Na verdade, é quase como num dos barcos que trouxe os homens da Líbia, Richard pensa. Só que não se podem baixar garrafas de plástico para coletar e beber ao menos água do mar. Richard permanece ainda algum tempo junto do barril. Mas então vê Rufu.

Rufu, a lua de Wismar, está sentado num banco do qual nem sequer removeram a neve molhada. Ele próprio está cheio de neve, os flocos repousam em seus cabelos e no casaco. Por isso, e também por estar sentado tão quieto, parece-se quase com um monumento.

Rufu, como vai? *Come stai, Rufu?*

Ele tenta erguer a cabeça para olhar para Richard, mas não consegue.

Richard acocora-se diante dele, espana a neve aqui e ali, mas Rufu olha fixo para a frente e apenas murmura baixinho algumas palavras que Richard não entende.

O que foi? O que você está querendo dizer?

Tutto è finito, Rufu diz. *Tutto è finito.*

Mas não, Rufu, não, Richard diz, não acabou, não. Daqui a pouco, tudo vai melhorar, você vai ver.

Ele responde alguma coisa, mas numa língua estrangeira que Richard não entende.

Não quer vir comigo, Rufu?

Ele olha fixo para a frente. Silêncio.

Para ler Dante, o segundo volume?

Ele olha fixo para a frente. Silêncio.

Faço uma comida para você, vamos comer juntos!

Sì, Rufu finalmente responde.

Então, está vendo? Tudo vai melhorar.

Richard tenta ajudá-lo a se levantar. Como um ancião, Rufu põe cuidadosamente um pé diante do outro para sair dali, apoiando-se em Richard, que enganchou seu braço no dele.

A estação do metrô é logo ali adiante!

Rufu se esforça para olhar para a frente, mas quando compreende que não vai embarcar no carro de Richard, e sim no metrô, balança a cabeça e para.

É demais para você? Prefere ficar aqui?

Sì.

Richard o leva de volta para o banco, o ancião de vinte e quatro anos.

Rufu, você está tomando remédio?

Muito lentamente, ele enfia a mão no bolso da calça e retira dali um pedacinho de papel que envolve um comprimido amarelo.

Que remédio é este?

Non lo so.

Como, não sabe?

Ele olha fixo para a frente. Silêncio.

Rufu, não tome mais este remédio, está ouvindo?

Sì.

Amanhã cedo, vou até o lar e você me mostra a embalagem, entendeu?

Rufu assente.

Seus amigos estão cuidando de você?

Sì.

Richard vai de novo até os demais para perguntar sobre Rufu.

Não queríamos deixar ele sozinho lá no lar. Está muito mal.

Vão levar ele de volta?

Chiaro.

* * *

Rufu obedece à instrução do dr. Richard e para de tomar o comprimido amarelo que levava no bolso. Na manhã seguinte, já parece um pouco mais desperto, é capaz de mover melhor a cabeça, olhar para Richard e dizer *buongiorno*. Richard copia da embalagem o nome do remédio; a bula já não está ali.

Em casa, lê na internet sobre os efeitos colaterais: *Perturbações da voz, obstrução das vias respiratórias, problemas na fala, dificuldade de engolir, tosse com catarro, inflamação pulmonar provocada pela inalação de alimentos pelas vias respiratórias.* Por que vem à mente de Richard nesse exato momento a cantata de Bach? Talvez porque, enlouquecido, Yussuf, o futuro engenheiro, tenha gritado *Já basta!* no lar para solicitantes de asilo de Spandau. "Ah, se o Senhor me libertasse dos grilhões de meu corpo/ Ah, fosse este meu adeus/ Com alegria eu te diria, mundo:/ É quanto me basta." *Infecção viral, infecção nos ouvidos, nos olhos, no estômago, no seio paranasal, na bexiga, infecções subcutâneas, aumento da frequência cardíaca.* "Adormecei, olhos cansados/ fechai-vos suaves e venturosos!/ Mundo, aqui não fico/ Já nenhuma parte de ti pode-me à alma servir." *Queda de pressão ao levantar-se, pressão baixa, tonturas ao modificar a posição do corpo, aceleração ou desaceleração do batimento cardíaco, confusão, falta de energia, fraqueza muscular, dores musculares, dor de ouvido, dor na cervical, postura anômala.* "Aqui me toca construir a infelicidade/ Mas lá, lá verei/ A doce paz, a quietude silente." *Dor no peito, inflamação da pele, perturbação motora, redução do apetite, perturbação do equilíbrio, perturbações da fala, calafrios, coordenação anômala, hipersensibilidade dolorosa à luz.* "Deus meu, quando chegará o belo: Agora!/ Para que eu parta em paz/ e repouse em teu colo/ Na areia fria da terra?/ A despedida se fez/ Mundo, boa noite!" *Entorpecimento de rosto, braços ou pernas, fala imprecisa*, AVC, *movimentos involuntários do rosto, dos braços ou das pernas, zumbido no ouvido, desmaios, perda da consciência.* "Alegro-me à espera da morte/ Ah, se ela já tivesse vindo/ Aí, eu escaparia de todo o tormento/ Que ainda me prende ao mundo."

O que disse Rufu coberto de neve?

Tutto è finito.

Richard na verdade resiste, mas acaba ligando para Jörg, o marido bigodudo de Monika, porque ele é psiquiatra.

Esse medicamento, nós só o receitamos para pessoas de idade que sejam maníacas ou hiperativas, que ataquem os outros no asilo ou não os deixem em paz durante a noite.

Mas ele sempre foi muito tranquilo, Richard diz.

Talvez tenha acessos.

Seja como for, esse remédio é puro veneno.

Mas ele ainda o está tomando, certo?

Bem...

Como assim? Você suspendeu? De um dia para outro? Essa não é uma boa ideia.

Richard começa a falar, explica uma coisa e outra.

Ah, bom, Jörg diz de repente, é um negro, compreendo.

Sim, e daí?

Bom, é tudo muito simples: esses sujeitos ainda acreditam em curandeiros! Você dança um pouquinho em torno deles, e pronto: estão curados!

E Jörg começa a gargalhar alto.

Quantas vezes Richard já não viajou de férias com Jörg e Monika? Nos tempos da RDA, iam sempre para a Hungria, e depois também à França e à Espanha. Quantas vezes não bebeu vinho com eles, não xingou esse ou aquele governo, não saíram para caminhar, foram juntos visitar museus? Um médico pode procurar servir a humanidade em geral, mas naturalmente está livre também para devotar-se apenas ao serviço de determinada parte dela. Em Viena, há cerca de duzentos anos, um certo dr. Thaler, por exemplo, com a suprema permissão do imperador Francisco José, arrancou a pele do nigeriano Soliman, após a morte deste; arrancou a pele desse homem, um negro chamado Soliman, que tinha salvado a vida do príncipe de Lobkowitz numa batalha; arrancou, pois, a pele do preceptor do príncipe de Liechtenstein, um preto chamado Soliman; arrancou a pele do maçom da loja Zur Wahren Eintracht, um mouro chamado Soliman; ou seja, arrancou a pele do irmão, por assim dizer, dos maçons Mozart e Schikaneder, o africano de nome Soliman que afiançou a admissão na loja do cientista Ignaz von Born, o qual se empenhava para ser admitido ali; arrancou, portanto, a pele de um vienense casado que falava fluentemente seis línguas e cuja filha, mais tarde, se casou com o barão de Feuchtersleben, e cujo neto, Eduard, ganhou destaque como poeta no início do século XIX; isto é, arrancou a pele de um homem de respeito da sociedade vienense que, no entanto, e muito tempo antes, fora uma criança africana e tinha por nome Soliman; arrancou, assim, a pele de um homem que, no começo de sua vida, tinha sido trocado por um cavalo no mercado de escravos e que, mais tarde, foi vendido em Messina, um homem chamado Soliman ou, em resumo, de um ex-escravo de raça inferior chamado Soliman. Depois, curtiu a pele esticada sobre um corpo feito de madeira e, contrariamente ao pedido da filha desse homem, que solicitou que *a pele de seu pai lhe seja entregue, a fim de que ele possa ser devidamente sepultado*, contrariamente, pois, a esse pedido da filha, mandou pôr o pai, empalhado, numa vitrine do quarto andar do Gabinete Imperial de Ciências Naturais, para edificação do público vienense. O vestidinho de penas com que adornaram o mouro, é certo, provinha de índios sul-americanos, o que não era cientificamente correto mas acentuava ainda mais o aspecto exótico da peça.

Por um momento, Richard imagina uma vitrine no Museu Egípcio do Cairo com, por exemplo, o arqueólogo Heinrich Schliemann empalhado, vestindo um manto espanhol de toureiro ou um traje mongol feito de carneira e seda. Que bárbaros, poderiam dizer dos egípcios nesse caso, com toda a razão. Em Viena, o *nobre selvagem* foi em algum momento retirado de sua vitrine, mas não enterrado, e sim levado para o depósito e deixado ali, enchendo-se de poeira e quase esquecido, até que, durante o levante burguês de 1848, um incêndio por fim se apiedou de seus restos mortais.

Se existem pássaros negros, por que não pessoas negras? Essa frase da ópera A *flauta mágica* sempre explicitara com toda a clareza para Richard o que havia a dizer sobre a diferença na cor da pele. Não o surpreendeu de modo algum que uma conversa sobre um paciente do Níger lhe revelasse quem, na Alemanha de hoje, ele poderia caracterizar como amigo e quem não.

Rufu não tem a carteirinha do seguro de saúde italiano, porque seu *permesso* venceu e ele já estava muito doente fazia algum tempo para viajar até lá e renová-lo.

Tampouco tem a carteirinha do seguro alemão, porque, na Alemanha, não lhe é permitido solicitar asilo. O Serviço Social poderia aprovar uma solicitação de tratamento para dor aguda, mas, para tanto, é necessário, antes de mais nada, que o paciente faça essa solicitação e comprove que sente dores. Richard não pergunta a Rufu se ele foi ao Serviço Social, se fez a solicitação e se levou consigo comprovação de que não está bem de saúde.

Eu pago a consulta, diz.

Tudo bem, diz o jovem médico assistente no consultório de psiquiatria na esquina do antigo instituto de Richard.

Obrigado, Richard diz.

O senhor sente dores?, o psiquiatra então pergunta a Rufu.

Richard traduz.

Rufu assente.

E onde dói, exatamente?

Rufu aponta para a cabeça, as têmporas, os ouvidos, o queixo.

O senhor consegue abrir bem a boca?

No.

Por que não?

Rufu mostra o interior da boca, por entre as fileiras de dentes.

Posso?, o médico pergunta, e enfia um espelhinho lá dentro. Pela abertura, ilumina a cavidade escura e então diz: O senhor tem um buraco enorme num dente do lado direito.

Um buraco num dente?

Sim, um buraco num dente.

Rufu passou o Natal encerrado na enfermaria psiquiátrica de um hospital de Berlim e, depois de ter tido alta, deram-lhe um remédio que, na avaliação de Richard, quase o matou. Agora, descobre-se que a razão para isso tudo talvez nada mais fosse que um buraco num dente.

Como tantas vezes, a consulta mostra que tudo depende de fazer as perguntas certas.

Rufu com certeza jamais estivera num dentista, talvez nem saiba que a humanidade já inventou dentistas, mas, no consultório dentário que Richard frequenta, senta-se obedientemente na cadeira, e o dentista só precisa de uns poucos minutos para obturar o dente.

Todo mundo que já veio me procurar com um buraco desse tamanho num dente, diz o dentista, pensou que ia perder o juízo de tanta dor. A dor é tão terrível que o paciente já não consegue dizer de onde ela vem, o que com frequência dificulta a anamnese.

Quanto eu lhe devo?, Richard pergunta.

Tudo bem, não se preocupe, responde o dentista.

49.

Para onde foi Osarobo?

Eu vou, tu vais, ele vai.

Faz mais de uma semana que Richard está tentando ligar para ele. *No momento, este número está indisponível.* Além disso, nenhum dos rapazes sabe lhe dizer onde ele está, e isso desde sexta-feira passada. Por isso, Richard liga de imediato ao receber uma mensagem: *Hi.*

Onde você se enfiou?

Na casa de um *friend*.

Que *friend*?

Um homem da Costa do Marfim.

De onde você o conhece?

Ele falou comigo lá na Oranienplatz.

Ah.

He's got papers.

Okay.

Do you have work for me?

Não, Richard responde. No inverno, não pode nem chamá-
-lo para rastelar o jardim.

I need work, work, Osarobo diz.

Eu sei, Richard diz, mas, no momento, está difícil.

Okay.

Osarobo aprendeu o caminho desde o prédio vermelho de
tijolos até a casa de Richard, mas então veio a mudança para
Spandau. Depois, aprendeu o caminho de trem de Spandau até
a casa de Richard, e agora está hospedado na casa de um amigo
da Costa do Marfim no bairro berlinense de Reinickendorf. Tinham começado fazia alguns meses com a escala de dó maior.
Quando estavam praticando as notas do baixo de um blues simples, veio a mudança para Spandau. Voltaram, então, à escala de
dó maior e ao baixo para o blues simples, mas aí, no começo de janeiro, saiu a primeira lista dos expulsos, que incluía o nome de
Osarobo. Agora, se é que vão retomar o piano, começarão outra
vez pela escala de dó maior e pelas notas do baixo de um blues
simples.

O tempo faz alguma coisa com as pessoas, porque elas não
são máquinas que possam ser ligadas e desligadas. O tempo durante o qual uma pessoa não sabe como sua vida poderá se tornar uma vida preenche uma pessoa assim, condenada à inativi-
dade, da cabeça aos pés.

Hoje de manhã, logo cedo, Richard recebeu um convite para participar de um colóquio em Frankfurt am Main. Perguntam
se ele faria uma palestra com o tema "A razão como matéria ardente na obra do estoico Sêneca". Pelo fato de o colóquio ter lugar em duas semanas, ele percebe que só foi convidado porque
outro palestrante há de ter cancelado subitamente sua participa-
ção. Quando ainda no instituto, Richard escreveu dois livros sobre Sêneca; com certeza, pois, preparar a palestra não lhe seria

difícil. Apesar disso, ele de início pôs a carta de lado e foi até o embarcadouro contemplar o lago.

Nesse meio-tempo, o lago congelou por completo. Como ainda não voltou a nevar desde a última geada, o gelo se mostra claro como vidro preto. Richard vê, congelados, uns poucos juncos, folhas e algas e, debaixo da camada de gelo, lá no fundo, onde a água ainda flui, até mesmo um peixe grande nadando lentamente. Em outros anos, com Detlef e Sylvia, ele muitas vezes atravessou a pé o lago congelado, mas este ano nenhum deles sugeriu que o fizessem. O afogado talvez tentasse chamá-los lá de baixo, e eles o veriam sob os próprios pés, a boca aberta, tateando o gelo com as mãos a fim de encontrar uma abertura; muito antes, porém, que pudessem ir buscar um machado para finalmente quebrar o gelo, ele por certo já teria tornado a afundar.

Você não quer vir tocar piano de novo?, Richard agora pergunta a Osarobo.
Okay, ele diz.
Amanhã, talvez?
No problem.
Depois de desligar o telefone, Richard envia seu sim a Frankfurt am Main e, por um momento, põe-se a imaginar os ex-colegas sentados num grande auditório dali a duas semanas, proferindo palestras, ouvindo um ao outro com atenção ou discutindo entre si, da mesma forma como ele estará sentado ali, vai proferir sua palestra, ouvir e discutir as dos outros, seis palestras num único dia; a sua será a segunda e, no intervalo, haverá grandes garrafas térmicas de café na antessala, suco de laranja, água mineral e alguns biscoitos.

Essa ainda é a sua vida?

Alguma vez foi?

Nos últimos vinte e cinco anos, graças à chamada *reunificação*, Richard foi de súbito alçado à categoria de um ocidental, pertence agora ao círculo dos iniciados, de todo modo é convidado ainda hoje quando falta alguém. Ser excluído desse mundo é coisa bem mais imperceptível do que ingressar nele, mas, por fim, algum convite será de fato o último de sua vida acadêmica — qual deles, isso por sorte só se revelará a posteriori, e ele já não vai nem notar.

Alguns dos colegas que estarão presentes no colóquio de Frankfurt ainda serão conhecidos seus, talvez esteja lá até mesmo o especialista em Tácito com quem, num congresso do começo do ano passado, ele teve uma conversa interessante. Mas, quando os outros forem jantar juntos à noite — os inteligentes, os excêntricos, os ambiciosos, os tímidos, os aborrecidos, os obcecados e os vaidosos —, aí ele já estará sentado no trem para Berlim, o que não o deixará infeliz. E, quando os outros pousarem a cabeça no travesseiro de um quarto individual num hotel de Frankfurt, Richard estará atravessando a escuridão entre as árvores a caminho de sua casa. E, quando, no segundo dia do colóquio, aparecerem com a segunda camisa passada a ferro, ele estará contemplando o lago.

Do que você está vivendo agora?, Richard pergunta a Osarobo no dia seguinte.

Osarobo encolhe os ombros.

Às vezes, ele diz, ajudo a embalar pacotes.

No correio?

Não, pacotes que vão ser enviados para a África.

Faz isso para alguma organização humanitária?

Sim, algo assim.

E pagam você?

Vinte euros por dia.

Por quantas horas?

O dia inteiro.

E quantos dias por semana?

Na semana passada, estive lá uma vez. Em uma ou duas semanas, talvez eu volte.

Ah, entendi.

Na Oranienplatz, sempre passava alguém que tinha algum trabalho para nós. Mas agora ninguém mais acha a gente.

We become visible, Richard pensa.

Em março, quero ir para a Itália.

Para que cidade?

Osarobo encolhe os ombros.

Vai ter trabalho lá?

Osarobo encolhe os ombros.

Até a partida dele, serão então apenas seis ou oito semanas de aulas de piano, pensa Richard, que sente outra vez o pânico tomando conta de si. Até lá, talvez ele possa ensinar-lhe duas ou três peças pequenas, para que Osarobo possa ganhar dinheiro na rua com seu teclado de enrolar.

Quando Markus, o filho de Detlef e Marion, tinha quinze anos, seu padrasto fazia-lhe perguntas sobre a tabela periódica durante o jantar; quando tinha dezesseis, Detlef arranjou-lhe um estágio com um engenheiro, e, quando dos exames finais no secundário, Marion servia-lhe müsli com raspas frescas de maçã no café da manhã, para que ele pudesse se concentrar melhor. Markus agora constrói pontes na China.

Osarobo, aos quinze, viu massacrarem seu pai e os amigos dele.

E, agora, vê há três anos que o mundo não precisa dele.

Você ainda se lembra da escala de dó maior?, Richard pergunta.

50.

De início, Richard pretendia apenas adaptar o que já dissera em seus dois livros sobre Sêneca, mas, tão logo começou a folhear *Sobre a tranquilidade da alma*, vieram-lhe novas ideias, e ele percebeu quanta alegria seu trabalho ainda lhe dava. Os colegas que vissem quem haviam aposentado com uma cabeça em perfeito funcionamento. Se a razão é de fato matéria ardente, como Diógenes foi o primeiro a postular, o que melhor o demonstra é como, ao longo dos séculos, um pensador retoma os pensamentos de outro e busca, acrescentando-lhes algo de seu, mantê-los vivos. Assim como, em Sêneca, Richard lê: *Considera que este, que tu chamas de teu escravo, nasceu da mesma semente que tu, vive sob o mesmo céu, respira, morrerá como tu!* — da mesma forma, Sêneca lê em Platão que *não há rei que não descenda de escravos nem escravo que não descenda de reis. Foi apenas a passagem do tempo que misturou tudo, e o destino que tantas vezes tudo inverteu.* E, no fim das *Metamorfoses*, Ovídio não deu eco aos mesmos pensamentos que se encontram em Empédocles? *Nada permanece na forma: de todas as coisas renovadora, a natura produz de umas as outras.*

Nada perece em todo o mundo, eis a verdade, tudo varia e renova sua forma, e o que chamam nascer é começar a ser diferente do que antes já fora, e não mais ser o que era, morrer. A ele próprio, Richard, bem como a seus amigos Detlef, Sylvia ou ao leitor de Hölderlin, Andreas, a ideia do movimento contínuo, da fugacidade de todos os ordenamentos humanos e da reversibilidade intrínseca a todas as relações sempre foi algo evidente; talvez isso tivesse a ver com sua infância no pós-guerra, ou talvez também com a observação da debilidade do sistema socialista, no qual haviam passado a maior parte de suas vidas e que, depois, desmoronou em poucas semanas.

A paz de hoje, que já dura tanto tempo, será a culpada por uma nova geração de políticos claramente acreditar ter chegado ao fim da história, acreditar que seja possível reprimir com violência tudo quanto tende ao movimento? Ou a grande distância espacial que os separa das guerras dos outros terá conduzido os incólumes sobreviventes a uma pobreza de experiências semelhante à fraqueza no sangue daqueles que sofrem de anemia? Ou será que a paz pela qual a humanidade tanto ansiou através dos tempos, e que até agora se concretizou apenas em tão poucas regiões do mundo, só conduz a que, em vez de ser compartilhada com os que procuram refúgio, ela seja defendida de forma tão agressiva que mais se pareça com a guerra?

É possível que o caminho da razão seja comparável também àquilo que os refugiados passaram? Como é que você foi para a Líbia?, Richard pergunta a Ithemba, postado a seu lado para aquecer as mãos no fogo que sai do barril. Pela fronteira com a Argélia, três dias a pé por um deserto pedregoso. Muitos simplesmente se deitavam no chão, não conseguiam mais avançar. Foram deixados para trás. Vai-se adiante. O que se há de fazer?

Já não há como ajudá-los. Tudo pesa, ele diz, a gente joga fora a camisa — assim!, ele diz, e faz um amplo movimento com os braços —, a gente joga fora os sapatos — assim!, e mostra como, no deserto escaldante e pedregoso da região fronteiriça entre a Argélia e a Líbia, jogou fora seu único par de sapatos. Tudo pesa, caminhamos três dias e tudo de que precisamos impreterivelmente é de uma lata d'água. Richard olha para cima, para o telhado do edifício, onde no momento vê-se apenas um único homem. Encostado numa chaminé, ele fica ali parado, e nada mais. Será que também ele caminhou pelo deserto pedregoso? Já faz treze dias que os homens estão lá em cima, insistindo naquilo que lhes foi prometido no *acordo*: ajuda e apoio no desenvolvimento de suas perspectivas profissionais, e assim por diante. Richard vê o homem de pé lá em cima, sobre a cidade, e pensa no morto no fundo do lago; de súbito, a espera parece-lhe então um colchete a conectar tudo quanto se passa no nível do chão.

Talvez se possa comparar também o conteúdo da memória àquilo por que os homens passaram, Richard pensa. Como se enterram os mortos no deserto?, ele pergunta a Apolo. Essa era a pergunta que, outrora, permaneceu sem resposta quando o alarme de repente disparou. No topo de uma duna, você separa a areia, abre uma espécie de canal e deposita o morto lá dentro. Depois reza. Reza o quê? Apolo e Richard afastam-se um pouco para o lado, rumo a um portão de entrada de veículos que os protege do vento cortante; então, Apolo põe uma das mãos sobre a outra, olha para o chão e começa a dizer a oração dos mortos — sob seus pés, uma grade do tempo da guerra na Alemanha na qual se lê *Abrigo Antiaéreo Mannesmann*. E depois? Depois, torna-se a amontoar a areia, agora sobre o morto. Marca-se a cova de alguma forma? Não, mas nunca mais se esquece o local.

* * *

Talvez aquilo que os homens passaram diga algo também sobre poder e impotência? Richard pergunta a Khalil, que atiça o fogo com um pedaço de pau, como havia sido sua travessia. Khalil conta: Eu só tinha medo da água e, por isso, fiquei no convés inferior. Um amigo meu, que ficou lá em cima, morreu por causa do sol. Morreu de sede. No barco de Raschid, ao contrário, Richard ainda se lembra, justamente para os que ficaram no convés inferior não houve nenhuma perspectiva de salvação quando o barco virou. Ali, tudo se inundou de imediato, Raschid tinha dito na noite de Natal. Richard vê a troca da guarda entre os policiais, razão pela qual, por alguns minutos, eles são duzentos, e não cem.

Na manhã seguinte — quando pretende começar a inserir em sua palestra as anotações feitas diante do edifício ocupado —, Richard fica sabendo que o governo de Berlim agora declara inválido o acordo feito com os refugiados. Um jurista de Constança havia sido consultado. Faltava uma assinatura decisiva no documento. Infelizmente, infelizmente! Richard sabe que, nesse meio-tempo, diversas organizações internacionais de direitos humanos censuraram o procedimento do governo berlinense em relação aos refugiados entrincheirados no último andar do edifício, e pode bem imaginar que o parecer do jurista está vinculado a essa crítica. Se um contrato não é vinculante, uma quebra de contrato não constitui motivo legítimo para protesto. Com umas poucas letras numa carta proveniente de Constança, tudo aquilo que os refugiados aguardam há meses é — no momento mesmo em que se espera seu cumprimento — declarado inválido.

Mais tarde, Richard vê na TV Raschid e alguns outros serem expulsos da Oranienplatz pela polícia — numa demonstração em reação ao anúncio do governo, eles tentavam construir um iglu na neve da praça, a fim de, como era lógico, retirar-se também do acordo. A violência com que a polícia o faz tem suas raízes no relacionamento incestuoso das leis com sua interpretação, Richard pensa; a rigor, portanto, em nada mais do que um pouco de tinta num pedaço de papel. Sob tais circunstâncias, Richard aguarda com particular curiosidade sua primeira visita ao advogado de Ithemba, à qual concordou em ir amanhã.

51.

Quando de sua renúncia, o papa Bento XVI disse que a Europa assenta-se sobre três pilares: a filosofia grega, o direito romano e a religião judaico-cristã. O advogado de Ithemba, o grandão, sente muito orgulho de seu direito romano. Richard vê que, ao se levantar para ir apanhar a pasta com os documentos de Ithemba, ele de fato veste uma sobrecasaca; as abas daquela peça de museu já se mostram algo acinzentadas, mas sopram frescas num vento cuja origem mal se pode explicar naquele escritório abafado e escuro. Na Alemanha, come-se papel, ele diz, e abre uma risadinha ao se sentar de novo e arrumar os manguitos. A gente come papel, ele repete, já quase incapaz de conter o riso desbragado. A gente come papel; come-se papel na Alemanha! — é o que agora lhe salta da boca, e ele tem lágrimas nos olhos de tanto rir. Esperançoso, olha para Richard e para Ithemba, mas Ithemba não ri, porque não compreende o que seu advogado está dizendo; Richard se pergunta se o advogado está fazendo referência ao que Ithemba lhe dissera, ao próprio Richard, havia pouco, sentado numa cadeira de armar da antessala entre vietnamitas, romenos e outros africanos, sobre as incontáveis pastas de documentos no armário da secretária: Não se pode comer papel. Mas como o advogado haveria de ter ouvido aquela frase através da porta dupla que conduz a seu escritório? Eu já tenho setenta e dois anos, diz ele agora, subitamente adquirindo de alguma forma o aspecto de um corujão, setenta e dois! E de novo abre uma risadinha, como se estivesse de fato pregando uma grande peça nas autoridades; já poderia estar aposentado há muito tempo, mas, em vez disso, interpõe recurso contra o fato de o Serviço Social pagar a este ou aquele solicitante de asilo apenas duzentos e oitenta euros, em vez dos trezentos e sessenta e dois regulamentares, e de o Serviço de Estrangeiros reter os documentos italianos dos refugiados africanos para forçá-los a sair do país, só devolvendo seus papéis mediante apresentação da passagem por parte do viajante, e já no posto de fronteira correspondente: Isso eles não podem fazer! É um documento italiano! De resto, desagrada-lhe muitíssimo também que justamente Berlim, estado e capital federal, ao contrário de outras cidades alemãs, devolva as famílias sérvias de rom e sinti, com crianças pequenas e em meio a temperaturas abaixo de zero, às favelas de Belgrado, não lhes concedendo nem sequer a prorrogação de inverno, habitual em outras partes. Mas isso ele diz apenas de passagem. Ainda assim, exclama: Mandam as crianças de volta! As crianças! Consolo, só o oferece a este mundo o novo papa, diz, que não por acaso se chama Francisco: *Onde há misericórdia e prudência, não há prodigalidade nem dureza de coração!* E, de Francisco, o advogado vai diretamente aos antigos romanos: *Tunc tua res agitur paries cum proximus ardet!* Fica muito satisfeito quando Richard, assentindo e concordando, de pronto murmura a tradução: Quando a casa de teu vizinho arde, isso também te diz respeito.

Enquanto isso, Ithemba, o grandão, permanece sentado muito quieto ali ao lado; não entende uma palavra do que os dois velhos estão dizendo, não sabe por que riem, tem apenas de ficar ali sentado e aguardar para ver se há algo a fazer ou a considerar no tocante a seu caso. Richard pode ver como o temor toma conta de Ithemba diante das pastas incontáveis no armário e sobre a mesa; apenas por isso ele fica ali sentado tão quieto. Centenas de papeizinhos autoadesivos coloridos pendem feito línguas das bocas dos documentos, apontando para centenas de circunstâncias particulares decisivas para a existência. Vez por outra, Ithemba já dissera ter um compromisso no *Social* — referindo-se ao Serviço Social — ou no *Estrangeiros* — referindo-se ao Serviço de Estrangeiros. Mas levou algum tempo até que Richard compreendesse que já a menção desses compromissos provocava-lhe imenso pavor. Ithemba, a quem nenhuma patrulha militar na fronteira da Líbia ousou fiscalizar; que atravessou a pé o deserto pedregoso durante três dias num calor escaldante; que, logo que chegou a Lampedusa, exigiu ser levado de volta à Líbia imediatamente, só que infelizmente os italianos não podiam fazer isso — Ithemba, pois, que tem um olho de vidro e um metro e noventa de altura, se enche de pavor com algumas letras escritas em papel timbrado (em cima, à direita, no cabeçalho dos documentos berlinenses, o Portão de Brandemburgo; embaixo, à esquerda, o carimbo com a águia).

E, no entanto, pode ainda se dar por contente pelo fato de não entender o que elas estão lhe comunicando:

Informações falsas podem conduzir ao indeferimento do título de residência solicitado, bem como à anulação da suspensão da deportação (tolerância) ou à expulsão.

De acordo com as disposições legais indispensáveis para o deferimento do benefício solicitado, o senhor está obrigado a comu-

nicar sem demora toda e qualquer alteração dos fatos relevantes para sua concessão.

Cabe atentar para o fato de que o certificado acima não representa um prolongamento do prazo para deixar o país. Isso significa que, preenchidos a qualquer momento os pré-requisitos para a deportação — ainda que antes da data supracitada da entrevista —, o senhor poderá ser deportado. Caso não deixe o país, poder-se-á ordenar seu comparecimento presencial junto às autoridades do Serviço de Estrangeiros, de acordo com o artigo 82, parágrafo 4, p. 1 da Lei de Residência. Se, sem apresentar justificativa cabível, o senhor não cumprir essa determinação, estará sujeito a condução coercitiva.

Então, enquanto o advogado folheia os documentos na pasta, grifa passagens aqui e ali, cola novos papeizinhos autoadesivos amarelos, verdes e cor-de-rosa e dita a grande velocidade cartas a autoridades diversas em seu ditafone, Richard e Ithemba, sentados lado a lado, ficam simplesmente à espera. De súbito, o advogado exclama: Só um filho alemão poderia efetivamente ajudar! Um filho alemão! Será que ele não vê que dois homens estão sentados ali, um deles, ademais, em idade avançada? Depois, segue folheando os documentos e dita: Estimado colega, queira, por favor, com meus cordiais cumprimentos, considerar etc.

Mas a *tolerância*, ou seja, uma suspensão temporária da deportação, também já seria uma coisa boa, não?, Richard pergunta quando o advogado depõe brevemente seu ditafone. Aí — ele, Richard, tinha ouvido —, os homens poderiam ao menos começar a procurar trabalho depois de nove meses, não era assim?

Depois de nove meses!, o advogado repete e irrompe outra vez numa gargalhada.

Não, Richard diz, estou me referindo ao período de tolerância.

Eu sei, eu sei, diz o advogado, que segue folheando aqui e ali mas não responde.

Eu quis dizer que eles poderiam, então, procurar trabalho, Richard repete.

Procurar, eles podem, diz o advogado. E folheia um documento e outro.

E?, Richard insiste.

O senhor já ouviu falar na regra de precedência?, o advogado pergunta, parando abruptamente de folhear os documentos, erguendo os olhos e, por um momento, encarando Richard incisivamente através das lentes grossas dos óculos. De fato, ele se parece com um corujão.

Não, Richard responde.

Pois bem, a regra de precedência diz que apenas quando não deseja assumir o posto nenhum alemão e nenhum outro europeu, só aí, então, este senhor aqui, por exemplo — o corujão olha para o documento —, o sr. Awad, teria alguma chance.

Está bem, diz Richard, mas pelo menos isso.

Sim, mas antes que ele possa se candidatar ao posto, as autoridades do Serviço de Estrangeiros precisam aprovar sua candidatura.

Num caso como esse, vão aprovar, Richard diz.

Bem…, diz o advogado.

O que significa isso?, Richard pergunta.

Primeiro, o Serviço de Estrangeiros envia a candidatura à Agência Federal para o Emprego solicitando o exame da precedência. Esse exame pode demorar. Por quê? Isso ninguém sabe dizer. Quando enfim chega a resposta da Agência Federal, aí é o Serviço de Estrangeiros que, por sua vez, procede à verificação. Somando tudo, pode levar três meses ou até mesmo quatro. E a decisão nem sempre é positiva.

Por que não?

Isso o senhor terá de perguntar às damas e cavalheiros do Serviço de Estrangeiros.

Ithemba, o grandão, segue sentado ali, quieto, olhando fixo para a frente enquanto os dois senhores de idade discutem as possibilidades. Como tem um olho de vidro, é provável que não tenha uma visão em perspectiva das pilhas de documentos à sua volta, Richard pensa.

E mesmo que as autoridades digam sim, prossegue o advogado, o posto ainda precisa estar vago depois de todo esse procedimento. Para tanto, é preciso um empregador muito, muito paciente.

Compreendo, Richard diz.

Ele vê que o calor e a umidade dos últimos cem anos apodreceram visivelmente as janelas de madeira do escritório do advogado. A pintura da parede de quatro metros e vinte de altura apresenta-se amarelada, o revestimento do chão é de linóleo apenas. Quando Richard, há pouco tempo, ligou para perguntar se deveria adiantar os honorários referentes a Ithemba e pagar dois meses de uma vez, a secretária disse: Ah, não se preocupe com isso, pague apenas um mês. O honorário mensal é de cinquenta euros, o que, ao longo de nove meses, perfaz um total de quatrocentos e cinquenta euros, a remuneração mínima para procedimentos de asilo segundo a RGV, a lei que regula a remuneração dos advogados na Alemanha. Pelo estado do escritório, percebe-se com clareza que a ideia de trabalho desse advogado pouco tem a ver com concepções como a da cobertura dos custos ou, menos ainda, de lucro.

Mas não existe aquela categoria das *profissões para as quais falta mão de obra*? Richard prometeu a Raschid, o serralheiro, que faria essa pergunta ao advogado. Na internet, ele tinha lido que, nos casos em que se aplicava a *tolerância*, poderia haver colocação imediata daqueles trabalhadores especializados em falta na Alemanha.

Sim, diz o advogado, mas, de novo, o Serviço de Estrangeiros exige que, para confirmação da identidade, esse trabalhador apresente um passaporte emitido por seu país natal ou pelo menos uma certidão de nascimento.

E?, Richard pergunta.

Pode ser que ele consiga o passaporte.

E isso é bom, não é?, Richard quer saber.

Sim, contanto que não haja um *pôquer bilateral*.

E o que é um *pôquer bilateral*?, Richard pergunta, e ouve Ithemba, o grandão, puxar os dedos e estalá-los debaixo da mesa.

Às vezes, o governo de um país quer obter da Alemanha algum benefício político, algum tratado comercial, às vezes armas também. Em contrapartida, compromete-se a receber de volta as pessoas que só são toleradas na Alemanha, mas possuem um passaporte daquele mesmo país.

Ou seja, a Alemanha fica feliz, por assim dizer, em dessa maneira se livrar ao menos dos trabalhadores especializados, é isso?, Richard pergunta.

Pode-se dizer que sim, responde o advogado.

O que ele está dizendo?, Ithemba pergunta.

Eu explico mais tarde, Richard responde.

O senhor também não pode esquecer, continua o advogado, que esses senhores da Oranienplatz ainda nem dispõem de uma suspensão temporária e, ainda que dispusessem, a tolerância não equivale à condição de residente.

E o que é então?

Apenas uma suspensão da deportação. O advogado pronuncia a expressão com tanto prazer quanto Yussuf, no passado, a palavra *Tellerwäscher*.

Richard nota que está ficando com uma dor de cabeça que se estende e o atormenta desde a testa até a nuca, passando pelas têmporas. Mas, de sua lista, consta ainda um ponto a esclarecer:

E o artigo 23?, pergunta. Ele tinha lido na internet que bastava um país, um estado ou um prefeito querer, e as regulamentações europeias podiam ser desconsideradas, ou seja, um solicitante de asilo podia simplesmente ser aceito como pessoa humana, mesmo num país que, pelas disposições legais, na verdade não era responsável por ele.

Richard não se admira muito quando o advogado lhe dá uma resposta lacônica:

Precisa querer, não é?

Entendo, diz Richard, sentindo de súbito que aquela visita ao advogado ultrapassa suas forças.

O senhor não leu a declaração do governo de Berlim?, o advogado pergunta-lhe com suavidade, como a um doente que precisa ser convencido com cuidado a tomar o remédio amargo.

Mas que declaração?

Estava em todos os jornais de ontem, diz o advogado, reproduzindo-a de cor:

Há que se notar ainda, a bem da precisão, que a concessão de uma permissão de residência aos participantes do movimento de protesto da Oranienplatz, de acordo com o artigo 23, parágrafo 1 da Lei de Residência, não atende à preservação dos interesses políticos da República Federal da Alemanha.

Não, isso eu não tinha lido, diz Richard.

Veja, diz agora o corujão: Quanto mais desenvolvida é uma sociedade, mais suas leis escritas substituem o *common sense*. Na Alemanha, estimo que apenas dois terços de todas as leis ancorem-se no sentimento popular — se me é permitido expressar-me dessa forma. Um terço das leis já apresenta uma forma altamente desenvolvida, são leis puras, tão bem formuladas que seu fundamento emocional tornou-se supérfluo, na prática não existe mais.

Há dois mil anos, os germanos eram o povo mais hospitaleiro que havia. O senhor com certeza conhece o belo trecho da *Germânia* de Tácito sobre a hospitalidade de nossos antepassados?

Sim, Richard assente.

O senhor me permite lembrá-lo brevemente da passagem? Permito.

O advogado se levanta, vai até sua estante de livros, as abas da sobrecasaca esvoaçando ao vento inexplicável que sopra no escritório, retira seu Tácito da estante e abre o livrinho no ponto marcado com um pedaço de papel.

Ithemba, notando que a conversa com o advogado se aproxima do fim, junta cuidadosamente seus papéis, empilha-os e os enfia de volta na pasta que havia trazido para tanto. Richard acena-lhe sua aprovação com um gesto de cabeça. E então o advogado começa a recitar: *Nenhum povo se ocupa com maior entusiasmo de banquetes e hospitalidade. Porque constitui grande maldade negar a casa a alguém; cada qual recebe com manjares preparados de acordo com as possibilidades. E quando nada resta para oferecer àquele mesmo que o hospedou, o conduz e juntos entram à casa de vizinho sem convite. O que não importa: os dois são tratados com humanidade. Ninguém distingue o conhecido do estranho.* O advogado fecha o livro e pergunta a Richard: E hoje em dia?

E hoje em dia?, Richard devolve a pergunta com um resquício de esperança.

Hoje, dois mil anos depois, temos o artigo 23, parágrafo 1, da Lei de Residência.

Como se tivesse acabado de oferecer um pequeno espetáculo teatral, o advogado pousa a mão no coração e se curva para a frente. Depois, abre a porta de duas folhas e diz: Permitam-me?, indicando que a consulta terminou. O próprio Richard sabe quantos romenos, vietnamitas e africanos ainda aguardam lá fora. Ao passar com Ithemba pelo cabideiro, no qual, entre os chapéus, vê de fato uma cartola, já não tem quase dúvida nenhuma de que esse advogado que lembra um corujão só pode ter voado do século retrasado para o XXI — para este século novo e, no entanto, já tão velho, com sua torrente sem fim de seres humanos que, depois de sobreviver à travessia de um mar de verdade, agora se afogam em rios e mares de documentos.

52.

E chega, então, o dia em que Richard vai viajar para Frankfurt. De manhã, enquanto Osarobo praticava piano, ele imprimiu a palestra, revisou-a e mostrou o manuscrito a Osarobo, embora este naturalmente não possa lê-lo em alemão.

This is for a newspaper?

Não, é uma palestra. Vou ler em voz alta.

As pessoas vêm aqui?

Não, viajo hoje à noite para Frankfurt. Fui convidado a dar a palestra lá.

E depois?

Depois, discutimos sobre ela.

Ah.

Você conhece Frankfurt am Main?

Não, só conheço Würzburg.

Foi de Würzburg, Richard se lembra, que, dois anos atrás, os primeiros refugiados chegaram à Oranienplatz. Ainda antes de partir para lá, já figuravam nas manchetes, porque alguns deles haviam costurado a boca, a fim de chamar a atenção para sua situação precária. Involuntariamente, Richard olha para ver se Osarobo tem cicatrizes, mas sua boca parece normal.

Depois de amanhã estou de volta.

Ótimo, diz Osarobo.

Vamos tomar mais um chá juntos?

Okay.

E, pela primeira vez, os dois se sentam na cozinha para o chá.

No dia seguinte, Richard está no púlpito de um salão de conferências em Frankfurt dando sua palestra sobre "A razão como matéria ardente na obra do estoico Sêneca" para um grupo formado por estudiosos de filologia clássica. Mas não fala apenas sobre a razão; fala sobre a memória também, e sobre poder e impotência. Não sabe ao certo se aquela é uma palestra como as que costumava dar no passado, quando ainda estava no instituto. No intervalo, há garrafas térmicas de café na antessala, suco de laranja, água mineral e alguns biscoitos.

Infelizmente, o especialista em Tácito dessa vez não está, mas há outros que Richard conhece, que o cumprimentam e lhe dão tapinhas nos ombros: Ora, ora, e o que você anda fazendo agora, como aposentado? Ah, não está mais no instituto? Quanto tempo faz que não nos vemos? Bom, semana que vem vou para Boston. Fulano de tal é muitíssimo interessante. Você viu que saiu uma tradução nova de? Ninguém diz uma palavra sobre sua palestra. Richard não sabe se isso é bom ou mau sinal. Há três mulheres entre os acadêmicos, uma delas com um salto altíssimo, mas ele não chega a conversar com ela; no mais, são todos como costumam ser as pessoas nesses encontros: inteligentes, burras, excêntricas, ambiciosas, tímidas, obcecadas em suas disciplinas, vaidosas. Quando todos vão para o hotel, a fim de descansar um pouco antes de se encontrarem mais tarde para o jantar,

Richard já segue com sua maleta para a estação ferroviária e embarca no trem. E, quando todos eles deitarem a cabeça no travesseiro do quarto individual de seu hotel em Frankfurt, ele já terá encontrado há muito tempo seu carro no estacionamento da estação ferroviária de Berlim, terá dirigido até a periferia da cidade e atravessa agora a escuridão entre as árvores a caminho de casa. Ao entrar, a casa está bastante gelada. Será que ele deixou alguma janela aberta — agora, em pleno inverno?

As gavetas de sua escrivaninha foram arrancadas e amontoam-se pelo chão. Documentos e fotos espalhados por toda a volta, o estojo de madeira de uma antiga caixinha de música aberto à força se quebrou. Richard vai de um cômodo a outro; aqui, libras esterlinas esparramadas pelo tapete, ao lado de sua carteira; ali, a porta de um armário escancarada; em cima, no quarto de dormir, as bijuterias de sua mulher jazem pelo chão; no banheiro, a caixa onde ele guarda remédios foi esvaziada na pia; e, por último, ao voltar lá para baixo e se perguntar de onde vem todo aquele vento gélido, Richard vê, na sala de música, a janela arrancada da esquadria. Ele fecha a porta da sala de música, vai até o porão e, de novo, examina todo o pavimento inferior para se certificar de que está de fato sozinho em casa. Pelo menos, o computador, que teria sido fácil levar, e o aparelho de tevê continuam ali. Richard deixa tudo como está e torna a ir lá para cima. Na cama, depois de já ter apagado a luz, procura imaginar por um momento que aspecto teriam os cômodos da casa iluminados apenas por uma lanterna. É provável que se pareçam com uma paisagem indescortinável, na qual o que permanece no escuro tem aspecto hostil, ainda que se trate apenas de um par de cadeiras, de uma pilha de livros, de uma planta ou de um casaco num cabide. Recentemente, ele próprio não vagou pela casa à noite, no escuro?

* * *

Na manhã seguinte, chegam dois homens da perícia e pincelam um pó preto sobre as coisas que o ladrão deve ter tocado. O senhor tem alguma suspeita de quem pode ter sido? Não. Bem, poderia ter sido muito pior, o senhor teve sorte. Ah, sim? É, às vezes um ladrão assim arranca absolutamente tudo das estantes e armários, as roupas, os livros. Evidentemente, ele não tinha uso para as libras inglesas. E o computador continua aí. É, diz o outro policial, invadiram a casa, mas com respeito, isso a gente vê. Respeito?, Richard pergunta. Bem, por assim dizer. Nos próximos dias, examine tudo com vagar, veja o que falta. Aqui está o formulário. O senhor vai precisar dele para o seguro.

Um pouco mais tarde, chega o serviço que vai fixar a janela de volta na esquadria; o vidro não se quebrou. Está firme, o senhor não precisa ter medo. Não estou com medo, Richard diz.

Somente no começo da tarde ele telefona para Detlef e Sylvia para contar o que lhe aconteceu. Isso realmente não é nada legal, Detlef diz, mas que bom que justamente nessa noite você não estava em casa. O que foi que roubaram? Depois de recolher do chão as bijuterias baratas que restavam, Richard deu uma olhada para ver o que faltava: o anel de sua mãe, a única joia que ela, em fuga da Silésia, levara consigo para Berlim. Quando criança, ele às vezes segurava a opala preta contra a luz, porque, então, via cintilar as linhas vermelhas e verdes dentro da pedra. Quando do casamento de Richard, a mãe dera o anel de presente a Christel, que, no entanto, jamais o usara: Não é prático, fica enganchando por toda parte. Desapareceu também a pulseira de ouro que ele uma vez trouxera para a esposa do Uzbequistão, e um anel que ela certa feita ganhara do dentista Krause, seu namorado anterior — com uma safira no meio e pequenos brilhantes ao redor.

O dentista Krause, aliás, morreu no fim do ano passado.

O envelope no qual Richard sempre mantinha algumas notas de cem, para não precisar ir até o banco toda hora, o ladrão não encontrou. Ele continua no guarda-roupa, entre as meias.

Venha para cá, Detlef convida.

Alguém sabia que você não estaria em casa justamente nessa noite? Sim, Richard responde. Um daqueles seus africanos?, Sylvia pergunta. Sim, Richard diz. Qual deles? O pianista. Isso seria uma pena, Sylvia comenta. Mas não significa que tenha sido ele, Detlef acrescenta, são tantos os roubos nesta região. Dos vizinhos ali do outro lado, você se lembra, roubaram todas as ferramentas do barracão no ano passado. E quem foi? O sobrinho do Ralf. Ralf, o presidente do clube de pesca. Pois é, Sylvia diz, e roubaram a casa da Claudia também, a da farmácia, quando eles estavam viajando no Natal, ela me contou faz pouco tempo. Richard balança a cabeça, diz sim ou não de vez em quando, bebe dois copos de uísque e vai-se embora para casa.

Na manhã seguinte, liga para Anne, de quem não tem notícia desde o começo do ano.

Sylvia me contou o que aconteceu, ela diz. Escute, diz ainda, Ali, quando morou aqui, poderia, em princípio, ter roubado tudo que quisesse. Poderia ter me matado de pancada. A mim ou a minha mãe. Mas no fim, em vez disso, não quis receber nem um tostão a mais do que o combinado.

Você teve alguma coisa com ele?

Anne começa a rir: Ele tem vinte e três anos!

Por um momento, Richard de fato havia se esquecido de que Anne tem a sua idade, esquecera-se por um momento de sua própria idade. Já faz mesmo cinquenta anos desde aquele dia em que, deitados no chão de alguma casa no campo, Anne, nua em pelo, tinha os cabelos tão desarrumados que disse: É um ninho de passarinho o que eu tenho na cabeça?

Você só tem de tentar descobrir se foi seu pianista.

Ele está sempre pedindo trabalho, Richard diz. Provavelmente não sabe do que mais haveria de viver.

Então você acha que foi ele. Está condenando o rapaz sem dar a ele a chance de se manifestar. Isso não é legal.

E o que seria legal, então?

Pergunte se foi ele.

E se tiver sido?

Você disse que o ladrão levou o anel da sua mãe.

Sim.

Ora, isso é terrível.

Tudo bem. Mas, no fim das contas, eu nem saberia o que fazer com o anel.

Richard, você sabe bem o que fazer com essas suas desculpas.

Ele ouve que, como sempre, Anne está lavando louça enquanto fala no telefone. Com certeza, aperta o aparelho entre a orelha e o ombro e, de vez em quando, como está com as mãos molhadas, sopra para o lado os cabelos que caem no seu rosto, para que não lhe entrem pela boca enquanto fala. Richard pode ouvir os assopros dela, assim como o barulho da água.

Caso tenha sido realmente ele quem roubou o anel, grite com ele! Diga que onde já se viu? Que você quer o anel de volta! Faça uma cena!

Mas por quê?

Porque você tem de levá-lo a sério. Se você perdoar essa

traição, então é porque é e vai continuar sendo o europeu pretensioso.

Por que, cinquenta anos atrás, nem ele nem Anne pensaram em se juntar?

Aí, caso tenha sido ele, devo então denunciá-lo?

Claro que não, Anne diz, paciente como se falasse com uma criança muito burra. Isso não tem absolutamente nada a ver com a polícia. A questão é mostrar que você não é indiferente ao que ele faz.

Compreendo.

Por um momento, instaura-se então o silêncio.

Richard, você ainda está aí?

Me diga uma coisa, ele começa, por que a gente nunca se juntou?

Você está bêbado?

Depois de desligar o telefone, Richard envia uma mensagem para Osarobo, como às vezes fazia:

Tomorrow?

Okay, Osarobo escreve de volta.

At 2 p.m.?

Okay.

Richard então, calçando luvas de borracha, limpa todas as coisas que a polícia recobriu com o pó preto, põe tudo de volta no lugar, encaixa de volta as gavetas e abaixa a persiana da sala de música, de forma que não se possam ver os pontos quebrados da esquadria.

O resto do dia, passa diante do computador. Na ferramenta de busca, digita o que lhe vai pela cabeça no momento:

Probabilidade

Probabilidade é a hierarquização de afirmações e juízos de acordo com o grau de certeza. Significado especial adquire aí o grau de certeza de uma previsão.

Certeza

Na linguagem cotidiana, o termo "certeza" em geral designa a certeza subjetiva em relação a determinadas convicções tidas por bem fundamentadas que podem se aplicar, por exemplo, a questões naturais ou morais. São discutíveis, ademais, os papéis que os diversos elementos desempenham na formação da certeza subjetiva, entre eles as "provas", a confiabilidade das "opiniões de especialistas", circunstâncias exteriores, como a frequência dos argumentos utilizados, ou fatores interiores, como a estabilidade emocional.

O gato de Schrödinger

Um gato é trancafiado numa caixa de aço juntamente com o seguinte mecanismo: num contador Geiger, encontra-se uma quantidade minúscula de uma substância radioativa, tão pequena que, no transcurso de uma hora, talvez um dos átomos se desintegre, mas é igualmente provável que isso não aconteça; caso aconteça, o contador Geiger reage e, mediante um relé, aciona um martelinho que quebrará um pequeno frasco contendo cianureto de hidrogênio. Se deixamos esse sistema atuar por uma hora inteira e nenhum átomo se desintegrar, diremos que o gato segue vivo. A desintegração de um único átomo o teria envenenado.

O estado do gato

Na mecânica quântica, a sobreposição de dois estados coerentes, suficientemente distintos de estados clássicos mas semelhantes a estes, é, em sentido mais amplo, chamada de "estado do gato". A fim de preparar um tal estado, é necessário isolar o sistema de seu entorno.

Suicídio quântico

Um cientista está sentado diante de uma arma que é disparada quando um átomo radioativo especial se desintegra. Nesse caso, o cientista morre.

Imortalidade quântica

Segundo a "interpretação de muitos mundos", o disparo ocorre em tempos diferentes nos diversos universos paralelos, de forma que a possibilidade de o cientista sobreviver se verifica mais vezes do que a da sua morte. Assim, do ponto de vista da totalidade dos sistemas, o cientista não morre em decorrência do experimento, uma vez que a probabilidade de sobrevivência jamais é igual a zero e, portanto, ele sempre sobreviverá em algum universo. Desse ponto de vista, o cientista é imortal.

Na manhã seguinte, um trabalhador de uma firma especializada em janelas vem tirar as medidas para uma nova janela.

Às duas da tarde, Richard fica esperando a campainha, mas ela não toca.

Às duas e meia, ele olha para seu celular e vê que recebeu uma mensagem:

I can't make it today.

Além disso, vê ainda outra coisa: Osarobo mudou sua foto de perfil. Em vez de uma foto dele, lá está agora uma aquarela em azul-claro, cor-de-rosa e verde-lima sobre a qual se vê Jesus abençoando um pecador ajoelhado e de cabeça baixa, a fim de receber a absolvição. Ou o ajoelhado é apenas alguém que está orando?

I can't make it today.

Às sete da noite, chega Andreas, o leitor de Hölderlin, que finalmente está de volta do balneário e vem fazer uma visita a

Richard. Na verdade, os dois queriam ver um filme juntos. Mas agora estão na cozinha bebendo cerveja.

O problema é que não há como saber se foi ele, Richard diz.

Assim, crescem os carvalhos do bosque/ E, mesmo antigos, nenhum conhece o outro, Andreas responde.

Você conhece o gato de Schrödinger?

Aquele preso no purgatório?

Sim, esse mesmo. A probabilidade de ele estar morto é de cinquenta por cento. Você acha que foi meu pianista?

Não sei dizer.

Há dois dias, eu estava sentado com ele aqui mesmo, como estou agora com você. Pela primeira vez, tomamos chá juntos.

Andreas assente. Richard bebe um gole de sua garrafa, e também Andreas toma um gole.

Bebemos chá, e eu pensei comigo que era a primeira vez; talvez ele tenha pensado que era a última.

Andreas assente.

Talvez, Richard acrescenta. Mas talvez não.

Ontem, pela primeira vez fui de novo andar de bicicleta, Andreas diz. Também não pensei que conseguiria.

Richard assente: Vai e volta, vai e volta, um dia vai e não volta, mas nunca se sabe quando. Agora está claro para mim, ele diz, por que isso se chama *função de onda*. E a morte, chamam apenas de *colapso da função de onda*.

Colapso da função de onda, Andreas repete. Poderia ser Hölderlin.

O gato vai saber se está vivo *ou* morto, Richard diz.

É o que se há de supor, diz Andreas.

Mas Schrödinger diz: Até abrirmos a caixa, ele está as duas coisas — morto *e* vivo. Você consegue entender isso?

Andreas toma um gole de cerveja.

Richard se lembra da caixinha de música, cujo estojo de madeira o arrombador, seja ele quem for, quebrou à procura de dinheiro. Terá se decepcionado ao ver lá dentro apenas o disco de metal com as arestas dobradas que, movido pela manivela, toca a ária do duque do *Rigoletto*: "La donna è mobile"?

Mas as coisas existem independentemente de a gente abrir a caixa, Richard diz.

Ora, Andreas responde, como é que você sabe?

Richard parece agora muito insatisfeito.

Entendo, ele diz, e toma um gole. No fim da vida, sua mulher sempre bebia Chantré, porque era mais barato.

No balneário, fui passear à beira-mar. Lá nunca teve um colapso da função de onda.

Richard ainda faz duas tentativas de se encontrar com Osarobo.

Uma vez, sugere irem à padaria na qual haviam tentado conversar em seu primeiro encontro. Osarobo concorda, mas Richard vê-se então sentado sozinho diante de um chá de menta e, de novo, lê: *Sorry, can't make it today.* A mulher da padaria o contempla de cima e diz: São 2,80 euros.

À noite, Richard vê: Osarobo tem uma nova foto de perfil. Uma pintura em que se vê Daniel na cova dos leões. Com as mãos atadas, está postado diante deles, que não ousam devorá-lo. *If God is for us who can be against us?*

Em sua última tentativa, Richard escreve:

Se você tem algo a me dizer, te espero amanhã na Alexanderplatz. Relógio mundial, 3 *p.m.*

Okay — see you tomorrow.

Richard pega o trem para a cidade e espera que seu empenho para ver Osarobo na praça surta algum efeito. Mas, às três e cinco, Osarobo escreve:

Estou *home now, is snowing.*

De fato, está nevando. Com seu celular, em que lê a desculpa de Osarobo, Richard está postado ao pé do relógio junto do qual, quando jovem, tantos encontros marcou. Magadan, Dubai, Honolulu. Que hora será agora em Niamei, a capital do Níger?

Até chegar em casa, ele ainda consegue se conter, mas, então, vê-se sentado à escrivaninha diante da tela escura do computador. A alma de Osarobo, isso ele sabe, voa agora universo afora, para algum lugar onde já não há regras, onde não é necessário levar ninguém em consideração, mas onde também, por outro lado, se está para sempre completa e irreversivelmente sozinho. Richard, contudo, permanece na Terra, com gente como Monika e o bigodudo Jörg. Já os vê arreganhar os dentes como os leões na nova foto de perfil de Osarobo: Isso, a gente já sabia desde o começo! E Richard chora como nunca mais havia chorado desde a morte da mulher.

Ou será que não foi Osarobo?

53.

Os espíritos, Karon diz, só nos acompanharam até a costa da Itália. Não pisaram na Europa. Tão logo ele chegou a Lampedusa, teve ainda três sonhos; depois, não mais. Os espíritos também demandaram seu tributo durante a travessia. Por isso, diz, não tinha sentido impedir que alguém que houvesse perdido o juízo durante a viagem se precipitasse na água. Somente uma vez, Karon conta, tinha acontecido um milagre. Um homem caíra no mar; para não perder tempo, o capitão não quis dar meia-volta, mas tinha ao menos desligado o motor por um momento. Alguns chamaram o nome do homem, todos ficaram olhando para ver se, em alguma parte, ele ainda se mantinha acima da água, mas não o viram mais. Depois, fez-se um momento de silêncio, o mar tornara-se muito calmo, tão liso como um espelho; de repente, dois golfinhos aproximaram-se, bem juntos um do outro, traziam consigo o homem desmaiado de volta para o barco, de forma que os demais passageiros pudessem içá-lo, e o homem então voltou a si. Tinha sido um milagre. Pouco depois, quando o motor subitamente quebrou, aquele, precisamente, era o homem que entendia de barcos e pôde, então, consertá-lo.

Do contrário, todos teriam morrido, relata Karon.

No meio da neve pesada, Karon surgira de repente na janela diante da escrivaninha de Richard e, pouco depois, batera na porta da sacada. Agora, estão sentados os dois à mesa da sala de estar, cada um com um copo de limonada quente.

Richard diz: Já ia quase me esquecendo — seu amigo me mandou uma foto da sua família.

Pelo mesmo caminho das fotos anteriores, as da propriedade e do contrato de compra e venda, ainda ontem tinha chegado ao celular de Richard uma foto da mãe de Karon, dos dois irmãos mais novos e de sua irmã adolescente. As duas mulheres usam vestidos de cores brilhantes; a mãe, de aspecto sério e esguio, um vestido violeta-escuro que vai até o chão. A irmã não olha para a câmera — é vergonha? Ou orgulho? Que irmã!, Richard pensa consigo.

Como ela se chama?, pergunta, apontando para a jovem.

Salá Matú, Karon responde.

Comparados às duas mulheres, os irmãos de Karon, no meio, parecem miseráveis. Vestem camiseta e calças esburacadas. O ombro esquerdo do irmão maior é mais alto do que o direito, talvez seja uma deformação. Na camiseta do mais novo está escrito *Kalahari*, mas, como o deserto do Kalahari fica tão distante do local onde mora a família de Karon quanto Barcelona de Minsk, Richard acha pouco provável que a camiseta tenha atravessado a África até ele; mais provável é que provenha de uma doação e tenha passado, por exemplo, por Hannover, Freiburg ou por Charlottenburg, em Berlim. A mãe e os três irmãos de Karon estão debaixo do alpendre de uma casa de blocos de concreto com duas portas, ambas pendendo tortas das dobradiças, e sem nenhuma janela.

Karon está sentado no sofá da sala de estar, segura o celular de Richard e contempla longamente a foto, enquanto lá fora os flocos de neve caem. Naqueles globos de neve que a gente chacoalha para produzir uma nevasca, é exatamente o contrário, Richard pensa: O inverno fica dentro do vidro.

Esta estaca em que o alpendre se apoia, diz Karon, apontando para ela, fui eu mesmo que consertei. Ainda me lembro disso.

E, de fato, Richard agora vê também: a estaca, que se quebrara, mantém-se estável graças a uma tala. Um conserto rudimentar, mas feito num presente que persiste para a família de Karon, inacessível apenas a ele próprio.

Karon aponta para o desnível no alpendre: na estação das chuvas, a água é muita, por isso as casas são elevadas. Essa tem três cômodos, mas, quando chove, só um deles é habitável, os outros dois não têm teto e inundam. Meu pai não conseguiu terminar a construção antes de morrer.

E antes, como eram feitas as casas?

De barro. Mas, quando o barro racha, as cobras entram pelas rachaduras, e isso é perigoso. Podem-se tapar as rachaduras, mas isso não dura muito tempo. E, antes, os telhados eram de junco ou de folhas de palmeira, mas aí basta aproximar um fósforo aceso e a casa toda pega fogo.

E por que alguém faria isso?

Nunca se sabe.

E agora as casas têm telhas?

O telhado é de chapa. Mas é tão leve que, quando caíam as tempestades fortes na época das chuvas, muitas vezes tínhamos de ficar lá dentro, segurando o telhado com cordas. Precisávamos segurar firme, nós cinco, pendurados nelas. Quando começavam as tempestades, sempre tínhamos medo. Do lado de fora, porque tudo saía voando; do lado de dentro, porque a tempestade podia levantar o telhado e nos levar junto.

54.

No começo de fevereiro, todos os homens do grupo da Oranienplatz que nunca pediram asilo na Alemanha mas continuam no país, recebem a carta do Serviço de Estrangeiros. Cada caso particular foi analisado e decidido. Verifica-se o que já se sabia quando da desocupação da praça, no outono passado: que somente a Itália é responsável pelos homens que chegaram pela Itália.

Ali, do Chade, que trabalhou como cuidador da mãe de Anne, precisa partir.

Khalil, que não sabe onde os pais estão ou se ainda estão vivos, precisa partir.

Zani, o do olho estropiado que coletara os artigos sobre o massacre em sua cidade natal, precisa partir.

Yussuf, do Mali, o lavador de pratos que quer ser engenheiro, precisa partir.

Hermes, o dos tênis dourados, precisa partir.

Abdusalam, o cantor vesgo, precisa partir.

Mohamed, que, por causa da moda, deixa a calça cair até as nádegas, precisa partir.

Yaya, que cortou o fio para silenciar a sirene do alarme, precisa partir.

E Rufu também, com sua obturação.

Partir precisa também Apolo, do deserto do Níger, da região onde a França extrai urânio.

Tristão precisa partir.

E Karon, o magro, também.

E Ithemba, o grandão, que cozinha tão bem.

Quando lhe ordenam que deixe o quarto, ele corta os pulsos diante dos olhos dos policiais e é levado para a psiquiatria.

Também Raschid precisa partir.

Na segunda-feira em que recebe a carta, ele se encharca de gasolina na Oranienplatz e quer pôr fogo em si mesmo.

Para onde vai uma pessoa quando não sabe para onde ir?

Para onde vai uma pessoa quando não sabe para onde ir?

A sete homens, a igreja oferece um apartamento de um cômodo e meio no norte de Berlim, imóvel que um membro da comunidade deixou de herança para propósitos beneficentes. No cômodo maior, eles depositam seus sete colchões no chão; o cômodo menor é para mochilas, bolsas e sacolas. Como o apartamento é no piso térreo, as pessoas da igreja dizem a eles que é melhor não subir as persianas, para que ninguém lá de fora possa ver quem mora ali, porque nunca se sabe.

Quinze homens, a igreja os encaminha para um barco que, durante o verão, faz excursões mas, no inverno, fica ancorado à margem do Spree, em Treptow. Alguns recebem cabines duplas; outros podem dormir em beliches doados dispostos no espaço comunitário, o mesmo que deve lhes servir também para cozinhar e fazer as refeições. A calefação, no entanto, apresenta problemas num tal barco de turismo.

Onze homens são autorizados a ocupar o alojamento de emergência de uma fundação no bairro de Mitte, em Berlim: um grande salão com cozinha e mesa para refeições no centro e, ao redor, um colchão ao lado do outro.

Doze são abrigados num salão pertencente a uma igreja do bairro de Kreuzberg.

Dezesseis em outro salão semelhante, em Adlershof, mas, no máximo, até março.

Catorze são acomodados em casas particulares de pastores e membros da comunidade. Pastores e os que se dispõem a ajudar são chamados de *corja* e *coiotes*.

Vinte e sete são abrigados com amigos africanos que vivem legalmente em Berlim.

Um homem recebe permissão para pernoitar no chão de um restaurante nigeriano no bairro de Neukölln.

Um é autorizado a dormir no sofá de uma corretora de seguros.

Um pode ficar numa república, no quarto de um estudante que vai passar um semestre em Cambridge.

Um se abriga na casa de um diretor de teatro em turnê no momento.

Um ou outro, quando solicitado a ajudar, diz: Mas esses homens, pelo que dizem, estão traumatizados — vai saber se não vão destruir as instalações!

Ou: Ainda que nos dispuséssemos a ajudar, o problema maior não estaria resolvido.

Ou: Com certeza, não estaríamos fazendo um favor àqueles que acolhêssemos, porque aqui na vizinhança moram muitos nazistas.

Ou: Ainda que pudessem pernoitar aqui, viveriam de quê?

Ou: Por um tempo, a gente até ajudaria, mas não se vê um fim para essa situação.

Ou: Uma pessoa talvez pudesse morar aqui, mas não vale a pena — são tantas!

Os berlinenses em geral, representados por seu secretário do Interior, dizem o que já diziam dois anos atrás, quando os homens vieram da Itália para a Alemanha para morar em barracas na Oranienplatz — ou o que diziam também seis meses atrás, quando eles deixaram a praça: Para que serve essa regulamentação que define as competências, essa tal Dublin II? E dizem ainda: Estamos livres para aplicar o artigo 23, mas, justamente por estarmos livres para aplicá-lo, não o aplicamos.

Num total de quatrocentos e setenta e seis casos, abrem-se apenas doze exceções, três delas para amigos de Richard:

Com base num atestado emitido por sua psicóloga, Tristão recebe uma tolerância de seis meses e, com isso, tem direito a uma vaga em um lar. Como essas vagas são raras, pode ficar feliz por terem lhe destinado, como única pessoa de pele preta, a um lar para sem-teto em Lichtenberg, uma ex-escola onde ele terá de compartilhar o quarto com dois alcoólicos alemães, e o toalete com trinta outros. *It's not easy*, ele diz, *it's not easy*. Três camas, uma mesa, um armário, uma tevê. Richard vê os dois terços da mesa pertencentes aos dois companheiros de quarto: cheios de restos de comida, garrafas e migalhas; e vê o terço que constitui a parcela de Tristão: vazio e limpo. Ele é meu camarada, diz um dos companheiros de quarto, dando um tapa no ombro de Tristão. *Yes, yes*, Tristão responde, *he's my friend*. À noite, porém, fica difícil, ele diz. Tem muita gritaria e as pessoas discutem e brigam até entre elas. Ao sair, Richard vê um cesto cheio de sonhos na portaria. Também os sem-teto devem se divertir um pouco no Carnaval. *Berliner Pfannkuchen* chamam-se os sonhos em Berlim, mas Tristão não sabe o que é um *Pfannkuchen* berlinense. É muito açúcar!, ele diz, apontando para a cobertura. Depois, a título de despedida, diz seu *take care* de sempre a Richard e volta para o abrigo que lhe foi destinado em razão de seu trauma profundo, o abrigo que alemães desesperados, viciados, enlouquecidos e muito pobres compartilham com ele.

Ithemba, o grandão, passa alguns dias na psiquiatria, onde não para de dizer que deveriam enviá-lo de volta para a África de imediato. Em razão de um atestado de seu psiquiatra, ele ganha uma *tolerância* de quatro semanas que, embora não se possa prometê-lo de antemão, talvez ainda venha a ser prolongada algumas vezes. Destinam-lhe o barco. *No good people*, ele diz daqueles com os quais precisa conviver. E a privada não funciona direito. Fede.

O lançador de raios, por causa de sua doença cardíaca e da condição psíquica precária, é contemplado com uma *tolerância* de seis meses e um quarto num lar da Assistência Social para os Trabalhadores.

* * *

Juntamente com Sylvia e Detlef, Richard empurra a mesa grande e redonda da biblioteca para junto da parede. Agora, quatro homens podem dormir ali, sobre o tapete persa de cor vinho. Na sala de música, pode dormir mais um debaixo do piano de cauda, e outro ainda, logo ao lado: são dois lugares. Em seu barracão, Richard encontrou dois colchões de ar; para os outros homens, empilhou alguns cobertores no chão. Formando um ângulo reto, dois homens podem dormir no sofá em L da sala; outro, sobre duas poltronas juntas. Do quarto de dormir, Richard, com Apolo e Ithemba, leva a cama de sua mulher para o quarto de hóspedes: três lugares.

Detlef e Sylvia dizem que, em sua casa de hóspedes, há uma pequena estufa e que, se os homens não se importarem de ter de manter o fogo sempre aceso... Os três jogadores de bilhar não se importam nem um pouco.

A ex-mulher de Detlef, que tem a casa de chá em Potsdam, diz: À noite, a casa não fica aberta mesmo e, para mim, está tudo perfeitamente em ordem se alguém quiser ir dormir no cômodo dos fundos. Durante o dia, ele não vai poder ficar entrando e saindo. O marido dela diz: Mas aí talvez você perca sua casa de chá. Um dia, ela diz, esconder pessoas já foi punido com a pena de morte. O marido diz: Nisso você tem razão. Portanto, Hermes, o dos tênis dourados, se muda para a casa de chá em Potsdam.

Que Ali se mude para a casa de Anne é quase uma obviedade: Afinal, ele se sente em casa conosco. E, se quiser trazer consigo seu amigo Yussuf, não faz tanta diferença assim.

Até mesmo o leitor de Hölderlin diz: Bom, eu não tenho lugar no meu quarto, mas alguém pode vir usar meu computador durante o dia.

Thomas, o professor de economia, diz: Três podem se mudar para nosso apartamento de um cômodo em Prenzlauer Berg, onde a gente quase nunca passa a noite. Depois eu digo para minha mulher.

O arqueólogo está desde fevereiro no Egito como professor visitante, fica lá até maio e diz a Richard: A chave está com os vizinhos.

Marie, sua namorada de vinte anos de idade, diz: Ora, se um deles quiser dormir no sofá da cozinha lá da nossa república, seria com certeza divertido.

Apenas a Monika e ao Jörg bigodudo não ocorre a ninguém, por algum motivo, pedir algo parecido.

Assim, dos quatrocentos e setenta e seis, cento e quarenta e sete agora têm onde dormir.

Para onde foram os trezentos e vinte e nove restantes, isso Richard não fica sabendo.

A igreja paga a cada um dos homens que aloja cinco euros por dia, provindos de doações, mas esse dinheiro não basta para, por exemplo, viajar para a Itália, caso o *permesso* tenha expirado. Para poder dar esses mesmos cinco euros por dia aos homens que abriga, Richard precisaria de mil e oitocentos euros por mês.

Um deles pode ir fazer faxina na casa de uma amiga, outro pode pintar algumas paredes numa construção. Um terceiro remove a neve da entrada de veículos da casa de uma velha vizinha, um quarto ajuda a cortar lenha. Mas, em geral, quando Richard pede a alguém, o que ouve é: Sem documentos? Infelizmente não podemos. Nas sessões de cinema seguidas de comida africana que ele promove uma vez por semana com Andreas e com a ex--mulher de Detlef na casa de chá em Potsdam para coletar doações voluntárias, os frequentadores muitas vezes não dão mais do que cinco euros depois de ver um filme e comer um prato típico acompanhado de refrigerante, cerveja ou vinho. Se são quinze os presentes, isso dá setenta e cinco euros. Descontando-se o custo das bebidas, do arroz, do cuscuz, dos legumes e das carnes bovina e de cordeiro, com frequência sobram para Ithemba e seu ajudante não mais do que dez ou quinze euros cada um.

Por fim, Thomas ajuda Richard a abrir uma conta para doações. Você sabe, a lei da lavagem de dinheiro é um problema, ele diz, quando você não pode provar para onde o dinheiro vai. Sim, sim, eu sei, diz Richard, que, a partir desse momento, diz a um e outro: Abri uma conta para doações. A maioria responde: Ah, interessante. Alguns perguntam: Você emite recibo? Não, Richard diz. Pouquíssimos transferem dinheiro para a conta, se não podem abater a doação do imposto de renda. Mas há exceções também, e o dinheiro que resulta daí é melhor do que nada.

A única coisa que o governo segue pagando aos homens, que daí em diante não estão mais autorizados a estar ali, é a aula de alemão. Há nem bem cinco meses, quando foram abrigados no asilo, começaram a ter as aulas:

Eu vou, tu vais, ele vai.

Há quatro meses, mudaram-se para Spandau; perderam muitas aulas na época das entrevistas para o exame de cada caso em particular e, depois, começaram de novo do zero: eu vou, tu vais, ele vai.

Há cerca de um mês, quando seus amigos subiram naquele telhado, postaram-se ao lado dos barris de fogo a olhar para o telhado em vez de irem às aulas de alemão, e, depois disso, como já tinham esquecido quase tudo, tornaram a começar do zero: eu vou, tu vais, ele vai.

Agora, somente uns poucos saem duas vezes por semana de seu alojamento de colchões para a escola de idiomas, onde, outra vez, aprendem: eu vou, tu vais, ele vai.

Rufu senta-se à escrivaninha estilo Biedermeier de Richard diante do caderno aberto e diz: Eu ir.

Richard o contempla por cima do ombro e corrige: É eu vou.

Rufu: Eu ir.

Richard: Não, eu vou!

Rufu: Eu quero arrebentar os verbos alemães.

"Arrebentar", Richard diz, é um belo de um verbo.

Rufu e, com ele, o cantor Abdusalam, Richard os abriga na biblioteca. Abdusalam, que já constava da primeira lista, está feliz por poder se mudar do restaurante nigeriano para a casa de Richard. Além deles, Yaya, que ali não precisa temer que um alarme dispare, e seu amigo Moussa, o da tatuagem azul no rosto.

No quarto de hóspedes moram Khalil, que segue sem saber se seus pais estão vivos, seu amigo Mohamed, que gosta de usar a calça bem abaixo da cintura, e Ithemba, o grandão, que Richard tirou do barco fedido e empregou como cozinheiro para todos.

Na sala de música, dormem Apolo e Karon; no sofá da sala de estar, Zair, que, durante a travessia, esteve no mesmo barco com Raschid e que, por ocasião da mudança para a casa de Richard, tornou a vestir sua melhor camisa, e Tristão também — depois de cerca de vinte e cinco telefonemas para o Serviço Social, Richard conseguiu que sua casa fosse reconhecida como abrigo, o que possibilitou a Tristão sair do lar para sem-teto e se mudar para ali. Por fim, nas duas poltronas juntas, dorme Zani, que com frequência folheia sua pasta com as cópias de artigos sobre o massacre em sua cidade natal.

* * *

Quando não há algum trabalho de ocasião a fazer ou alguma reunião, os africanos dormem até tarde, e mesmo durante o dia, quando já acordados, permanecem deitados em seu colchão, cochilando e brincando com o celular ou vendo vídeos na internet nos dois computadores velhos que Richard lhes deu. Às vezes rezam, outras vezes vão para a cidade para encontrar amigos. Quando perguntam a Ithemba como ele está, ele responde: A *little bit good*. Uma vez, Khalil e Mohamed levam Richard a um clube onde mulheres de sessenta anos, vestindo shortinhos bem curtos, dançam com homens pretos de vinte anos. Outra vez, Karon leva Richard a uma cerimônia fúnebre para um berlinense de ascendência ganesa. Como refugiado e por não ser membro da família, Karon precisa se sentar na última fila.

Pode ser, ele diz, que as pessoas que crescem aqui logo não saibam mais o que é *culture*. Cultura?

Boas maneiras.

E no mais? À noite, todos se reúnem na cozinha de Richard, quando a comida feita por Ithemba está na mesa. Com cinquenta euros, ele faz as compras para uma semana, Ithemba disse a Richard, agradecendo pelo dinheiro para a comida. No começo, Richard era sempre o único a receber prato, faca e garfo, ao passo que os outros reuniam-se de pé em torno da mesa e serviam-se juntos de uma mesma fôrma. Agora, faz como eles: serve-se de um pedaço da massa de farinha de arroz ou de inhame preparada por Ithemba na fôrma e o mergulha na *soup*, um ensopado de legumes contendo às vezes carne, às vezes peixe, de um sabor não muito diferente do gulache de sua mãe — talvez até mais saboroso. Quando sobra um pouco de *soup*, pode-se tomá-la com as mãos também. Ele já tinha alguma vez tomado sopa com as mãos?

Depois da refeição, Abdusalam às vezes senta-se lá fora com alguns dos outros, no frescor do terraço, e começa a cantar. Pela noite de Brandemburgo ressoa então, por exemplo, a canção dos que emigraram. Chama-se "Abrokyire Abrabo" e diz:

Mãe, ó mãe, teu filho
Fez uma viagem terrível.
Naufraguei na outra margem.
A escuridão me rodeia.
Ninguém sabe o que tenho de suportar
nesta solidão.

Uma missão fracassada é uma vergonha.
Como poderei voltar algum dia?
Quando fracassas, filho algum receberá teu nome.
Então é melhor morrer
Do que envergonhar-se para sempre.

Espíritos de nossos antepassados,
Deuses de nossos antepassados,
Cuidai de nossos irmãos no estrangeiro.
Dai-lhes um retorno feliz.
Quem vive na Europa entende seu lamento.

55.

E agora vêm chegando os primeiros dias mais quentes, é tempo de queimar os galhos derrubados pelas tempestades do outono e do inverno do ano que passou. Desde a morte de sua mulher, Richard nunca mais comemorou seu aniversário. Agora, porém, comprou linguiça de vitela e de cordeiro no supermercado africano de Wedding e está fazendo salada de batata — a melhor maneira de picar a cebola, isso ele já sabe faz algum tempo. Ithemba, Tristão e Yaya também estão na cozinha; os outros já compraram cuscuz, pão pita e um grande saco de arroz na véspera. Naturalmente, Raschid está convidado, assim como Andreas, o leitor de Hölderlin, Thomas, o especialista em economia, e Marie, a namorada de Peter, que infelizmente continua no Cairo. Convidados estão também, é claro, Marion, a ex-mulher de Detlef, e Hermes, além de Anne, Ali e Yussuf e de Detlef e Sylvia, com seus três jogadores de bilhar. Alguém por acaso tem o número da professora etíope? Richard tem vergonha de perguntar a um dos homens. Há poucos dias, Osarobo escreveu de repente, do nada: *Hi! How are you?* Sua foto de perfil: uma mesa de cozinha com quatro cadeiras vazias. Haveria de querer partir para a Itália antes que Richard pudesse esclarecer com ele o que acontecera de verdade? Por isso, Richard logo respondeu: *Fine — How are you?* Mas, como resposta, recebeu apenas um: *Bom.* Aquilo podia significar qualquer coisa.

Algumas pistas simplesmente se perderiam?

Somente agora chama a atenção de Richard que seu olhar para o lago tenha se vinculado indissoluvelmente à lembrança de que um homem morreu ali no verão passado. O lago vai permanecer para sempre o lago em que alguém morreu, e, no entanto, será também para sempre um lago muito bonito. Um lago sobre o qual, de manhã, paira a neblina, por cujas águas um casal de patos e alguns filhotes abrem seu caminho na primavera e onde, ano após ano, novos juncos expulsam as hastes amarronzadas; um lago em cujas margens libélulas nascem e em cujo fundo arenoso encontram-se conchas; um lago contendo algas por entre as quais os peixes passeiam como se o verde ali presente fosse uma floresta, um lago que rebrilha ao sol, que preteja durante as tempestades e que, todo inverno, congela e, por vezes, se recobre de neve, fazendo-se tão branco quanto uma folha de papel. No verão, talvez Richard volte a nadar ali; de todo modo, como nos últimos vinte anos, vai se sentar na margem e sentir-se feliz contemplando a água. Numa de suas conversas, Raschid disse a Richard que nem mesmo a lembrança da bela vida com a família oferecia-lhe consolo, porque era uma lembrança vinculada à dor da perda e nada mais havia ali além dessa dor. Ele preferiria amputar aquela lembrança, Raschid tinha dito. *Cut. Cut.* Uma vida cujo presente vazio é ocupado por uma lembrança insuportável e cujo futuro recusa-se a se mostrar há de ser muito fatigante, Richard pensa consigo, porque nela não se vê a margem em parte alguma, por assim dizer.

Richard recobre a salada de batata com papel-filme e a leva lá para fora.

Ainda há muito a fazer antes da chegada dos convidados: Moussa corta a grama, Mohamed e Khalil rastelam o gramado, Karon varre a sacada, Rufu e Abdusalam carregam o banco pesado até o embarcadouro e, enquanto a salada de batata esfria, Richard e Apolo vão buscar na garagem os móveis do jardim; as teias de aranha e as folhas secas do último verão precisam ser afastadas das mesas e dos bancos, e os plásticos que recobrem a mobília, sacudidos e dobrados. As tochas que Richard encontra num canto do fundo do barracão, ele as finca na terra; comprou-as juntamente com a mulher, mas, depois da morte dela, nunca mais as utilizou. Pela primeira vez no ano, a água do jardim é ligada, para que, no caso de uma emergência, se possa apagar a fogueira. Onde ficam os pontos de conexão da mangueira? E o carrinho que a transporta perdeu um parafuso. É preciso limpar a ferrugem da grelha com a escova de metal; louça, talheres e sacos de lixo precisam ser levados lá para baixo, para junto da fogueira; as bebidas são postas para gelar no lago, inteiramente livre do gelo faz apenas uns poucos dias. Os guardanapos são suficientes? Ketchup, velas? Pão, batatas fritas, palitos salgados, frutas? Karon segue varrendo o embarcadouro. Richard põe álcool nos lampiões e os deposita sobre as mesas, e então os primeiros convidados vão chegando pelo jardim.

O fogo é, então, aceso, e a grelha, atiçada, como se diz na linguagem dos moradores da periferia da cidade; sim, Richard diz a um e outro, a carne é *halal*, porque agora ele sabe: *É-vos proibido o animal encontrado morto e o sangue e a carne de por-*

co; e o animal estrangulado e o que é morto por espancamento e por queda e por chifradas e o que a fera devora.

Todos comem e bebem, guardanapos e copos são distribuídos, dois jogam badminton, outros, uma espécie de bocha; aqui, uma conversa sobre o fato de os africanos não beberem álcool, ali, sobre o medo de nadar e, acolá, sobre o que se celebra de fato na Páscoa e em Pentecostes. Quando começa a escurecer e Richard acende os lampiões, Raschid exclama: Como na África! Ele apanha um lampião e põe-se a balançá-lo com entusiasmo. Uma foto do grupo todo!, Anne, a fotógrafa, propõe em seguida. Antes que escureça de vez! Então, Raschid acocora-se com o lampião na mão diante dos grandes teixos; todos os demais formam um semicírculo em torno dele; o lançador de raios segura a lanterna de barco comprada na loja alemã de materiais de construção, ilumina com ela os rostos pretos e brancos ao seu redor e sente-se inteiramente em casa: na distante Kaduna. Só então, quando Richard se volta ligeiramente para examinar o arranjo para a foto em grupo, chama-lhe a atenção que Sylvia não está ao lado de Detlef. Onde está ela, afinal? Somente agora ele nota que ainda nem sequer a viu na festa de aniversário. E Detlef? Richard vê que nem mesmo para a foto ele consegue sorrir.

Tirada a fotografia, todos tornam a se sentar junto da fogueira, já quase extinta. Um deles diz: De noite, esfria mesmo. Outro: Eu te empresto meu casaco. O terceiro: Ainda tem vinho? O quarto: Vou pôr mais uns gravetos na fogueira. Depois da foto em grupo, Richard senta-se junto de Detlef e, em meio ao murmúrio geral, pergunta baixinho: O que é que há com Sylvia? Detlef contempla aquele que no momento acrescenta alguns gravetos à fogueira, vê como ele os empurra para a brasa e só responde quando as chamas tornam a se erguer: Hoje ela foi fazer exame. E? Eles a internaram imediatamente, diz, as coisas não parecem bem. E, embora Detlef tenha dito isso baixinho e em alemão, de repente instaura-se um silêncio, como se todos soubessem que havia sido dita ali uma das frases mais difíceis na vida de uma pessoa.

Deus do céu!, Richard diz.
O que foi?, Raschid pergunta.
A mulher dele está muito doente, Richard responde.
I'm very sorry for you, Raschid diz a Detlef.
Obrigado, Detlef diz, remexendo o fogo.

Um homem pensa agora em como a mulher sempre lhe beijou os olhos.
Outro em como a mulher se encaixava bem no seu abraço.
Outro em como a mulher passava a mão pelos cabelos dele.
Outro em como o hálito dela cheirava bem, quando ela estava bem junto dele.
Outro em como a mulher enfiava a língua em seu ouvido.
Outro em como o corpo dela brilhava, deitado a seu lado.
Outro no toque dos lábios.
Outro no aspecto dela quando dormia.
Outro em como a mulher segurava na mão dele.
Outro em como ela sorria de vez em quando.
Todos pensam por um momento nas mulheres que amaram e pelas quais foram amados.

Da Itália, ainda liguei duas vezes para a mulher com quem não pude me casar em Gana, Karon diz, mas depois joguei fora o número.

Eu gostaria tanto de ter outro filho antes de morrer, Raschid diz.

Uma vez, conta Tristão, conheci uma alemã no metrô. Marcamos um encontro, fomos passear juntos, conversamos. Marcamos um segundo encontro, fomos passear juntos, conversamos mais. Na terceira vez, ela me perguntou se eu não queria dormir com ela. Eu disse que ainda não, talvez mais para a frente. *My mind was not there.* No encontro seguinte, ela não apareceu. *It's not easy,* Tristão diz. *Not easy.*

Quando a coisa fica séria, diz Khalil, a gente não tem chance aqui. Vi isso nos meus amigos. Em algum momento, as namoradas sempre terminam. Os pais eram contra. Ou então havia um namorado alemão, afinal.

Ithemba diz: É assim mesmo. *Nobody loves a refugee.*

Ninguém ama um refugiado? Não acredito nisso, diz Marie. Mas é. Ninguém ama um refugiado.

Curvado para a frente, Detlef está sentado com uma taça de vinho na mão, ouvindo o que os outros dizem sobre o amor.

Apolo diz: Eu tenho uma namorada. Mas não me casaria com ela.

Marion pergunta: Por que não?

Se me casar agora com uma alemã, ela vai pensar que estou me casando só para obter os documentos.

Você de fato não se casaria com uma mulher que ama e que te ama porque poderia parecer que está fazendo isso só para obter os documentos?

Não, diz Apolo.

Junto da linha fronteiriça, do limite, as coisas às vezes se transformam no seu contrário, Richard se lembra daquilo que pensou em sua primeira visita à Oranienplatz. A necessidade desloca e chega mesmo a desfigurar o pouco que poderia ser simples. Manter a dignidade é um esforço imposto diariamente aos refugiados e que os persegue até a cama.

E se casasse apenas para obter os documentos, o que have-ria de tão ruim nisso?, Richard pergunta.

Ecoa ainda em seus ouvidos o que o advogado havia dito: Um filho alemão! Só um filho alemão poderia efetivamente ajudar!

Veja bem, Apolo diz, tem de haver uma ordem. Primeiro, preciso ter um trabalho; depois, uma casa; aí vou poder me casar e ter filhos.

Além disso, Tristão agora acrescenta, uma mulher pode en-gravidar de qualquer um e, ainda que o homem não valha nada, o filho fica com ela. Mas, se você é um homem, precisa encon-trar uma boa mulher. Uma mulher com quem realmente possa ficar, se ela tiver um filho seu. Mas onde vou encontrar uma boa mulher?

Indo dançar, talvez, Richard diz sem muita convicção, por-que está pensando no bar com as sessentonas de shortinhos bem curtos.

Não vou a bares, Tristão diz.

Nunca?

Nunca.

Raschid, que havia adormecido um pouco no meio daque-la conversa tranquila, agora torna a prestar atenção e diz: Na Ni-géria, são as mães que procuram esposa para o filho. Elas sabem que mulher será boa. Mas aqui? Não sei nem como abordar uma mulher. Jamais faria isso.

Você ainda pensa muito em Christel?, Detlef pergunta de repente a seu amigo Richard, cinco anos depois da morte dela. Eles nunca conversaram sobre essas coisas.

Sim, claro, Richard diz.

E no que, exatamente, você pensa então?

Penso nela fumando, em pé, ali. Em como prendia os cabe-los no alto quando estava calor. Penso nos pés dela.

Sente saudade?

Antes, eu às vezes achava que, se ela partisse, eu talvez nem sentisse sua falta.

Richard tenta se lembrar do tempo em que julgava possível não sentir saudade de Christel.

Você sabe, à noite ela muitas vezes começava a brigar comigo, mesmo sem motivo nenhum.

E por que ela brigava com você?, Tristão pergunta.

Tinha bebido. E o álcool sempre a modificava completamente, sobretudo à noitinha.

Mas por que ela bebia?, é Ithemba quem agora pergunta.

Provavelmente, diz Richard, sim, provavelmente porque era infeliz.

E por que era infeliz?, Ithemba quer saber.

A orquestra em que ela tocava foi dissolvida, diz Thomas, tragando seu cigarro.

E Richard tinha uma amante, diz Anne.

Christel queria muito ter filhos, Marion diz.

Ela disse isso a você?, Richard pergunta.

Sim, Marion responde.

Mas você mesmo disse que essa foi uma decisão de vocês dois, diz agora Zair, aparentemente lembrando-se da conversa que haviam tido muito tempo antes, ainda em Spandau.

Uma vez, ela engravidou, Richard conta, mas era cedo demais para mim. Eu nem tinha terminado a faculdade. E a convenci a tirar a criança.

Entendo, diz Zair.

Só não queria um filho naquele momento.

Entendo.

Mas, naquela época, isso ainda não era legal. Ela foi até uma mulher que fez tudo numa mesa de cozinha. Fiquei esperando no pátio, lá embaixo.

Richard ainda se lembra bem do pátio dos fundos onde ficou esperando. Trinta graus, a sombra quente na qual ficou postado, ao lado dos latões de lixo com suas tampas tortas.

Quando ela saiu, ele conta, quase foi para o chão, precisei segurá-la e, de repente, ela estava muito pesada. Demorou para que alcançássemos a estação do trem. E só no trem vi como o sangue lhe escorria pelas pernas. Na época, senti vergonha dela. Tinha de cuidar dela, mas aquilo me era terrivelmente embaraçoso.

Richard balança a cabeça, como se nem ele pudesse acreditar no que dizia.

Por que você sentiu vergonha da sua mulher?, Ali pergunta.

Eu acho que, na verdade, tive medo.

Medo do quê?

De que ela morresse. É, Richard continua, naquele momento tive raiva dela, porque ela talvez pudesse morrer.

Isso eu posso compreender, diz Detlef.

Ficou claro para mim então que aquilo que suporto é só a superfície de tudo que não suporto, Richard diz.

Como a do mar?, Khalil pergunta.

É, em princípio, sim, exatamente como a do mar.

Agradecimentos

Um grande e profundo agradecimento pelas muitas e boas conversas com:

Hassan Abubakar
Hassan Adam
Stephen Amakwa
Malu Austen
Ibrahim Idrissu Babangida
Saleh Bacha
Yaya Fatty
Udu Haruna
Nasir Khalid
Adam Koné
Sani Ashiru Mohammed
Fatao Awudu Yaya
Bashir Zaccharya

Pelo apoio, pela ajuda e pela colaboração, agradeço de coração a:

Katharina Behling
Ingrid Anna Kade
Cornelia Laufer
Malve Lippmann e Can Sungu
Marion Victor
Wolfgang Wengenroth

Pelo tempo e pelo espaço para escrever, sou muito agradecida ao prof. Paul-Michael Lützeler e também a Kerstin, Nils e Pascal Helbig.

Pelas ideias, pela consultoria e por suas informações, muito obrigada a: AKINDA e.V., Taina Gärtner, Liya Siltan-Grüner, Hans Georg Odenthal, Bernward Ostrop.

Pela ajuda prática, agradeço a Viola Förster v. d. Lühe, Frauke Gutberlet-König, Bedriye e Felix Hansen, Miriam Kaiser, dra. Eva Krause, Sandra Missal, dr. Riesenberg, Rainer Sbrzesny, Tabea Schmelzer, Jule Seidel, René Thiedtke e Rui Wigand.

Pelos conselhos e pela inspiração, agradeço a meu pai, John Erpenbeck.

E, por sempre ter me apoiado e incentivado na escritura deste livro, com sua curiosidade, sua crítica, sua franqueza e com suas próprias ações, agradeço a meu marido e primeiro leitor, Wolfgang Bozic.

Créditos das citações

As seguintes edições foram empregadas na tradução deste romance:

pp. 37-8, 57: Johann Wolfgang von Goethe, *Fausto*. Trad. de Jenny Klabin Segall. São Paulo: Itatiaia, 1981.

pp. 101, 310-1: Ovídio, *Metamorfoses*. Trad. de Rodrigo Tadeu Gonçalves. São Paulo: Penguin-Companhia das Letras, 2023.

pp. 103, 270: Homero, *Ilíada*. Trad. de Frederico Lourenço. São Paulo: Penguin-Companhia das Letras, 2013.

pp. 114, 356-7: *Tradução do sentido do Nobre Alcorão para a língua portuguesa*. Trad. de Helmi Nasr. Medina: Complexo de Impressão do Rei Fahd, 2009.

pp. 162, 215-6: Bertolt Brecht, *Poemas: 1913-1956*. Trad. de Paulo César de Souza. São Paulo: Ed. 34, 2012.

p. 168: Dante Alighieri, *Inferno*. Trad. de Emanuel França de Brito, Maurício Santana Dias e Pedro Falleiros Heise. São Paulo: Companhia das Letras, 2021.

p. 188: Hesíodo, *Os trabalhos e os dias*. Trad. de Alessandro Rolim de Moura. Curitiba: Segesta, 2012.

p. 283: William Shakespeare, *Hamlet*. Trad. de Lawrence Flores Pereira. São Paulo: Penguin-Companhia das Letras, 2015.

p. 310: Sêneca, *Aprendendo a viver: Cartas a Lucílio*. Trad. de Lúcia Sá Rebello e Ellen Itanajara Neves Vranas. Porto Alegre: L&PM, 2008.

p. 323: Tácito, *Germânia*. Trad. de João Penteado Erskine Stevenson. São Paulo: Edições e Publicações Brasil Editora S.A., 1952.

p. 334: Friedrich Hölderlin, *A morte de Empédocles*. Trad. de Marise Moassab Curioni. São Paulo: Iluminuras, 2008.

A autora cita ainda *Tristão*, poema de Gottfried von Strassburg (p. 89); *Die Reisen des Ibn Battuta* (*As viagens de Ibn Battuta*, p. 115); a cantata BWV 82, "Ich habe genug", de Johann Sebastian Bach (pp. 298-9); Sêneca, "Epístola 44" (p. 310); e "Admoestações", *Escritos de são Francisco de Assis* (p. 316).

ESTA OBRA FOI COMPOSTA PELO ACQUA ESTÚDIO EM ELECTRA
E IMPRESSA EM OFSETE PELA GRÁFICA SANTA MARTA SOBRE PAPEL PÓLEN NATURAL
DA SUZANO S.A. PARA A EDITORA SCHWARCZ EM MAIO DE 2024

A marca FSC® é a garantia de que a madeira utilizada na fabricação do papel deste livro provém de florestas que foram gerenciadas de maneira ambientalmente correta, socialmente justa e economicamente viável, além de outras fontes de origem controlada.